ALGUÉM COMO NÓS

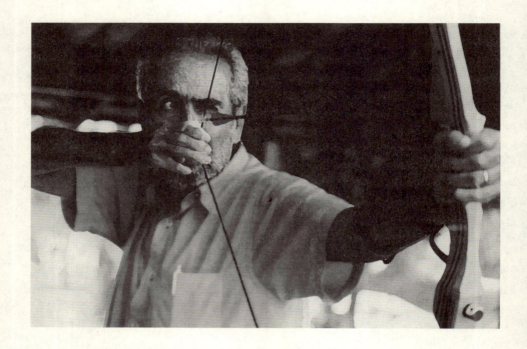

O Arqueiro

GERALDO JORDÃO PEREIRA (1938-2008) começou sua carreira aos 17 anos, quando foi trabalhar com seu pai, o célebre editor José Olympio, publicando obras marcantes como *O menino do dedo verde*, de Maurice Druon, e *Minha vida*, de Charles Chaplin.

Em 1976, fundou a Editora Salamandra com o propósito de formar uma nova geração de leitores e acabou criando um dos catálogos infantis mais premiados do Brasil. Em 1992, fugindo de sua linha editorial, lançou *Muitas vidas, muitos mestres*, de Brian Weiss, livro que deu origem à Editora Sextante.

Fã de histórias de suspense, Geraldo descobriu *O Código Da Vinci* antes mesmo de ele ser lançado nos Estados Unidos. A aposta em ficção, que não era o foco da Sextante, foi certeira: o título se transformou em um dos maiores fenômenos editoriais de todos os tempos.

Mas não foi só aos livros que se dedicou. Com seu desejo de ajudar o próximo, Geraldo desenvolveu diversos projetos sociais que se tornaram sua grande paixão.

Com a missão de publicar histórias empolgantes, tornar os livros cada vez mais acessíveis e despertar o amor pela leitura, a Editora Arqueiro é uma homenagem a esta figura extraordinária, capaz de enxergar mais além, mirar nas coisas verdadeiramente importantes e não perder o idealismo e a esperança diante dos desafios e contratempos da vida.

ALGUÉM COMO NÓS

Traduzido por Dandara Morena

NICOLA YOON

Título original: *One of Our Kind*

Copyright © 2024 por Nicola Yoon
Copyright da tradução © 2025 por Editora Arqueiro Ltda.

Todos os direitos reservados. Nenhuma parte deste livro pode ser utilizada ou reproduzida sob quaisquer meios existentes sem autorização por escrito dos editores.

coordenação editorial: Gabriel Machado
produção editorial: Guilherme Bernardo
preparo de originais: Ângelo Lessa
revisão: Mariana Bard e Suelen Lopes
leitura sensível: Lorena Ribeiro
diagramação: Gustavo Cardozo
capa: John Gall
imagem de capa: Shutterstock
adaptação de capa: Natali Nabekura
impressão e acabamento: Bartira Gráfica

CIP-BRASIL. CATALOGAÇÃO NA PUBLICAÇÃO
SINDICATO NACIONAL DOS EDITORES DE LIVROS, RJ

Y57a

Yoon, Nicola, 1972-
    Alguém como nós / Nicola Yoon ; tradução Dandara Morena. - 1. ed. - São Paulo : Arqueiro, 2025.
    256 p. ; 23 cm.

Tradução de: One of our kind
ISBN 978-65-5565-736-4

1. Ficção americana. I. Morena, Dandara. II. Título.

24-94953

CDD: 813
CDU: 82-3(73)

Gabriela Faray Ferreira Lopes - Bibliotecária - CRB-7/6643

Todos os direitos reservados, no Brasil, por
Editora Arqueiro Ltda.
Rua Artur de Azevedo, 1.767 – Conj. 177 – Pinheiros
05404-014 – São Paulo – SP
Tel.: (11) 2894-4987
E-mail: atendimento@editoraarqueiro.com.br
www.editoraarqueiro.com.br

A TODOS NÓS

"Uma coleira longa ainda é uma coleira."
– Octavia Butler, série O Padronista

"As definições pertencem aos definidores,
não aos definidos."
– Toni Morrison, *Amada*

PARTE
UM

1

– Aqui é lindo mesmo – declara Jasmyn, olhando pela janela do banco do passageiro.

"Aqui" é o Museu de História Negra, com suas colunas romanas enormes e uma escadaria imponente. Na porta ao lado, o jardim de esculturas muito bem-cuidado exibe estátuas de W.E.B. Du Bois, Marcus Garvey, Stokely Carmichael, Malcolm X e, claro, Martin Luther King Jr. Um quarteirão adiante surge o Teatro Liberdade, com seu estilo rococó. Cartazes enormes anunciam as datas das apresentações de dezembro do espetáculo *Quebra-Nozes*. Todos os papéis são estrelados por lindas bailarinas negras, desde o Rei dos Camundongos até a Fada Açucarada.

O marido de Jasmyn, Kingston – que todos chamam de King –, tira a mão do volante e aperta o joelho dela levemente.

– Foi uma longa jornada – diz.

Jasmyn sorri para King, que está olhando para a frente, e pousa a mão sobre a dele. Só Deus sabe o quanto ele se esforçou para chegarem aqui. "Aqui" é Liberdade, um pequeno subúrbio nos arredores de Los Angeles, na Califórnia.

Ela olha, ávida, para tudo que está em volta, no centro do lugar. Eles passam pelos Jardins Liberdade, com suas diversas espécies de cactos e suculentas. Numa visita anterior, Jasmyn havia lido a placa e aprendido que flores desérticas têm adaptações singulares que lhes permitem extrair toda a umidade possível do ambiente seco. Jasmyn contou a King que se identificava com elas pela capacidade de prosperar em meio às dificuldades.

– Aposto que elas prefeririam que chovesse só mais um pouquinho – brinca ele.

– Talvez – responde Jasmyn e ri junto com ele.

Passam pelo complexo aquático e depois pelo centro equestre, onde ela avista duas jovens negras, de 12 ou 13 anos, estilosas em seus coletes de equitação, calças e botas.

Enfim começam a subir a Colina Liberdade em direção à área residencial. Já visitaram a comunidade três vezes, mas Jasmyn ainda fica deslumbrada e, sinceramente, um pouco desnorteada com o tamanho das casas. Aliás, por que chamar esses imóveis de casas? São castelos modernos, isso, sim. Têm gramados extensos e são delimitados por cercas vivas muito bem aparadas. As entradas de automóveis são amplas e circulares, a maioria decorada com fontes ou elementos arquitetônicos com água. A todo momento eles veem carros de centenas de milhares de dólares. Passam por duas vans de manutenção de piscina e outra de manutenção de quadra de tênis.

Jasmyn tem dificuldade para acreditar que todos os moradores dali são negros. E mais ainda para acreditar que, em apenas um mês, ela será uma dessas pessoas. A Jasmyn que cresceu lutando por espaço num minúsculo apartamento de um quarto com a mãe, a avó e a irmã mais velha nunca poderia ter imaginado que moraria num lugar como este. Aquela Jasmyn pensaria que esse tipo de vida só seria possível para os brancos ricos que via nos programas de TV.

Mas ali está ela, passando de carro em frente a casas escandalosamente colossais, a caminho da *própria* casa escandalosamente colossal.

King entra na rua em que vão morar. Falta uma semana para o Dia de Ação de Graças, mas algumas casas já estão com decorações natalinas. A primeira tem não apenas uma, mas duas árvores de Natal imponentes de cada lado do gramado. Ambas estão cobertas de neve artificial e enfeitadas com flocos de neve de cristal. Mais perto da casa em si, luzes de fada sobem em espiral até o topo de palmeiras de quinze metros de altura. Há guirlandas em cada janela e uma mais elaborada pendurada na porta da frente.

Mas é a casa meio quarteirão à frente que faz Jasmyn pedir a King que diminua a velocidade e pare.

– Essas pessoas não estão de brincadeira – comenta King.

A casa tem três cenários distintos em exposição, todos eles compostos de animatrônicos e tão realistas que Jasmyn precisa olhar três vezes para acreditar. No lado esquerdo da entrada para carros há um presépio completo com os Três Reis Magos curvados, o menino Jesus na manjedoura e dois anjos com as asas batendo devagar. No direito, uma detalhada oficina do Papai Noel com direito a Mamãe Noel e seus ajudantes duendes embrulhando uma pilha de presentes. O último cenário está no telhado. Papai Noel, esplendoroso e alegre, parece prestes a decolar num trenó de tamanho real com renas comandadas pelo Rudolph.

Para Jasmyn, porém, a parte mais incrível, que a faz abrir um sorriso de orelha a orelha, é o fato de que todos os personagens são negros. O Papai Noel e a Mamãe Noel. Os anjos e os duendes. O menino Jesus e os Três Reis Magos. Cada um deles num tom de marrom.

– Simplesmente lindo! – elogia ela.

Claro que Jasmyn já viu Papais Noéis negros antes. Nos últimos dois anos, fez de tudo para comprar um para o filho deles, Kamau, de 6 anos. E até hoje se lembra da primeira vez que viu um Papai Noel negro. Tinha 9 anos quando entreouviu a vizinha comentando com sua mãe:

– Fiquei sabendo que tem um Papai Noel negro no shopping.

Jasmyn implorou à mãe que fossem vê-lo. Na semana seguinte, elas e todas as famílias negras da vizinhança foram ao shopping. A fila era longa, e a mãe estava irritada quando chegou sua vez. Mas Jasmyn se sentou no colo do Papai Noel e pediu aquilo que achou que um Papai Noel negro entenderia: dinheiro. Dinheiro para que sua mãe não precisasse trabalhar em dois empregos. Dinheiro para que ela pudesse ter o próprio quarto e não precisasse dividir a sala de estar com a irmã, Ivy. Dinheiro para comprarem uma casa num bairro menos perigoso. Nem lhe passou pela cabeça simplesmente pedir uma casa num bairro que não fosse perigoso.

Seis semanas depois, sua avó morreu e deixou dinheiro suficiente para a mãe de Jasmyn sair de um dos empregos por alguns meses. A irmã largou a escola e foi morar com o namorado, que era mais velho. "Deus escreve certo por linhas tortas", sua avó sempre dizia. Para Jasmyn, o Papai Noel também.

King se inclina na direção dela para ver melhor os cenários.

– A gente com certeza tomou a decisão certa, amor – afirma ele.

Diz isso porque, no início, precisou convencer Jasmyn.

Liberdade é maior que um bairro e menor do que uma cidade. De acordo com o folheto, é uma comunidade. Uma comunidade negra, riquíssima e cercada.

– Uma utopia negra – disse King quando falou do lugar pela primeira vez. – Todos, do prefeito ao delegado, dos policiais aos zeladores, são negros.

– Como conseguem permitir legalmente que só pessoas negras morem nesse lugar? – perguntou Jasmyn.

Kingston a encarou como se ela fosse ingênua.

– Quantos brancos que você conhece querem se mudar para um bairro de negros?

Ela deu o braço a torcer.

– É um lugar onde podemos relaxar e ser nós mesmos livremente – afirmou Kingston.

Jasmyn ainda estava com o pé atrás.

– Não existem utopias – respondeu.

Sem dúvida não para pessoas negras, e sem dúvida não nos Estados Unidos. Aliás, em nenhum outro lugar do mundo. Ela o lembrou de utopias negras que tinham sido testadas, sem sucesso: Allensworth e Soul City, por exemplo.

– Essa vai durar – insistiu ele.

Jasmyn queria que ele estivesse certo. Queria morar num lugar rodeada de pessoas negras prósperas e que pensassem como ela. Num lugar com ruas largas e tranquilas onde seu filho pudesse andar de bicicleta, despreocupado, com outras crianças negras. Um lugar onde tanto King quanto Kamau poderiam andar à noite em segurança. Ela os imaginou saindo de capuz para passear numa noite fria qualquer. Imaginou uma viatura parando ao lado deles. Mas a viatura tinha policiais negros, que só queriam dar boa-noite.

Só que a riqueza de Liberdade a incomodava. Será que ela se daria bem com aquelas pessoas ricas, mesmo sendo negras? Ela própria um dia se acostumaria a ser rica? Pior do que sua insegurança era o medo de se transformar numa dessas pessoas negras burguesas que se esquecem das origens – e das pessoas – assim que conseguem uma graninha.

– Amor, do que você está falando? – perguntou King. – Já faz um tempo que nós não moramos no gueto.

Eles discutiram na cozinha do apartamento de dois quartos no bairro central. Era uma área habitada pela classe operária, com muitos imigrantes mais velhos, seus filhos de primeira geração e, claro, negros. Não era um lugar degradado, e certamente era melhor do que Compton, onde Jasmyn e King cresceram. Ainda assim, em vários quarteirões havia barracas de pessoas em situação de rua. Algumas lojas estavam fechadas com tábuas nas portas e janelas por causa dos protestos contra a violência policial que aconteceram anos antes. A escola pública de Kamau era decente, mas quase não tinha professores negros. Morar ali fazia Jasmyn sentir que tinha progredido, mas não *muito*. Ela ainda sentia um pouco da vibração da comunidade negra de Los Angeles.

King ficou mais chateado com a resistência do que ela esperava.

– Caramba, você é uma defensora pública! Faz mais pelo nosso povo e pela nossa comunidade do que a maioria das pessoas – declarou ele.

– Não significa que posso simplesmente abandonar essas pessoas.

Ele a encarou por alguns segundos, boquiaberto, antes de rebater:

– "Abandonar"? Você não está abandonando seu emprego. Estou falando de nos mudarmos para um lugar *só* com negros.

Jasmyn sabia que resistia mais por uma razão emocional do que lógica, mas não conseguia afastar a sensação de que perderia uma parte de si caso se mudasse.

Foi preciso ocorrer um incidente com um policial branco, tempos depois, para que ela finalmente se convencesse da decisão de se mudar.

No momento presente, King liga o carro e diz:

– Melhor irmos andando, ou vamos nos atrasar. Marcamos com o designer de interiores às dez e com o paisagista às onze.

Jasmyn assente.

– A gente podia voltar hoje à noite com o Kamau para ele ver esses animatrônicos acesos e se mexendo – sugere ela conforme se afastam.

King aperta a mão de Jasmyn.

– Boa ideia.

– Consegue imaginar a carinha dele quando vir tudo isso?

King esbugalha os olhos, imitando a careta de Kamau quando fica maravilhado com algo. Os dois riem.

Jasmyn abre a janela, coloca o braço para fora e deixa a mão leve, flutuando com a corrente de ar, como fazia quando criança. Dá um longo suspiro. Até o ar em Liberdade tem um cheiro diferente, mais puro e renovado. Eles veem mais dois Papais Noéis negros. Um casal jovem, passeando com o filho pequeno e um cachorro, acena quando eles passam de carro.

Jasmyn abre um sorriso largo e acena de volta. Em alguns meses, ela, King e Kamau estarão acenando para alguém novo no bairro. E por que não arranjar um cachorro também, depois que se acomodarem?

Jasmyn pousa a mão na barriga. Levou anos a mais do que o planejado para engravidar de novo, mas o segundo filho nasceria dali a apenas sete meses. O fato de Liberdade, esse lugar de esplendor negro, ser tudo que seu segundo filho vai conhecer a enche de orgulho. Ela acredita que crescer rodeado de excelência negra plantará uma semente tanto no coração dele quanto no de Kamau. Isso vai ajudá-los a florescer, a crescer seguros de sua beleza e com a autoestima elevada.

Jasmyn aperta a coxa de King.

– Você tinha razão, amor. Foi a decisão certa.

COMENTÁRIOS 1.378

Em resposta ao nosso artigo "Liberdade: A criação de uma utopia negra moderna"

O Los Angeles New Republic *se compromete a publicar uma diversidade de vozes. Seus comentários, críticas e conhecimentos sobre o assunto são bem-vindos. Esta conversa é moderada de acordo com as regras de comunidade do* Republic. *Por favor, leia as regras antes de se juntar ao debate.*

- **LIBERAL BRANCO DE NY**
  Sou um liberal branco de meia-idade que mora em Nova York. Tenho sido um grande defensor dos direitos civis praticamente a minha vida toda, mas sempre me surpreendo com a visão limitada dos negros, mesmo os mais bem-sucedidos, como certamente é o caso do Sr. Carlton Way. Será que o grande Martin Luther King Jr. aprovaria essa dita utopia? Ouso dizer que não. Ele a chamaria do que é: uma distopia. O Sr. King queria que nos uníssemos! Brancos, negros, marrons, amarelos, vermelhos, roxos, qualquer um! Todas as pessoas unidas! Uma comunidade como Liberdade nos faz regredir, não progredir.

- **DMN666**
  KKKKKK. Por que parar por aí? Por que não voltar para a África de uma vez? Já vão tarde!

- **NEGRO E CURIOSO EM SÃO FRANCISCO**
  Como eles decidem quem é negro? É o próprio Sr. Way quem decide? Tem um teste genético? É com base nos ancestrais ou no teste do saco de papel pardo, comparando a cor do saco com a cor da pele da pessoa?

- **ARTHUR BANE**
  Tenho plena ciência de que a minha opinião não é a da maioria neste portal de "notícias", mas Liberdade me parece um lugar idílico. A hierarquia de necessidades de Maslow inclui (entre outras coisas)

segurança, pertencimento e amor, autoestima e autorrealização. Os Estados Unidos têm uma longa e cruel tradição de negar essas necessidades básicas aos cidadãos negros. Por que eles não deveriam criar um lugar para si mesmos?

- **DE SACO CHEIO EM MISSISSIPPI**
Mais um dia, mais um artigo sobre os negros e suas insatisfações. Vocês não têm nenhum assunto mais importante para publicar?

- **PROFESSORGAYLE**
Historicamente, todas as utopias falharam.

PARTE
DOIS

1

A primeira coisa que Jasmyn nota na mulher negra mais velha diante de sua porta da frente é que ela faz *alisamento* no cabelo. Isso significa que, a cada seis ou oito semanas, a mulher vai a um salão de beleza e se senta na cadeira enquanto a cabeleireira aplica uma química que algumas pessoas – como a própria Jasmyn – chamam de "crack cremoso". A química transforma o cabelo natural, crespo e lindo, numa palha reta.

Jasmyn observa a raiz do cabelo da mulher. É engraçado como o cabelo pode dizer muito sobre a pessoa. Para Jasmyn, usar crack cremoso é um forte indício de ser uma mulher negra com pouco letramento racial. Ela acha que a prática é mais comum entre as mais velhas. Elas acreditam piamente que domar os cachos supostamente selvagens as torna mais respeitáveis.

Sua mãe não foi uma exceção. Assim que Jasmyn se formou na faculdade e decidiu que não queria mais fazer alisamento, a mãe a alertou:

– Deixa eu te dizer uma coisa: hoje em dia, vocês, jovens, acham que os tempos mudaram. Acham que podem ser plenamente negros, mas estou avisando: seus chefes brancos vão julgar vocês pelas costas. Na sua frente, vão elogiar seu cabelo, mas garanto que na hora H vão promover a garota que faz alisamento ou a que usa mega hair. Escute o que estou dizendo.

Foi uma das últimas conversas que elas tiveram. Sua mãe infartou e morreu meses depois.

Jasmyn sente o luto familiar tal qual um nó na garganta – é como se desde então ela nunca mais tivesse conseguido respirar fundo. Na época, sabia que sua mãe só estava tentando protegê-la, tentando tornar a vida da filha mais fácil do que a dela tinha sido. Mas ao mesmo tempo Jasmyn sabia que nada mudaria se ninguém mudasse. Assim, parou de alisar o cabelo e deixou o afro crescer.

E quanto aos chefes de que sua mãe falara? Eles se viram obrigados a promover Jasmyn. Ela era excelente no trabalho.

Jasmyn leva a mão ao afro curto e desvia o olhar do cabelo da mulher. Tenta se policiar para não fazer um julgamento da senhora, que cresceu numa época diferente.

– Meu nome é Sherril – informa a mulher. – Pense em mim como um comitê de boas-vindas de uma mulher só.

Sherril abre um sorriso largo e inocente. Jasmyn consegue ver tudo que há para ver em seus dentes primorosamente brancos.

– Ah, obrigada! Acho que nunca fui recebida pessoalmente num bairro novo.

– Não é nada! E desculpe ter demorado tanto para passar aqui. Sei que vocês já se mudaram há algumas semanas. – Seu sotaque é do Sul, talvez do Mississippi. – Nós gostamos de fazer as pessoas sentirem que estão no lugar certo.

Não há como negar a gentileza do gesto. Jasmyn sente uma leve vergonha pelo julgamento que fez da mulher. Não é a primeira vez que precisa lembrar a si mesma que existem negros de todos os tipos. Algumas pessoas demoram mais – às vezes bem mais – que outras a se letrar. Algumas nunca chegam a esse ponto de conscientização.

– Quer entrar? – pergunta Jasmyn.

A mulher faz que não com a cabeça, e Jasmyn observa seu cabelo oscilar em volta do rosto. Não vê um cacho ou um fio crespo sequer.

– Talvez outra hora – responde Sherril. – E imagino que vocês ainda tenham muita coisa para tirar das caixas.

Jasmyn não corrige Sherril. Embora estejam ali há apenas duas semanas, eles já estão acomodados. King contratou uma empresa de mudança que fez o trabalho completo: empacotou as coisas no apartamento antigo e desempacotou na casa nova.

– Só passei para entregar uns quitutes de boas-vindas a Liberdade – continua Sherril e entrega duas caixas a Jasmyn.

A primeira é de papelão simples com o que parecem ser biscoitos amanteigados.

– Eu mesma fiz.

– Obrigada – agradece Jasmyn, com um sorriso. – É muito gentil da sua parte. Por coincidência, são os favoritos do meu filho. Se eu deixar, ele vai devorar tudo de uma só vez.

A segunda caixa é maior que a primeira e está fechada com uma fita dourada de qualidade. Na tampa estão gravadas as palavras *Centro de Bem-Estar de Liberdade* em letra cursiva.

– Ah, não precisava – diz Jasmyn.

– Claro que precisava, querida – responde Sherril e sorri. – Abra.

A caixa em si é elegante: azul-petróleo, de veludo macio e cintilante. É o que os publicitários chamam de embalagem sofisticada. Tem um leve aroma de ervas. Jasmyn puxa a fita de seda. Ao abrir a tampa, encontra um buquezinho de sálvia e lavanda amarrado pelos galhos com um tecido de cetim branco com fios dourados. Abaixo do buquê, há uma máscara de dormir de seda azul-escura e um cartão preto pesado com letras douradas. Num primeiro momento Jasmyn acha que Liberdade tem um cartão de crédito próprio, mas, quando o vira, descobre que é uma carteirinha de sócio do Centro de Bem-Estar. Ao lado do cartão estão garrafas de vidro delicadas com sabonetes faciais, tônicos e hidratantes. Todos os nomes dos produtos são franceses e escritos em letras cursivas tão elaboradas que são quase ilegíveis. Somado ao azul e dourado suntuosos da caixa e da fita, o pacote como um todo nitidamente remete à realeza europeia do século XIX. Jasmyn passa o dedo pelas letras elaboradas, um pouco frustrada por perceber que mesmo em Liberdade reinam os padrões eurocêntricos de luxo e beleza.

Ainda assim, a caixa como um todo é linda, e Sherril foi muito atenciosa de ir até lá entregá-la em mãos. Jasmyn menciona isso.

– O autocuidado é importante – afirma Sherril. – Todo mundo precisa dar uma escapadinha do mundo de vez em quando.

Jasmyn assente, embora não concorde. Há sempre muito trabalho a se fazer, sobretudo pela comunidade deles. Para ela, cuidar da comunidade é um autocuidado.

De repente, Jasmyn sente uma azia provocada pela gravidez e faz um carinho na barriga.

– Vai com calma aí dentro, meu bem. – Sorri para Sherril e completa: – Ele me faz arrotar.

– Você está grávida – constata Sherril, dando um passo para trás e depois outro, como se a descoberta fosse inesperada e, por algum motivo, alarmante.

– Catorze semanas – comenta Jasmyn, esperando a mulher fazer as perguntas de sempre: *É menino ou menina? Já escolheram o nome?*

Mas as perguntas não vêm. Sherril olha para a barriga por tanto tempo que faz Jasmyn pensar que ela talvez tenha alguma história trágica. Talvez não tenha conseguido ter filhos. Ou talvez um filho tenha sido morto por gangues ou pela polícia. Ou vai ver está apenas lamentando não poder mais engravidar.

O olhar de Sherril sobe da barriga de Jasmyn, passa pelos seios e chega ao afro curto.

– Uma baita camisa – diz.

Jasmyn olha para baixo e vê que está usando uma camisa com um punho erguido e as palavras *Black Power*.

– Não sabia que ainda fabricavam – acrescenta Sherril.

Jasmyn franze a testa, confusa. É claro que fabricam. Por que teriam parado?

– Bem – começa Jasmyn –, muito obrigada pelos presentes. Mal posso esperar para comer os biscoitos.

Ela empilha as caixas e as apoia na barriga.

– Sim, foi um grande prazer conhecer você. Bem-vinda ao bairro mais uma vez e venha nos visitar no Centro de Bem-Estar. – Sherril olha para a barriga de Jasmyn outra vez. – Vai lhe fazer muito bem, ainda mais no seu estado.

Jasmyn sorri e promete visitá-lo assim que tiver tempo. Ou seja, nunca. Ela nunca terá tempo para jogar fora com algo tão extravagante e desnecessário. Não se puder usar todo esse tempo e dinheiro para ajudar pessoas menos afortunadas.

Acompanha Sherril até a calçada e vê a mulher ir até o carro. Quando ela abre a porta do automóvel, a luz do sol reflete no retrovisor e forma um halo em torno de seu cabelo e seu rosto e a faz parecer ainda mais clara que antes. Jasmyn força a vista, tentando enxergar melhor, mas Sherril fecha a porta, o ângulo do retrovisor muda e a ilusão acaba.

Jasmyn caminha lentamente de volta para dentro de casa. Sente um leve calafrio percorrer sua pele. Franze a testa ao olhar para o céu, procurando algo que explique o frio repentino, mas é primavera, e o céu está totalmente azul e limpo. Ainda assim, sente o ar carregado, como se estivesse se preparando para algo.

Dentro de casa, Jasmyn esfrega os braços para se aquecer. Qual era mesmo a bobagem que sua avó dizia sobre calafrios? Ela lembra: significam que alguém acabou de andar sobre o seu futuro túmulo. Quando ouviu isso pela primeira vez, Jasmyn era só uma criança e chorou, inconsolável. Ela se lembra de Ivy tirando sarro de suas lágrimas e de sua mãe dando uma bronca em sua avó por "colocar besteiras mórbidas na cabeça da criança".

Jasmyn bufa, ri da lembrança e afasta a estranha sensação de mau presságio. Tampa a caixa do Centro de Bem-Estar e amarra a fita. Foi realmente atencioso da parte de Sherril assar biscoitos e trazer presentes de boas-vindas. Ninguém nunca a visitou com presentes no bairro onde morava. A verdade é que ela nem sabia os nomes dos antigos vizinhos.

Ela manda uma mensagem para King contando da visita de Sherril.

Eles realmente acreditam em comunidade aqui, digita.

Só não se esqueça de guardar um pouco desses biscoitos pra mim, responde ele.

2

– Acho bom você não enlamear meu piso novinho em folha! – exclama Jasmyn, advertindo Kamau quando ele entra na cozinha vindo do quintal.

Com seus olhos grandes e castanhos, ele encara a mãe, acanhado, então volta para o deque e tira os tênis Nike.

– Melhor assim – diz Jasmyn quando ele retorna.

– Desculpa, mãe.

– Tudo bem. – Ela abre os braços, e Kamau se joga no abraço. – Que sarda devo beijar hoje? – pergunta.

Kamau sorri e imita King, esfregando o queixo como se estivesse se decidindo.

Jasmyn dá uma risada. Eles sempre têm um momento do dia para brincar de "beijar a sarda". Às vezes, ele escolhe as que estão espalhadas delicadamente pelo nariz. Outras vezes, prefere a constelação na bochecha esquerda ou o pequeno salpicado logo abaixo da têmpora direita.

Hoje Kamau escolhe a bochecha. Jasmyn lhe dá três beijinhos estalados e o abraça um pouquinho mais apertado do que de costume. Sabe que precisa pegar leve com o filho. É difícil morar num bairro novo e tentar fazer amigos numa escola nova quando se tem 6 anos. Se para ela, que tem 36, já não é fácil...

Kamau se afasta.

– Posso comer um biscoito? – pergunta ele, já correndo para a despensa.

É um menino mirrado para a idade. King teme que ele seja baixo, não quer que sofra bullying, mas Jasmyn acha que Kamau vai espichar em breve. Ele e King se parecem muito fisicamente, as mesmas orelhas de abano e as sobrancelhas perfeitas. Ela não tem dúvida de que Kamau vai ter mais de 1,80 metro, como o pai.

Jasmyn observa Kamau pegar um pacote de batatas chips e suspira. Por menor que o filho seja agora, ela sabe que não vai demorar para que ele comece a ser *visto* como adulto. Já leu estudos que afirmam que os policiais superestimam a idade das crianças negras em quatro anos e, consequentemente, subestimam a inocência delas. Em vez de se preocupar com a altura de Kamau, King precisa começar a pensar em ter A Conversa com o menino. Precisa explicar ao filho sobre como lidar com o assédio policial que inevitavelmente sofrerá. Se King já tivesse feito isso, Kamau teria sabido que era melhor não falar nada com o policial que parou o carro deles meses atrás.

Nem sempre as pessoas reconhecem de imediato o momento específico que faz a vida delas mudar, mas o incidente com o policial no trânsito foi tão marcante que no mesmo instante Jasmyn sentiu que aquilo era um divisor de águas.

Foi num fim de tarde de um dia de primavera mais frio que o normal. Os três – Jasmyn, King e Kamau – estavam voltando da festinha infantil de Páscoa no novo emprego de King. Embora ele estivesse trabalhando como investidor de risco na Argent Financial havia mais ou menos três anos, para Jasmyn ainda era recente.

Todo ano a empresa organizava um brunch para os funcionários e as respectivas famílias, com direito a coelhinho da Páscoa, fontes de chocolate, decoração com ovos, contadores de histórias e uma grande caça aos ovos de Páscoa. Era tudo muito exagerado e, Jasmyn tinha certeza, muito caro, mas Kamau adorava, então ela adorava também.

Ela estava de olhos fechados e com a cabeça apoiada no encosto do banco quando King exclamou "Ah, merda!". O tom de pavor reprimido fez Jasmyn se ajeitar no assento imediatamente. A sirene soou. Pelo retrovisor, ela viu o vermelho e o azul do giroflex brilhando.

– Ahhh, o papai falou uma palavra feia – disse Kamau, num tom satisfeito e de superioridade que as crianças usam quando pegam os adultos fazendo algo errado.

– Fique quieto, amor – pediu Jasmyn, no tom mais gentil possível.

Não era a primeira vez que eles eram parados por um policial, mas a primeira que acontecia com Kamau no carro.

King se virou e olhou para Kamau no banco de trás. Depois encarou Jasmyn por um segundo a mais.

Ela percebeu o medo do marido e segurou a mão dele.

– Você consegue – afirmou ela.

– Tomara que ele seja negro – respondeu King.

Eles observaram e esperaram, mas o policial que saiu da viatura era branco.

King baixou o vidro e colocou as mãos no volante, em plena vista. Segurou-o com tanta força que os nós dos dedos ficaram pálidos. Jasmyn queria tocar ou segurar sua mão, fazer *qualquer coisa* para aliviar o medo que subia pela garganta. Mas e se o policial considerasse o movimento suspeito? Ela imaginou o relatório do incidente: *A suspeita se mexeu de maneira ameaçadora.*

Jasmyn se perguntou se deveria gravar a abordagem. Às vezes o vídeo é a única forma de conseguir justiça. Por um lado, ela conhecia a lei, sabia que tinha o direito de gravar. Por outro, o policial poderia ficar irritado e piorar a situação. No fim, deixou o celular no colo e gravou apenas o áudio.

O policial se aproximou da janela. Observou todo o interior do carro, até que, enfim, encarou King. Pediu habilitação e documento. Perguntou se ele tinha bebido, de onde estavam vindo e para onde iriam. King respondeu às perguntas como se não fossem prepotentes, grosseiras e totalmente inapropriadas. *Não bebi nada, senhor. Festa de Páscoa infantil, senhor. Para casa, senhor.*

O policial explicou que o adesivo de registro do carro tinha expirado. Voltou para a viatura a fim de checar o número da placa.

Quantas vezes Jasmyn tinha lembrado a King de substituir o adesivo de registro? Três vezes? Quatro? E olhe só no que dera. Mesmo assim, não disse nada. Ela sabia que o marido já estava se sentindo mal o bastante.

– Como você está aí atrás, amor? – perguntou ela a Kamau.

– Preciso fazer xixi – respondeu ele.

– Pode segurar pela mamãe?

– Tá. Mas preciso muito ir.

O policial levou dez minutos para voltar. Antes que ele pudesse dizer alguma coisa, Kamau soltou:

– Papai falou um palavrão.

A cabeça do policial se virou para Kamau.

– Ah, falou, é? – perguntou, num tom meio arrastado.

Jasmyn congelou. Mentalizou todas as possibilidades. Aquela em que os corpos de seu marido e seu filho estão no asfalto, crivados de balas, dilacerados. Aquela em que seu próprio corpo está junto com os deles. Aquela em que só Kamau é assassinado. E aquela em que ele fica órfão.

Nesse momento, sentiu uma profunda impotência, a certeza de que a trajetória de sua vida não estava mais em suas mãos.

Jasmyn analisou o rosto do policial, observou-o decidir que caminho a vida dela tomaria.

Ele sorriu.

– Às vezes os papais falam coisas erradas. Você tem que nos perdoar – disse, virando-se para King. – Também tenho um filho pequeno.

Em seguida, esticou o corpo, devolveu a habilitação e o documento a King e deu um tapinha no teto do carro.

– Atualize o adesivo – falou e foi embora.

Naquela noite, Jasmyn e King brigaram.

– Quando você vai conversar com ele sobre a polícia? – exigiu Jasmyn, chateada por Kamau ainda não saber que só se deve falar com um policial quando for realmente necessário, mesmo tendo apenas 6 anos.

– Por que não manter nosso filho na inocência mais um pouco? – rebateu King.

Ela apontou o dedo para ele.

– Você viu que hoje nós passamos raspando. Sabe como a situação poderia ter acabado. Ou ele mantém a inocência, ou mantém a vida. Essas são as opções. *Você*, mais do que todo mundo, deveria saber disso.

No momento em que as palavras saíram, Jasmyn soube que tinha cometido um erro.

O irmão mais velho de King, Tommy, havia sido morto por um policial branco quando tinha apenas 13 anos. Eles não costumavam falar do ocorrido. A morte de Tommy abriu em King uma ferida que nunca criou casca, muito menos cicatrizou.

Jasmyn pediu desculpa. Atribuiu a reação exagerada ao medo que sentiu quando o carro foi parado. Continuou se desculpando até ver que a dureza nos olhos de King sumiu. Depois de um tempo, ele a desculpou.

Semanas após o incidente, King sugeriu outra vez se mudarem para Liberdade.

Era a quarta vez que ele pedia em seis meses. Jasmyn sempre o desencorajava, dizendo que se sentia feliz onde estavam e que não queria atrapalhar a educação de Kamau. King salientou que ela não gostava muito da escola do filho, mas Jasmyn respondeu que, mesmo assim, era importante que o menino tivesse estabilidade. Quando King pediu pela terceira vez, ela usou todas as mesmas desculpas e acrescentou que o lugar era muito rico e burguês.

– Rico, burguês e negro – contra-argumentou King com um sorriso.

Depois do incidente com o policial, ele pediu de novo, pela última vez, argumentando:

– Todos os policiais lá são negros.

– Mas nem todos os policiais negros são bons policiais, amor – respondeu ela.

– Sim, mas são menos propensos a nos abordar só por sermos negros, não é? – rebateu King, e ela teve que dar o braço a torcer.

Jasmyn estava prestes a lançar seus contra-argumentos de sempre quando ele a abraçou e encostou a testa na dela.

– Amor, eu não conseguiria viver se alguma coisa acontecesse com você ou com Kamau. Não depois do que houve com Tommy. – King falou num tom de voz baixo e jovial, como se o tempo não tivesse passado e ele ainda estivesse preso nos momentos imediatamente posteriores à morte do irmão. – Minha missão é manter você segura. Manter vocês dois em segurança. Me deixe fazer meu trabalho.

Jasmyn só percebeu que King estava chorando quando sentiu as lágrimas dele em sua bochecha. Nesse momento, tomou a decisão. Ela o amava demais para negar algo que ele considerava tão importante. Talvez morar em Liberdade o ajudasse a cicatrizar a ferida aberta da morte de Tommy.

– Está bem, amor, vamos nos mudar – concordou ela. – Está bem.

———

De volta ao presente, Jasmyn leva a mão ao peito e dá uma volta lenta pela cozinha novinha. O linóleo brilha. Ela sente o frio das bancadas de mármore branco sob a outra mão. Tem aquela sensação de que a vida que imaginou para si e a vida que realmente vive estão se tornando uma só. O que pensar da linha que conecta o momento do incidente com o policial ao momento atual?

– Mãe, posso ver TV, por favor? – pede Kamau.

– Pode, mas só por meia hora. Depois...

– "Você tem que fazer outra coisa" – completa ele, cantarolando o fim da frase que ela costuma dizer, com um sorriso de orelha a orelha.

Jasmyn dá uma risada.

– Some daqui antes que eu mude de ideia e diminua seu tempo de TV – diz, brincando.

Ela observa as perninhas magricelas de Kamau em disparada pelo corredor. Ele segura o pacote de batatas chips ao alto, como se fosse um prêmio. Jasmyn cobre a boca para conter uma risadinha. Às vezes, parece que seu amor por Kamau é tão grande que não cabe em seu corpo. Ela quase grita para pedir que ele não corra, mas se contém. Consegue ouvir King dentro de sua cabeça, pedindo que o deixe ser criança. Talvez King esteja certo. Pelo menos em Liberdade Kamau tem mais chance de ser apenas o que deveria ser: criança.

3

– Oi, amor – diz King parado à porta do escritório de Jasmyn em casa.

Jasmyn ergue a mão, pedindo que ele espere enquanto ela termina de reler o relatório da polícia. É sua terceira leitura completa, e ainda não encontrou nenhuma inconsistência que possa explorar. Ela suspira e massageia os músculos tensos do pescoço. Não há solução. Precisará aconselhar seu cliente a aceitar a porcaria do acordo. Não há como provar que o policial o agrediu primeiro.

Jasmyn fecha o notebook, olha para King e dá total atenção ao marido. Ele está com o ombro apoiado no batente da porta. No antigo apartamento, seu corpo robusto de 1,90 metro teria bloqueado completamente a passagem, mas na nova casa tem espaço de sobra.

King parece cansado, o tipo de cansaço que sempre demonstra após as sessões com Terrell na Mentoria LA, instituição de caridade local que põe voluntários adultos em contato com jovens em situação de risco.

– Como foi? – pergunta Jasmyn enquanto ele dá a volta na mesa.

Em vez de responder, King se curva para beijá-la. Ela ergue o rosto e segura o dele. O beijo de boas-vindas é uma das melhores partes do dia de Jasmyn. King usa um perfume com notas verdes, de um aroma fresco e familiar que ela não consegue identificar.

Ele se abaixa mais e beija a barriga de Jasmyn.

– Como está meu menino aí dentro? Fazendo muitos gols?

É a piadinha interna deles. Ao contrário de Kamau, que mal chutava, o segundo bebê se mexe *muito*. Jasmyn sabe que King está torcendo para que o segundo filho tenha a personalidade mais parecida com a dele – extrovertido e esportista. Kamau é mais parecido com ela, gosta de ler e ficar quieto.

– Chutou algumas vezes – responde Jasmyn.

King se endireita e se acomoda na beira da mesa, parcialmente sentado.

– O agente da condicional do Terrell me ligou – informa.

– Ele voltou? – pergunta Jasmyn, já adivinhando a resposta.

– Foi pego por posse com intenção de vender – responde King.

Ela bate no braço da cadeira.

– Merda.

– Se acalme, amor. Não é uma sentença de morte. Ele vai sair de novo.

– Mas não vai ser o mesmo. A cadeia endurece a pessoa. Você sabe disso.

Jasmyn já tinha visto muitas vezes como a cadeia mata o espírito das pessoas. Não sempre, mas na maioria dos casos. King diz que a cadeia não é uma sentença de morte. Só que existe mais de um jeito de morrer.

Ele fecha os olhos e aperta o nariz.

Jasmyn aproxima a cadeira e o abraça na altura da cintura. Sabe como King se sente responsável pelos jovens mentorados. Sabe que a volta de Terrell à cadeia vai deixar o marido chateado por semanas.

– Sabe qual é uma das coisas que eu mais amo em você? – pergunta ela.

– Diga – responde ele, com a voz baixa.

– Como você sente tudo profundamente. Sei que não é fácil para você.

King acaricia as costas de Jasmyn, que o abraça mais forte.

– Kamau conseguiu dormir bem? – diz ele.

– Pegou no sono às sete e meia em ponto. – É quando ela se pergunta onde King esteve todo esse tempo. – Se Terrell voltou para a prisão, por que você chegou em casa tão tarde?

– Subi a colina para conhecer o Centro de Bem-Estar.

– Você foi ao spa *depois* de saber que Terrell foi preso de novo? – questiona Jasmyn, se afastando.

Se fosse King, ela teria passado o resto da noite na Mentoria LA, ajudando de algum jeito ou procurando outra pessoa para mentorear. Deus sabe que não faltam meninos que só precisam de alguém que veja o valor deles ou acredite neles, apesar de todos os problemas. No mínimo, King poderia ter ido visitar Terrell para dizer que a mentoria continuaria quando ele fosse solto.

Uma espécie de cautela toma conta do rosto de King.

– Algum problema com o fato de eu ter ido ao spa? – pergunta, passando a mão na cabeça recém-raspada.

Jasmyn ainda não se acostumou com o novo estilo de King. Sente falta do afro bonito e volumoso que o marido ostentava. Pouco antes de se mudarem para Liberdade, ele raspou tudo.

Ela abre a boca para responder, mas torna a fechá-la sem dizer nada – não quer começar uma discussão. Bem, ele tirou a noite de folga para ir ao spa. Existem coisas piores. Além do mais, ela sabe que a prisão de Terrell o machucou bastante.

– Problema nenhum – responde, aproximando-se dele. – Descobri que cheiro é este: pepino e menta.

King dá uma risada.

– O lugar é legal. Tem ótimas instalações. Academia, piscina, jacuzzi, sauna. Um monte de tratamentos. Bem impressionante. – Ele passa a mão na cabeça de novo. – Devíamos ir juntos.

Jasmyn sorri e resmunga num tom de quem não tem interesse.

King se afasta da mesa.

– Vai trabalhar por mais quanto tempo?

– Uns vinte minutos.

– Se terminar em dez, ganha uma cerveja sem álcool. Podemos ver TV juntos.

Ela ri e acaricia a barriga.

– Eu e a criança agitada que você colocou aqui vamos aceitar a oferta.

Quinze minutos depois, ela se senta no sofá ao lado dele com a cerveja sem álcool.

Esse cômodo, a sala da família, é seu favorito. Ela se lembra de quando visitou a casa com a corretora pela primeira vez. Perguntou por que havia três salas de estar. A mulher explicou que uma era a sala da família, a outra era uma sala de estar formal para entretenimento e a última era uma sala íntima, para conversas e leitura. A casa era grande demais para eles. Como mobiliá-la por completo? Foi quando King contratou designers para cuidar de tudo. Quando se mudaram, a casa toda estava mobiliada e decorada.

– A cerveja está boa? – pergunta King.

Jasmyn responde tomando um gole.

Ele ri e mexe no controle remoto.

A TV é o item favorito de King na casa. Tem uma tela de projeção de 3 metros que desce do teto quando um botão é pressionado. Outro botão fecha as cortinas da janela e diminui a luz da sala.

King liga a TV. Beija a testa de Jasmyn e se recosta nas almofadas com uma expressão mais satisfeita e menos cansada.

– Lamento pelo Terrell – diz Jasmyn, sentindo a necessidade de expressar o que sente.

– Eu fiz tudo que podia – responde King.

– Ah, amor, eu sei que fez... – afirma ela, tentando tranquilizá-lo. – Tenho certeza disso.

King mexe no menu da TV até achar o programa a que quer assistir.

Por alguns minutos, Jasmyn presta atenção. O apresentador começa seu monólogo fazendo piada do presidente racista e das últimas bobagens dele. A plateia do estúdio ri. King também, e seus dentes reluzem com o brilho que vem da tela. Jasmyn presume que também deveria estar rindo, mas não acha engraçado. Rir de algo repulsivo, mesmo que seja uma risada zombeteira, é um tipo de suavização, um passo a mais em direção à aceitação. Sem você perceber, aquilo que antes era repulsivo parece menos repulsivo.

King se mexe no sofá e a puxa para perto.

– Estamos indo muito bem, não acha, amor? – pergunta.

Jasmyn sorri e repousa a cabeça no ombro de King. Ele ainda exala aquele aroma refrescante, de quem acabou de sair do spa, mas ela tenta evitar que isso a incomode.

– Sim, com certeza estamos – responde.

4

– Onde vamos comer? – pergunta Jasmyn a King enquanto seguem de carro pelo centro de Liberdade para fazer um brunch.

Em vez de ir sentada ao lado dele, ela está no banco de trás com Kamau, que mais cedo reclamou de se sentir sozinho. Ela acariciou a barriga e o lembrou de que dali a uns meses teria um irmão, ao que ele então respondeu:

– Mas falta muito.

Eles passam pelo restaurante jamaicano onde almoçaram na primeira visita a Liberdade. A comida estava excelente, com um porco apimentado autêntico, e durante a refeição ela e King riram do restaurante "caribenho" ao qual tinham ido em Santa Monica anos antes. Não havia uma pessoa negra sequer no lugar – nem nas mesas nem na cozinha – e o porco que pediram não tinha sal, muito menos tempero.

Eles passam por duas barbearias, dois salões de beleza, dois estabelecimentos focados em unhas, um estúdio de sobrancelhas e outro de massagem corporal, todos de altíssimo padrão. Jasmyn compara o lugar com as ruas em que cresceu. Faltam as lojas de perucas, as casas de câmbio de cheques, as lojas de esquinas que vendem de tudo – de cigarros a absorventes –, os restaurantes chineses com janelas de vidro à prova de balas. Felizmente, o próprio projeto arquitetônico de Liberdade não traz nenhuma expectativa de perigo em sua essência.

Jasmyn relembra a primeira vez que visitaram o lugar para procurar casas. A corretora imobiliária era uma mulher com pele marrom-clara e cabelo curto ondulado. Falava daquele jeito alegre e entusiasmado de alguém que tentava vender algo. Mostrou Liberdade num passeio de carro e explicou as duas áreas residenciais do lugar. A primeira era a dos conjuntos habitacionais, mais próxima do centro. Para os padrões de Liberdade, os imóveis ali eram modestos, com preços na faixa dos seis dígitos. A segunda área se estendia dali até a comunidade cercada no topo da colina, perto do Centro de Bem-Estar, que dominava o horizonte. A corretora mostrou imóveis no começo da subida para a colina, onde as casas estavam na faixa dos sete dígitos.

Escolheram a terceira que visitaram.

– É praticamente nova – contou a corretora. – Vocês vão gostar de saber que, se escolherem esta propriedade maravilhosa, serão apenas a segunda família a chamá-la de lar.

Jasmyn ficou surpresa ao saber que não seriam os primeiros proprietários. A casa parecia novinha em folha.

– Quando foi construída? – perguntou.

Eles estavam na cozinha branca reluzente. King abriu a torneira para checar a pressão da água. Abriu e fechou os armários. Jasmyn nunca tinha visto uma cozinha tão espaçosa e bonita. Eles poderiam ser donos de um lugar como aquele?

A mulher consultou a prancheta.

– A construção foi concluída em janeiro do ano passado.

– Então a outra família morou aqui menos de um ano? – questionou Jasmyn. Era uma informação surpreendente. – O que houve? Eles morreram ou algo assim? Não deixe a gente se mudar para uma casa mal-assombrada – brincou.

King e a corretora deram uma risada.

Mas Jasmyn queria uma resposta.

– Sério, você sabe por que a família se mudou daqui tão rápido?

A corretora olhou para a prancheta como se a resposta estivesse ali.

– Não sei muito bem – respondeu.

Jasmyn percebeu o tom evasivo da mulher, mas talvez ela só estivesse sendo uma boa profissional ao proteger a privacidade dos clientes. Então deixou para lá.

Mais tarde, King contou que também percebeu o nervosismo da corretora.

– Provavelmente não quis nos assustar e perder a comissão – comentou.

Na manhã seguinte, eles fizeram uma oferta. À noite, eram os orgulhosos proprietários de uma casa de 550 metros quadrados de dois andares, seis quartos, cinco banheiros, cozinha gourmet, um quintal espaçoso com árvores frutíferas, piscina olímpica e jacuzzi. E, claro, três salas de estar.

——

Quando pegam a rotatória que delineia o imaculado e enorme parque central, Kamau aponta para fora da janela do carro.

– O que eles estão fazendo? – pergunta.

Jasmyn olha. Um grupo de dez ou quinze pessoas parece praticar um tipo de exercício numa clareira entre as árvores. Usam moletons cinza com *Centro de Bem-Estar de Liberdade* estampado nas costas e calças de lycra combinando.

– O nome disso é ioga – explica ela a Kamau, mesmo que não lembre algum tipo de ioga que já tenha visto.

Jasmyn reconhece o casal que comanda o grupo.

– Eles não moram algumas casas depois da nossa, subindo a rua? – indaga a King.

Ele faz que sim.

– Angela e Benjamin Sayles – responde. – São gente boa. Ambos cirurgiões plásticos. Ela se especializou em vítimas de queimaduras e ele, em cirurgia reconstrutiva. Fazem parte do grupo que ajudou a fundar Liberdade.

Jasmyn observa o grupo mudar de posição e erguer as pernas para o céu. Como é possível ela e King morarem ao lado de pessoas – pessoas *negras* – com dinheiro e pedigree suficientes para fundar comunidades inteiras?

Quando ela e King se conheceram, ele era professor de história na Escola de Ensino Médio Martin Luther King, em Compton, cidade ao sul de Los Angeles. Na época, nem podiam sonhar em morar num lugar como Liberdade. Não com o salário dela de defensora pública e o dele de professor.

Um dia, porém, King fez um curso on-line de investimentos para aposentadoria, e um dos professores, um homem negro chamado Carlton Way, fez dele seu protegido. Disse que King tinha uma mente analítica brilhante. Ofereceu a ele bolsa integral em um MBA on-line e insistiu para que se inscrevesse. Assim que se formou, King parou de dar aulas e foi trabalhar na Argent Financial, empresa de Carlton. Em três anos, ele trabalhou arduamente a ponto de se tornar sócio minoritário de uma das maiores firmas de investimento de risco de Los Angeles. Foi Carlton Way quem contou a King sobre Liberdade. Explicou que havia pedido o apoio de alguns amigos ricos, e, juntos, eles tornaram o lugar uma realidade.

Jasmyn só havia se encontrado com Carlton uma vez, logo após ele ter se interessado pelo trabalho de King. Carlton levou o casal para jantar no restaurante mais caro em que ela já tinha ido. Fora a decoração e a atmosfera, Jasmyn sabia que o lugar era caro porque o cardápio não tinha os preços dos pratos. Além disso, os três eram as únicas pessoas negras ali, inclusive entre os funcionários.

A lembrança mais marcante de Jasmyn sobre Carlton era como ele parecia totalmente seguro de si no restaurante. Ela nunca tinha visto alguém assim, sobretudo uma pessoa negra. Ele exibia a confiança calma e firme de um político branco e rico. Essa postura era fruto de sua riqueza extravagante? Carlton parecia emanar uma aura dourada de industrial inescrupuloso. Jasmyn não conseguia decidir se sentia admiração ou repulsa. Ainda assim, ela se lembra bem do esforço que fez para causar uma boa impressão em Carlton por causa do marido.

King estaciona numa vaga em frente ao bistrô francês que vinha querendo conhecer. Pelo resto da manhã, Jasmyn não consegue evitar comparar suas experiências em Liberdade com o mundo que conheceu antes. O restaurante está cheio, mas não lotado. A recepcionista os cumprimenta com a medida certa de simpatia profissional e os acomoda rapidamente. O garçom é ágil e atencioso. Ela e King não são ignorados enquanto os garçons atendem um casal branco, como sempre acontecia quando iam comer fora.

A comida está deliciosa. Até Kamau, que costuma ser chato para comer, gosta de seu prato. Eles se divertem bastante. Na volta para casa, Jasmyn se senta no banco do carona e segura a mão de King.

Eles passam outra vez pela rotatória do parque. O grupo não está mais fazendo as posturas de ioga. Em vez disso, todos estão sentados sobre os joelhos na grama, em fileiras. Jasmyn só vê as costas das pessoas. O homem que notou antes – Benjamin Sayles – está de pé diante do grupo e move os braços como se estivesse regendo uma orquestra.

Jasmyn observa, atônita.

– Estão cantando? – pergunta, com o olhar fixo, enquanto King contorna a rotatória e eles enfim podem ver o rosto das pessoas.

Não estão cantando. Estão rindo, as cabeças jogadas para trás, os olhos semicerrados, as bocas escancaradas e os dentes à mostra.

Jasmyn bate no ombro de King com mais força do que pretendia.

– King, olhe – chama, apontando para eles.

– Caramba – reclama King, esfregando o ombro, então olha para onde Jasmyn está apontando. – O que está acontecendo ali?

Jasmyn abre a janela. De início, não ouve nada além dos sons usuais da rua. Mas então o barulho chega a ela: gargalhadas tão altas, estridentes e barulhentas que são quase vulgares.

Ela sente os pelos da nuca se arrepiarem. Golpeia o botão de fechar a janela.

– Que diabo foi isso?

King balança a cabeça.

– Não faço ideia. – Ele dá uma risada. – Algum tipo de meditação? As pessoas experimentam de tudo.

– Viu que estão usando roupas do Centro de Bem-Estar? – Ela fita King. – Esse é o tipo de bizarrice que eles aprontam lá?

– Você não me veria fazendo nenhuma dessas bobagens ridículas – responde King, rindo.

Jasmyn também ri. Eles realmente parecem ridículos.

– A gente pode tomar sorvete? – pergunta Kamau.

– Temos sorvete em casa, meu chapa – responde King, já entrando na rua de casa.

Jasmyn vira a cabeça para dar uma última olhada nas pessoas gargalhando no parque. Nesse exato momento, todas elas se jogam no chão ao mesmo tempo, como marionetes que acabaram de ter as cordas cortadas.

Empresariado Negro:
"Um breve perfil: Carlton Way"

Quem é Carlton Way?

Nascido no Bronx, em Nova York, o Sr. Way (56) estudou no MIT e se formou com distinção *magna cum laude* em engenharia química. Em seguida, fez MBA em Stanford, tornando-se o afro-americano mais jovem da história a concluir o célebre curso. Após curtos períodos na Goldman Sachs e na Morgan Stanley, o Sr. Way fundou a própria empresa, a Argent Financial, especializada em investimentos em produtos voltados para estilo de vida. É também um dos fundadores de Liberdade, comunidade próspera de Los Angeles inteiramente composta por cidadãos negros que tem como base os princípios da excelência negra.

Fortuna

De acordo com a *Forbes*, o Sr. Way tem um patrimônio avaliado em 3 bilhões de dólares.

Vida pessoal

Filho de professores de escolas públicas, o Sr. Way teve uma infância marcada pela perda trágica do pai num tiroteio envolvendo a polícia. É solteiro e não tem filhos.

Filantropia notável

Desde 2017, o Sr. Way paga os empréstimos estudantis de uma turma inteira de graduação da Universidade Howard, instituição historicamente negra localizada em Washington, D.C. Numa entrevista, o Sr. Way afirmou desejar que os graduandos sejam "libertados das correntes da escravidão financeira".

5

A notificação soa no celular de Jasmyn enquanto ela caminha com Kamau até a escola na manhã seguinte. Ela olha para a tela. *Urgente: Homem negro morre e criança é ferida em incidente com policial em Los Angeles.*

– Meu Deus. Não me diga que atiraram numa criança, por favor – sussurra alto sem querer.

Quando vai clicar no link, se detém. Prefere esperar Kamau estar dentro da sala de aula.

Kamau puxa a mão dela.

– Mãe, você não tá escutando – reclama ele, parecendo irritado.

Jasmyn observa o filho e tem vontade de sorrir. O rostinho bravo dele é muito fofo. O modo como franze o nariz com força e faz bico a lembra de quando ele era bebê. Ela tem vontade de pegá-lo, aninhá-lo e mantê-lo seguro.

– Desculpe, amor. Pode repetir? A mamãe está escutando.

Ele continua fazendo beicinho, mas repete mesmo assim:

– Nico não me deixou ver o gibi dele.

– Quem é Nico mesmo?

– Eu já falei – resmunga Kamau. – É da minha turma.

– Está bem, calma – responde ela e o beija no topo da cabeça. – Me conte tudo sobre Nico e o gibi.

Quando eles chegam à sala de aula, Jasmyn já concordou em comprar o novo gibi do *Homem-Aranha* do Miles Morales para Kamau.

A caminho da saída, ela se depara com o diretor.

– Sra. Williams, que bom vê-la! – declara ele, estendendo a mão para cumprimentá-la.

Em geral, Jasmyn ficaria feliz em ver o diretor da escola. Ele tem um ar confiante e objetivo, além de um sorriso que a tranquiliza. Mas no momento tudo que ela quer é sair da escola para poder ler a notícia sobre o incidente. Sente-se insegura por não saber os detalhes, como se uma fenda tivesse se aberto sob seus pés e ela não soubesse mais onde pisar.

Jasmyn morde o interior da bochecha e diz a si mesma para ser paciente.

– Que bom vê-lo também, diretor Harper – responde e aperta a mão dele.

– Acho que você conheceu a minha esposa, Sherril, semanas atrás. Ela é do comitê de boas-vindas de uma única pessoa aqui de Liberdade.

– Ah, sim, conheci. Por favor, agradeça a ela de novo pelos biscoitos. Estavam uma delícia. Kamau acabou com tudo.

Ele ri.

– Vou pedir a ela que asse mais alguns.

– Não, tudo bem. Eu não estava tentando...

– Acredite, não é problema algum – afirma ele, gesticulando para deixar claro que está tudo bem. – Falando no Kamau, devo dizer que ele está se adaptando muito bem, melhor do que poderíamos esperar, considerando que foi transferido para cá no meio do ano letivo. – Ele toca o nariz e se aproxima um pouco. – E dá para ver que ele vai se dar bem aqui, eu tenho um bom feeling para essas coisas.

As palavras do diretor deixam Jasmyn aliviada, e ela sente os ombros menos tensionados.

– Fico tão feliz em ouvir isso... Eu estava um pouco preocupada.

– É natural. Mas pode deixar a preocupação de lado.

– Obrigada – agradece ela, surpresa com a intensidade do alívio e da gratidão que sente.

– Não precisa agradecer. É como dizem: "Precisamos de uma comunidade inteira para criar uma criança." – Ele estende a mão de novo. – Bem, tenho certeza de que você tem um dia cheio pela frente. Não vou prendê-la aqui.

Assim que passa pelos portões da escola, Jasmyn tira o celular da bolsa. Há outra notificação de notícia urgente: uma gravação de celular do incidente.

– Meu Deus do Céu! – exclama em voz alta, sozinha.

Ela sente um calor no couro cabeludo, depois frio, depois calor de novo. É tomada por uma apreensão esmagadora e ao mesmo tempo familiar.

Jasmyn abre a matéria enquanto anda. Logo de cara aparece um aviso em negrito: *Este vídeo contém imagens explícitas. Não é aconselhado para pessoas sensíveis.* Ela se pergunta se vai chegar o dia em que esses vídeos não terão mais avisos, em que serão tão triviais que não chocarão mais ninguém.

No começo, a matéria tem tudo que ela aprendeu a esperar de incidentes do tipo: policial branco parando carro de homem negro, que acaba morto.

Mas então Jasmyn chega à parte da criança, e ela só consegue processar os detalhes mais básicos.

Menina.

Quatro anos.

Pneumotórax.

Situação crítica.

Hospital MLK.

Mercy Simpson.

Seu nome é Mercy Simpson.

Jasmyn tem um flashback de seu próprio incidente com o policial branco. Poderia ter acabado de forma tão diferente. Poderia ter acabado *assim*.

Ela leva a mão ao peito, querendo empurrar a bile que sobe pela garganta. Sente uma queimação. O bebê chuta, como se sentisse o estresse da mãe. Jasmyn ergue a cabeça para ver onde está. Ainda é manhã. Ela continua na calçada da escola do filho, sob o sol forte.

Continua nos Estados Unidos.

De acordo com a matéria, o homem morto se chama Tyrese Simpson. Sua namorada, Lorraine, estava no carro. Foi ela quem gravou o vídeo. Mercy Simpson é a filha do casal. O policial diz que Tyrese ia pegar uma arma. Lorraine alega que ele estava soltando o cinto de segurança. A polícia promete uma investigação completa. Pede paciência e calma.

Jasmyn usa todas as forças para não atirar o celular do outro lado da rua. Como ousam pedir paciência e calma? Como ousam pedir qualquer coisa?

Ela rola para o vídeo no começo da matéria e clica no link.

A primeira imagem que Jasmyn vê é do rosto do policial branco de cara fechada na janela do motorista. A menininha, Mercy Simpson, está chorando daquele jeito inconsolável típico de crianças de 4 anos. Lorraine tenta acalmá-la, chama a menina de "meu bem", diz que daqui a pouquinho estarão em casa. Jasmyn percebe o leve tremor na voz de Lorraine ao tentar esconder de Mercy o pavor que está sentindo. Eleva a voz, num tom suave e melodioso que todo pai ou toda mãe usa quando está com medo de algo, mas não quer que a criança sinta medo também. Jasmyn reconhece o tom porque ela mesma já o usou com Kamau.

Tyrese pergunta por que foi parado, mas o policial não responde, apenas pede habilitação e documento.

A câmera cai e é tapada por algo que Jasmyn imagina ser um tecido. Lorraine provavelmente tentou esconder que estava filmando. Em seguida, há uma imagem do porta-luvas sendo aberto.

Jasmyn pausa o vídeo e prepara-se para o que está por vir. Uma vez, quando Kamau era pequeno – tinha uns 3 anos –, ela estava assistindo a um desenho com ele. King entrou na sala e, por algum motivo, pausou o vídeo. Kamau começou a chorar na hora. Quando perguntaram o motivo, ele explicou que os personagens estavam morrendo de fome e prestes a comer, mas que com o vídeo parado teriam fome por mais tempo e sentiriam a barriga roncar. Jasmyn quis rir da doçura absurda do filho, mas se conteve, porque Kamau estava sério e ela não queria desdenhar dos sentimentos dele. Para o menino, os personagens na TV eram reais, e quando alguém pausava o vídeo pausava a vida real deles.

– Então o que acontece quando você desliga a TV? – perguntou Jasmyn.

– Eles esperam a gente voltar – respondeu Kamau.

Jasmyn começou a explicar como funcionava, mas King ergueu a mão, pedindo que ela não continuasse. Mais tarde, disse:

– Não faz mal deixá-lo acreditar nisso. Deixe o garoto ser inocente pelo tempo que puder.

No presente, o dedo de Jasmyn paira sobre o botão PLAY. Ela deseja que Kamau estivesse certo. Assim, se pausar o vídeo, pausará a vida. Se não apertar o botão, Tyrese, Lorraine e Mercy ficarão bem. Mas o vídeo não se torna real só quando você o vê. Essas coisas – esses assassinatos – acontecem quer você veja ou não.

Ela reproduz o vídeo.

O policial pede que Tyrese saia do carro.

Tyrese pergunta por quê e Lorraine também.

Mercy chora ainda mais alto.

O policial percebe que está sendo filmado e manda Lorraine parar.

Depois disso, o caos se estabelece.

A câmera cai no chão e filma apenas o teto do carro. O áudio continua sendo gravado. Jasmyn não consegue entender o que é dito porque Mercy está se esgoelando, mas compreende a maior parte da conversa:

Por que não posso filmar? Eu tenho o direito de filmar.

Ponha as mãos onde eu possa ver!

Não consegue ver minhas mãos? Elas estão bem aqui!

O senhor pediu pra ele sair do carro!

Não consigo ver suas mãos!

Estão bem aqui!

E então os tiros, como bombinhas explodindo. Como vidas explodindo. Um. Dois. Três. Quatro. Cinco.

Lorraine chora e o policial xinga. Mas é o silêncio repentino de Mercy Simpson que acaba com Jasmyn.

Ela leva o celular ao peito e fecha os olhos com força.

– Meu Deus, meu Deus – solta.

– Querida, você está bem? – pergunta uma voz feminina.

Jasmyn não percebe de imediato que a mulher está falando com ela, porém ouve a voz novamente, mais próxima agora.

– Precisa de um lenço? – oferece a mulher.

Jasmyn leva a mão ao rosto e percebe que está chorando. Aceita o lenço, enxuga delicadamente o rosto.

– Obrigada.

– De nada – responde a mulher. – Posso ajudar em algo?

– Vou ficar bem em um minuto. Só um minutinho.

Jasmyn respira fundo uma vez e depois outra.

– Leve o tempo que precisar, por favor – fala a mulher.

Segundos se passam antes de Jasmyn conseguir se recompor a ponto de prestar atenção na boa samaritana.

A mulher tem pele marrom-clara e cabelo preto levemente cacheado – Jasmyn chutaria que são cachos 3B – e veste um terninho lavanda. Ao lado dela está uma menininha, uma versão em miniatura da mãe.

– Meu bem, pode ir sozinha daqui para a escola – sugere a mulher para a filha.

O rosto da menina se enche de alegria com a ideia de ter meio quarteirão de independência.

– Tchau, mamãe. Te amo – diz ela e sai saltitando.

– Obrigada, mas não precisava – fala Jasmyn. – Pode acompanhá-la até a escola.

A mulher apenas sorri e em seguida conduz Jasmyn do meio da calçada para o canto.

Jasmyn sente o olhar dos outros pais e mães que passam por ali.

– Por favor, me diga o que posso fazer para ajudar – pede a mulher.

Jasmyn mostra o celular.

– Acabei de assistir ao vídeo do policial atirando no pai e na filha.

Pelo olhar da mulher, ela não faz ideia do que se trata.

Lógico, pensa Jasmyn. *Ainda não soube. A notícia acabou de sair.*

– Acabou de acontecer outro crime – explica ela, com a voz trêmula. Enfia as unhas na palma das mãos e se obriga a se acalmar. – Mataram o pai. Quase mataram a filha também. Ela está no hospital entre a vida e a morte.

– Quem matou quem? – pergunta a mulher, sem grande curiosidade.

– Desculpe, não estou explicando direito.

Jasmyn seca os olhos marejados. Sente-se um pouco como um capelão militar encarregado de dar más notícias. Notícias impossíveis. *Seu filho – a coisa mais preciosa da sua vida, seu coração fora do peito – se foi.* Jasmyn se pergunta quem ligou para os pais de Tyrese Simpson para contar da morte do filho. Quem está cuidando de Lorraine enquanto a filha luta para respirar com o pulmão perfurado? Quem respira por Lorraine?

O último pensamento faz Jasmyn se recompor. A notícia vai ser tão dura para a boa samaritana quanto foi para Jasmyn. Ela fala com cuidado, como se estivesse manejando uma agulha venenosa.

– A polícia matou outro homem negro ontem à noite. A filha estava no carro com ele, e atiraram nela também. A namorada filmou tudo. Eu acabei de assistir. O nome dele era Tyrese. O da garotinha é Mercy.

Ela estende o celular.

A compreensão surge nos olhos da mulher.

– Ah, não – diz ela. – Não assisto a esse tipo de coisa. É pesado demais pra mim.

Jasmyn ergue as sobrancelhas e olha a mulher de cima a baixo outra vez. Talvez o cacho não seja 3B, e sim 3A, e a pele negra é realmente muito clara. Sua maquiagem está impecável, com tons de rosa suaves e um gloss que a fazem parecer uma orquídea recém-regada.

Claro que Jasmyn já conheceu pessoas do tipo antes. A mulher é uma *daquelas* pessoas negras delicadas demais para enfrentar o mundo em que vivem. Do tipo que desvia o olhar e finge que se não está vendo a violência contra os negros, então ela não está acontecendo. Jasmyn nunca entendeu esse modo de agir, nunca concordou com essa postura. Sempre clica nas matérias. Sempre assiste aos vídeos. Por que deveria se sentir segura e confortável enquanto mais um negro é morto? Não. Não é certo desviar o olhar. Ela sempre assiste. Testemunha.

– Tem alguma coisa que eu possa fazer para ajudar *você*? – pergunta a mulher e oferece outro lenço.

Jasmyn dispensa o lenço, não quer aceitar mais nada dela. Endireita os ombros e a postura.

– Vou ficar bem em um instante.

Limpa o rosto com o lenço que já está segurando. Ele se desfaz em suas mãos.

Então percebe que está fazendo o que King às vezes a acusa de fazer: julgar as pessoas e considerá-las inferiores. Só porque a mulher não assiste aos vídeos não quer dizer que não se importa. Afinal, ali está ela, cuidando de uma estranha. Jasmyn sente necessidade de se conectar com a mulher além desse momento de conforto. Talvez seja por ainda estar abalada com o crime. Ou talvez porque a mulher também é negra, portanto, em seu âmago, deve entender como Jasmyn se sente, porque sente também.

– Na verdade, aceito o lenço, se não se importa – responde Jasmyn.

Movimenta os ombros, tentando aliviar a tensão e dar uma segunda chance à mulher, que lhe entrega o pacote todo.

– Pode ficar.

Jasmyn agradece e seca as lágrimas.

– Aliás, meu nome é Jasmyn. Eu e minha família nos mudamos para cá faz um mês.

– Ah, sim, a novata. Você vai adorar Liberdade – afirma a mulher com um entusiasmo genuíno. – Meu nome é Catherine Vail.

Jasmyn percebe como Catherine diz *a* novata, e não *uma* novata. É o que acontece quando se mora numa comunidade pequena, supõe ela. Todo mundo sabe da vida de todo mundo.

Elas batem papo. Catherine tem um trabalho incomum: é fonoaudióloga especializada em dialetos para atores que precisam mudar de sotaque. É divorciada e tem guarda total da filhinha.

– Escuta – fala Jasmyn –, espero que não seja pretensioso da minha parte, mas podemos trocar números de telefone? Tenho certeza de que vai haver protestos hoje à noite na prefeitura e vigílias no hospital. – A maioria dos amigos dela e alguns colegas de trabalho devem ir a pelo menos um dos atos. – Poderíamos nos encontrar em algum lugar no centro da cidade, se quiser.

Catherine hesita, e Jasmyn acha que talvez o julgamento inicial tenha sido correto. Ela *é* do tipo de pessoa que vira a cara para os problemas. Mas então a mulher responde:

– Claro. – Em seguida, digita seu número no celular de Jasmyn e continua: – Bem, foi um prazer conhecer você. Espero que seu dia melhore – finaliza, e sua voz é um lago plácido, calmo e sereno.

Mais tarde, quando Jasmyn lhe manda uma mensagem chamando-a para a vigília em frente ao Hospital MLK, Catherine recusa, alegando que não consegue achar uma babá para tomar conta da filha. Jasmyn olha para o texto na tela por alguns segundos. As pessoas vivem mentindo para se livrar de coisas que não desejam fazer. Talvez Catherine Vail de fato não consiga arranjar uma babá, porém o instinto de Jasmyn diz que a mulher apenas não está interessada em protestar ou fazer vigília. Mas talvez ela esteja tirando conclusões precipitadas outra vez. Jasmyn suspira, põe o celular de lado e volta a trabalhar.

———

A vigília é pequena, tem apenas umas cem pessoas, a maioria mulheres negras. Estão reunidas no estacionamento em frente à emergência. Alguém distribui velas de mesa e alguém reza o Pai-Nosso. Depois de um tempo, uma mulher começa a cantar hinos cristãos. Sua voz é nítida e grave, cristalina. Um a um, todos se juntam, e por um instante Jasmyn imagina que as vozes somadas podem chegar aos ouvidos de Mercy Simpson e confortá-la.

– Como foi lá? – pergunta King mais tarde quando Jasmyn se deita na cama.

Jasmyn se acomoda no calor suave dos lençóis.

– Você sabe como é – diz ela, com um suspiro.

Ao longo do relacionamento, ela e King já foram juntos a diversas vigílias. Sempre vão embora irritados, energizados e confortados na mesma medida.

– Quer uma massagem nos pés? – oferece ele.

– Você é um presente de Deus – elogia ela e tira os pés de baixo do edredom.

As mãos de King são mágicas. Ele estica os dedos de Jasmyn e massageia os arcos dos pés, que estão doloridos. Quando ele acaba, enche a barriga de Jasmyn de beijinhos.

– Meu menino está crescendo a cada dia – diz ele.

– Hoje foi o primeiro protesto do bebê – comenta Jasmyn, então se retrai ao pensar em como é mórbido dizer isso.

– Nossa! – King então se afasta e se apoia no travesseiro. – Desculpe, não consegui sair da reunião para ir com você.

– Tudo bem, amor – responde Jasmyn. – Você sabe que eu entendo. – Ela se aproxima de King e joga a mão sobre a barriga dele. – Deixe eu te contar da mulher que conheci na escola do Kamau hoje de manhã.

Conforme descreve a conversa com Catherine Vail, Jasmyn percebe que a situação ainda a incomoda.

– Eu contei a história inteira, que Tyrese foi assassinado e Mercy foi hospitalizada, e ela pareceu não estar nem aí. Não ficou com raiva, não ficou triste, nada.

– Vai ver só estava cansada – opina King. – Vai ver precisa de uma folga.

Não existem folgas, pensa Jasmyn, mas não diz.

– Ela parecia uma riquinha. Tem gente que ganha um pouco de dinheiro... – começa ela.

– E se esquece de onde veio – completa King e a observa. – Amor, você precisa parar de se preocupar. Isso não vai acontecer com a gente.

– Está bem, está bem. Sei que estou me preocupando à toa.

King apaga o abajur de seu lado da cama.

– Vem para pertinho de mim – chama e abre o braço para Jasmyn poder se aninhar.

– Teve um momento *bem* legal na vigília. Todos nós cantamos hinos cristãos juntos. Parecia que estávamos na igreja.

– Incrível – murmura King.

Jasmyn inclina a cabeça e olha para ele.

– Sempre penso em como somos resilientes. Quer dizer, depois de tudo que nós, negros, passamos, e ainda estamos enfrentando, nós sempre encontramos uma forma de seguir em frente.

– É a mais pura verdade – responde King.

Jasmyn suspira e deita a cabeça de novo no peito do marido.

– Eu amo o nosso povo.

King se curva, beija a testa de Jasmyn, depois a bochecha e a boca.

– E eu amo você – diz.

– Também te amo, amor – responde Jasmyn.

Ela fecha os olhos e pega no sono pensando em como deu a mão a estranhos e entoou cantos de resistência com eles. Em como o povo negro, *seu* povo, consegue encontrar um jeito de tornar qualquer lugar sagrado.

Trecho da revista *Excelência Negra:*
Catherine Vail, professora de sotaque das estrelas

A Sra. Vail, que de início foi para Hollywood para se tornar atriz, logo descobriu que tinha facilidade com sotaques.

"Eu cresci no interior de Ohio, mas a maioria dos papéis que me ofereciam tinha um sotaque 'urbano'. Óbvio, o que eles realmente queriam era que eu falasse como alguém do subúrbio de Nova York. O curioso é que eles nunca pararam para pensar que uma pessoa do subúrbio do sul da Califórnia, por exemplo, fala muito diferente de alguém do Bronx. Certo dia eu estava num set de filmagem e ajudei uma colega atriz, que também era negra, a aperfeiçoar seu IVAA (Inglês Vernáculo Afro-Americano). Uma coisa levou a outra, e aqui estamos."

Vail conquistou uma excelente reputação ensinando figurões de Hollywood a falar com sotaques que soam autênticos. No entanto, na maior parte das vezes seu trabalho é reduzir o sotaque – eliminar padrões regionais específicos da fala. Diretores de elenco de comerciais preferem o "inglês americano padrão".

"O engraçado é que, na verdade, ninguém fala o inglês americano padrão. É um dialeto inventado que só se aprende com treinamento profissional. O sotaque de uma pessoa diz muito sobre ela. Um sotaque é um amálgama de sons baseados não só no lugar onde você morou, mas também na cor da sua pele, na sua classe e nas pessoas que conheceu. Acho interessante ver que a indústria prefere que soemos como se não viéssemos de nenhum lugar em particular."

6

Jasmyn suspira, vira de frente para a sofisticada máquina de expresso novinha em folha e faz um café descafeinado. Tem que trabalhar à noite e
precisa pelo menos fingir que está ingerindo cafeína. King está no Centro
de Bem-Estar pela terceira noite seguida. Desde a decepcionante volta de
Terrell para a prisão, ele ainda não escolheu outro menino para mentorear.
Jasmyn vem tentando lhe dar tempo para se recuperar, mas já se passaram
duas semanas. De quanto tempo ele precisa?

Ela se lembra de quando descobriu que King fazia trabalho voluntário
com jovens negros em situação de vulnerabilidade social. Estavam tentando marcar o terceiro encontro. Jasmyn sugeriu jantar numa terça-feira,
mas King recusou porque tinha a reunião semanal no Mentoria LA. Ela
ficou tão impressionada com a dedicação dele à comunidade que mandou
mensagem para uma das melhores amigas: "Acho que esse é pra casar."

É verdade que mentoria dá bastante trabalho – todo dia King liga ou
manda mensagens e e-mails para o mentorado, e ainda há as reuniões pre-
senciais semanais e as viagens de campo bimestrais. Fora o trabalho em si,
de tentar manter os jovens na escola e no caminho da virtude, que não era
fácil. A maioria dos mentorados tinha vidas difíceis, o que por sua vez os
tornava pessoas difíceis. Grande parte não estava no programa por vontade própria. Alguns estavam até contra a própria vontade, como parte de
um acordo judicial ou de liberdade condicional.

A máquina apita, Jasmyn pressiona o botão e observa a xícara encher. Quando volta para a mesa de trabalho, no andar de cima, sente o foco chegando.

Passa o polegar na beira da xícara. Só consegue pensar nos garotos que King poderia estar ajudando nessas últimas duas semanas. Nos garotos que estão sendo engolidos pelo sistema enquanto ele se recupera. Nos garotos que acabarão precisando de suas habilidades como defensora pública.

Ela trabalha por mais tempo do que pretendia. Isso a ajuda a se sentir melhor, como se estivesse compensando a ausência de King enquanto ele se recupera para voltar ao voluntariado.

Às 21h30, quando Jasmyn está pronta para dar a noite por encerrada, King ainda não está em casa.

Jasmyn: Que tipo de bem-estar dura a noite toda?
King: Encontrei umas pessoas aqui
King: Te conto depois

Jasmyn se recosta na cadeira e mergulha nas redes sociais. O chefe de polícia do caso de Tyrese Simpson divulgou os antecedentes de Tyrese. É o procedimento-padrão desses racistas. Estão dando informações que não acrescentam em nada para confundir a população de propósito. O fato de Tyrese ter algumas acusações de posse de drogas na ficha não deveria ter importância nesse caso. O importante mesmo é que ele foi executado pelo crime de ser negro. O importante mesmo é que sua menininha continua na UTI pelo crime de ser negra. Ela pensa em Kamau dormindo em segurança em sua cama no fim do corredor. Será que os filhos ou netos dele terão que suportar viver num mundo tão cruel? Ela não aguenta sequer pensar nessa possibilidade. Precisa acreditar que todo o trabalho que vem sendo realizado por ela e outros como ela fará diferença em algum futuro distante, mesmo que não esteja viva para ver.

Jasmyn se deita na cama às 22h45. Nada de King ainda. Está irritada demais para sequer mandar mensagem. Depois vai conversar com ele sobre o tempo que vem passando no Centro de Bem-Estar. Vai fazê-lo se reengajar no programa Mentoria LA. Vai fazê-lo se sentar com Kamau para ter A Conversa.

———

Jasmyn acorda com o brilho que vem do lado de King na cama. Ela leva uns dez segundos para entender que a luz é do notebook dele e que estão no meio da madrugada: é 1h13 da manhã, de acordo com o relógio na mesa de cabeceira.

Caramba, ele está vendo pornô a essa hora? Seria a gota d'água esta noite. Jasmyn volta a sentir toda a irritação de mais cedo.

– Por que está no computador a esta hora?

King toma um susto.

– Droga, acho que perdi a noção do tempo.

Jasmyn cruza as mãos no peito.

– Não é a primeira vez hoje.

Jasmyn presta atenção no marido enquanto ele observa o rosto dela. Percebe o exato momento em que ele se dá conta de como ela está zangada.

King a cutuca com o ombro.

– Me desculpe por chegar tão tarde, amor. Me perdoa? Prometo que não vai acontecer de novo.

– É melhor mesmo – responde Jasmyn, ainda não tão disposta a deixar o assunto morrer.

King começa a fechar o notebook, mas Jasmyn senta na cama e o impede. Olha para a tela.

– Casas? Por que está em sites de imobiliária a uma da manhã?

A luz do notebook confere um brilho prateado à barba por fazer dele. King passa a mão pela boca e pelo queixo.

– Conversei com umas pessoas sobre o valor das propriedades daqui. É incrível. Valem tanto quanto as de qualquer bairro branco. Mais, até.

A casa que ele está olhando fica em Beverly Hills. O preço é próximo do que pagaram pelo imóvel em Liberdade.

Jasmyn franze a testa.

– Por que está vendo isso? Não diga que quer se mudar para Beverly Hills.

– Quê? Lógico que não. Só estou comparando o que eles têm com o que nós temos. Dê uma olhada: nossa casa é tão boa quanto essa e custa mais ou menos a mesma coisa. Significa que o valor da nossa propriedade é bom.

King parece tão empolgado quanto estava ao tentar convencê-la a se mudar para Liberdade.

– Nossa casa é até melhor, porque fica aqui em Liberdade – comenta Jasmyn.

– Verdade.

Dessa vez, quando ele tenta fechar o notebook, ela deixa.

Depois que as luzes se apagam, King abraça Jasmyn por trás, pousa o braço na barriga dela e esfrega o rosto em sua nuca.

– Nem vem. Ainda estou irritada com você por chegar em casa tão tarde – diz ela, sem muita firmeza.

– Acho que sei de um jeito para acabar com essa irritação.

Jasmyn não consegue conter o sorriso ao ouvir a provocação de King.

Ele mordisca o lóbulo da orelha de Jasmyn, desliza a mão por seu seio e brinca com o mamilo até a respiração dela ficar entrecortada.

– Como estou me saindo? – pergunta.

– Fique quieto e continue – responde Jasmyn, gemendo de leve.

King ri no ouvido dela.

– Sim, senhora.

Ele é gentil como sempre: desliza as mãos reverentes pela barriga de Jasmyn e desce até as coxas. Dá beijos suaves na nuca, no ponto exato que a excita. Ela gruda o corpo no dele e se rende ao prazer, à alegria milagrosa de ser conhecida e amada, à alegria de amar e conhecer.

Mais tarde, quando está pegando no sono, ela pensa na quitinete em que moraram quando começaram a viver juntos. O imóvel mal tinha espaço para duas pessoas, mas eles o adoravam. Jasmyn encarou como prova de amor o fato de não se importarem de ficar praticamente amontoados ali.

– King, se lembra do nosso velho apartamento em Stanley?

Ele boceja com o rosto colado ao cabelo de Jasmyn.

– Hã? O hotel de baratas?

– Não era tão ruim – comenta ela, mesmo sabendo que King tem razão.

O lugar *era* ruim. Empesteado de baratas. E ratos. A tinta da parede do banheiro estava descascando. Isso fora o cheiro persistente de gordura e pimenta, deixado pelos inquilinos anteriores.

King dá uma risada.

– O sexo deixou você sentimental – diz ele e a beija na nuca.

Jasmyn sorri no escuro. Ele tem razão nisso também.

Ainda assim, Jasmyn sente falta do apartamento antigo. Sente falta das vidas antigas, daquele jeito intenso que sentimos falta de coisas que são arrancadas de nós. Mas essa vida antiga não foi arrancada deles. Eles escolheram abrir mão dela. E agora tinham uma vida melhor. Então, por que ela sente essa perda? A vida é feita de escolhas, reflete Jasmyn. Você desiste de algumas coisas para obter outras, melhores.

7

Quando Jasmyn está passando pelos portões do parquinho, uma mulher – que Jasmyn reconhece como sendo uma das professoras da pré-escola – a puxa de lado. Ela é linda, tem a pele negra num tom mais escuro, o rosto expressivo e um afro enorme. Está usando batom vermelho-vivo, grandes argolas douradas e tantas pulseiras que Jasmyn não saberia sequer como usar. Suas roupas são coloridas, como o papagaio que ela e Kamau alimentam sempre que vão ao zoológico.

– Você é a mãe do Kamau? – pergunta a mulher.

– Sou – responde Jasmyn e o observa correndo atrás de um amigo pela grama sintética.

A mulher sorri de orelha a orelha e dá um grande abraço em Jasmyn, balançando-a de um lado para o outro.

Jasmyn se afasta com o máximo de gentileza que consegue demonstrar.

A mulher dá uma risada.

– Desculpe, desculpe, não consegui me conter. Meu nome é Keisha. – Ela leva a mão ao peito. – É um grande prazer conhecer você.

– O prazer é todo meu – responde Jasmyn, num tom educado o suficiente para não ser grosseira, mas frio o bastante para não receber outro abraço.

Não que tenha algo contra, mas um abraço é uma coisa íntima, e ela não se sente à vontade para abraçar desconhecidos.

– Soube que você passou por um momento difícil semana passada – comenta Keisha.

– Não sei bem do...

– O caso Mercy Simpson. Catherine Vail me disse que encontrou você "desconsolada e chorando de soluçar" na frente da escola semana passada – revela Keisha, usando os dedos médios para indicar as aspas.

Jasmyn está confusa demais para rir das aspas irônicas. Catherine Vail estava fofocando sobre ela? Mas tinha sido tão simpática...

– Me deixe contar um segredo – começa Keisha. – Não se pode confiar naquela lá.

Pelo tom de Keisha, Jasmyn se dá conta de que Catherine Vail não fez fofoca, e sim zombou dela.

Jasmyn põe a mão na barriga.

– Os hormônios da gravidez me fizeram chorar.

A ideia daquela mulher rindo dela pelas costas é humilhante. Mais do que isso, é enfurecedora. No fim das contas, seu primeiro instinto sobre Catherine Vail estava certo: ela *é* uma *dessas* pessoas negras que não enxergam valor na solidariedade. Mas então o que estava fazendo ali, em Liberdade?

Keisha balança a mão.

– Escute, eu estou com você. Esses vídeos abalam demais qualquer pessoa que tenha coração. Infelizmente, Catherine Vail não tem. Algumas pessoas aqui só olham para o próprio umbigo. – Keisha se aproxima. – Quer sair para beber alguma coisa mais tarde?

Jasmyn observa Keisha. Uma das habilidades necessárias em seu trabalho é detectar pessoas mentirosas. Não parece ser o caso da mulher diante dela. Com o afro volumoso, as roupas coloridas e a risada vibrante, Keisha parece muito mais autêntica do que Catherine Vail.

– Vamos, vamos – insiste Keisha e aponta para a barriga de Jasmyn. – Não se preocupe, eu bebo por nós três.

Ela joga a cabeça para trás e solta uma gargalhada alegre e ruidosa.

Jasmyn não consegue conter o sorriso. Já *gostou* da mulher, de seu jeito implacável, sua honestidade e franqueza. Keisha podia ter guardado a palhaçada de Catherine Vail para si, mas preferiu avisar Jasmyn sobre o tipo de pessoa com quem estava lidando. Jasmyn se sentiu grata por isso.

– Tudo bem – responde. – Parece ótimo.

– Maravilha! – exclama Keisha, batendo palmas. Dá uma piscadela e completa: – E não se preocupe, não vou abraçar você por tanto tempo da próxima vez.

Jasmyn leva a mão ao rosto, constrangida.

– Não, é só que...

Keisha a interrompe com outra risada e dá mais uma piscadela.

– Está tudo bem. Eu entendo. Aposto vinte pratas que você nunca transou no primeiro encontro também.

Jasmyn cai na gargalhada. Se não fosse pelo tamanho da barriga, se dobraria de tanto rir.

– Sei que sou irresistível – ironiza Keisha. – Que tal às seis? Assim dá tempo de eu ir em casa tomar um banho para tirar o cheiro das crianças. Sem ofensas ao Kamau. Com certeza ele tem um cheiro delicioso.

– Que nada, ele vive fedorento.

– E eu sei que é verdade!

No carro a caminho de casa, Jasmyn repassa a conversa delas na cabeça. Keisha estava certa: nunca havia transado no primeiro encontro, embora, com King, tenha chegado bem perto. Dá uma risada ao lembrar que precisou expulsá-lo de seu apartamento para não ceder à tentação, atacá-lo e arrancar suas roupas.

– Mãe, do que é que você tá rindo? – pergunta Kamau no banco de trás.

Jasmyn sorri.

– Acho que fiz uma amiga hoje, meu bem.

ESCOLA DIURNA DE LIBERDADE

Biografia de funcionária: Keisha Daily

Formação

Faculdade Spelman, bacharelado em Desenvolvimento da Primeira Infância.

Por que escolheu lecionar na Escola Diurna de Liberdade?

É um lugar onde posso ensinar a próxima geração de crianças negras a ser resiliente e autêntica.

O que as pessoas ficariam surpresas em saber a seu respeito?

Sou a tricoteira mais rápida que você já conheceu. É sério.

Citação favorita

"Estou torcendo por todos os negros." – Issa Rae

8

– Pode encher o copo até a boca, querido – pede Keisha e dá uma gargalhada.

O jovem e belo bartender serve o vinho como ela pede e dá uma piscadela. Quando ele se afasta, ela se vira para Jasmyn e diz:

– Acho que esse garoto está flertando mesmo comigo.

Jasmyn ri. Passou o dia todo ansiosa por esse momento. Até então, não se decepcionou.

Keisha mostra o dedo anelar.

– Acha que eu devia contar a ele que sou casada? Aliás, não só casada. Casada com uma *mulher*.

Keisha solta outra gargalhada, mas Jasmyn percebe que ela está atenta, sem dúvida tentando notar qualquer sinal de homofobia.

Jasmyn sente empatia. Sabe como é sempre ter que sondar o terreno em que está pisando, sabe como é cansativo ter que manter a guarda levantada à espera da próxima ofensa inevitável. E Keisha enfrenta coisas ainda piores que ela, porque além de tudo precisa lidar com homofobia.

– Não, deixe o garoto ter esperança – responde Jasmyn e toma um gole de sua margarita sem álcool. – Como se chama sua esposa?

– Darlene – responde Keisha, com um olhar nitidamente aliviado. Desbloqueia o celular e mostra a foto do casamento delas.

Na imagem, Keisha e Darlene estão de pé num altar florido em um parque. O afro de Keisha está preso num coque alto e volumoso, e ela veste terninho de veludo branco. Está no meio de uma gargalhada, a boca escancarada. Jasmyn quase consegue ouvir o som alegre e vibrante. Darlene, sua esposa, tem o tipo de beleza que deixa qualquer um boquiaberto. Tem pele marrom-escura, olhos grandes e inocentes, maçãs do rosto salientes e um afro curto. Está usando um vestido tubinho de seda creme. Ao contrário de Keisha, não está gargalhando, mas exibe um sorriso pleno e radiante.

– Vocês duas estão lindas e parecem muito felizes – declara Jasmyn.

Keisha conta que elas se conheceram num aplicativo de namoro. Estão casadas faz seis anos e há pouco tempo começaram a pensar em filhos. Mudaram-se para Liberdade faz apenas quatro meses.

– Foi a questão dos filhos que fez a Darlene querer se mudar para cá – explica Keisha. – Ela morre de preocupação com o ambiente em que vamos criar nossos filhos. Aí começou a falar de Liberdade. Juro por Deus, só me mudei pra ela calar a boca.

Keisha diz a última parte com um sorriso, e Jasmyn percebe o quanto ela ama a esposa. É uma dessas pessoas que demonstram afeto com provocações.

– Enfim, por mais que eu reclame, ela estava certa – continua Keisha. – É legal estar cercada por tanta melanina.

Elas passam a hora seguinte batendo papo e gargalhando. Keisha revela os melhores lugares para comprar sapatos confortáveis, o melhor lugar para conseguir "uma xícara de café forte e sem frescuras e um donut normal" e o melhor lugar para tomar uísque "depois que você botar esse bebê no mundo".

A partir daí, elas começam a fofocar. Keisha não fez nenhum amigo próximo desde que se mudou para Liberdade, mas tem histórias engraçadas sobre alguns dos pais superenvolvidos com a escola.

– Não é porque essa gente tem dinheiro que tem bom senso.

– Ah, essa eu quero ouvir – responde Jasmyn, se aproximando.

– Sei de pelo menos dois casos extraconjugais que estão rolando.

– Não, não, não! – exclama Jasmyn, balançando a cabeça.

– Sim, sim, sim! Uma mãe mandou um e-mail falando mal do marido para a escola toda, quando na verdade queria ter mandado para o advogado do divórcio.

– Para, não é possível! – fala Jasmyn, dando uma risada.

Keisha põe a mão no peito.

– Juro por Deus que é verdade.

– Agora eu sei com quem falar quando quiser ouvir fofocas.

– Cole em mim. Das fofocas, eu estou por dentro.

Em dado momento, elas começam a falar do Centro de Bem-Estar.

– Já esteve lá? – pergunta Keisha.

Jasmyn hesita. Para Jasmyn, o mais inteligente seria apenas dizer que não e evitar confessar seus sentimentos sobre spas, a indústria do autocuidado e a cultura do "bem-estar" em geral. Ela gosta de Keisha e não quer ofendê-la, caso ela seja uma dessas pessoas que gostam desse tipo de coisa. Em contrapartida, seria legal encontrar uma amiga real ali, alguém que enxerga o mundo como ela.

Escolhe a verdade.

– Quem tem tempo pra ficar fazendo massagem e coisas do tipo? Eu descanso quando acabo de fazer meu trabalho – responde Jasmyn, enfatizando "trabalho".

Os olhos de Keisha se iluminam. Ela dá um tapa no balcão.

– Exato! – exclama. – É *assim* que eu me sinto. Temos tanto trabalho a fazer. – Ela desliza o dedo na base da taça de vinho. – Darlene adora esse lugar. Não se cansa de lá – fala, baixando o tom, como se isso a deixasse confusa.

Jasmyn pensa na quantidade de tempo que King vem passando no centro, mas não diria que ele ama o lugar, só que está tirando uma folga.

Keisha toma o restante da taça de vinho.

– Eu soube que nos daríamos bem assim que ouvi a Catherine falando mal de você.

Enfim elas chegaram nesse assunto.

– O que exatamente ela falou? – pergunta Jasmyn.

– Não importa o que ela falou. Você conhece o tipo dela. É uma ativista de rede social, só toca no assunto no Dia de Martin Luther King, e mesmo assim só compartilha as frases antiembate. Nem liga para Malcolm X ou Stokely Carmichael. – Passa o dedo no antebraço. – Nem todo negro é nosso aliado.

– É a mais pura verdade – concorda Jasmyn.

Existem até negros que se consideram republicanos. Alguns se odeiam a ponto de apoiar o governo racista atual. São as mesmas pessoas que falam "e o negro que mata negro?" sempre que um policial atira num negro. Nunca falam "do branco que mata branco", embora brancos cometam tantos crimes um contra o outro quanto pessoas negras.

– E, aliás, não é só a Catherine – continua Keisha e faz sinal para o garçom servir mais vinho. – Tem outras pessoas por aqui que precisam dar uma boa olhada no espelho e perceber que ainda são negras.

Jasmyn se inclina na direção dela.

– Como assim?

– Olhe ao redor, conte o número de pessoas que fazem alisamento no cabelo. E que usam peruca. Mas note que nenhuma das perucas é de cabelo muito crespo.

Jasmyn dá uma olhada ao redor do bar e no resto do restaurante. Pelas suas contas, mais ou menos metade das mulheres tem o que ela chamaria de estilo de cabelo eurocêntrico.

– Quando eu e Darlene nos mudamos para cá, tentei encontrar uma unidade local do Vidas Negras Importam ou qualquer tipo de organização para participantes, mas não achei nada.

Jasmyn ergue as sobrancelhas.

– Seria de imaginar que teria uma aqui.

– Foi exatamente o que falei para Darlene.

– Hum... – Jasmyn reflete. – Bem, você sabe como são as pessoas. Ficam tão ocupadas com a vida cotidiana, trabalho, filhos, casa e tudo mais, que se esquecem de arranjar tempo para retribuir à comunidade.

– Rá! Você é mais generosa do que eu. Acho que elas são só preguiçosas mesmo – afirma Keisha, rindo.

Jasmyn sorri, mas balança a cabeça.

– É só inércia. A maioria precisa de um empurrãozinho para fazer a coisa certa. A gente precisa facilitar para eles. – Ela se inclina para a frente. – Por que *nós* não abrimos uma unidade do Vidas Negras Importam aqui?

Uma das lições que Jasmyn deseja ensinar a Kamau enquanto ele cresce é que, às vezes, você precisa criar o mundo em que quer viver.

Keisha a encara.

– Você toparia ter essa trabalheira no seu estado?

– Estou grávida, não morta – responde Jasmyn, rindo.

Keisha se aproxima, séria.

– Mas acha mesmo que a gente consegue abrir uma unidade aqui? – pergunta.

Jasmyn estende a mão e aperta a dela.

– Lógico que sim. Juntas, nós vamos conseguir recrutar pessoas. Vai ser fácil por aqui.

9

O recrutamento não começou tão bem quanto Jasmyn esperava. Na terça-feira seguinte à saída com Keisha, tentou falar com os vizinhos que moravam mais à frente na colina, cinco casas depois da sua, os Wright.

O marido atendeu a porta. Seu nome era Anthony. Ele parecia um Denzel Washington jovem, só que maior e um pouco mais claro.

Ele a reconheceu na hora.

– Jasmyn, certo? Regina e eu pretendíamos passar na sua casa para dar as boas-vindas oficiais a Liberdade, mas sabe como é... Entre, entre.

O hall de entrada deles era grande, um espaço circular amplo com paredes de mármore branco e ornado com castiçais de parede dourados e um enorme candelabro de cristal.

O cheiro de lavanda era tão forte que Jasmyn tapou o nariz.

Anthony riu.

– Você se acostuma – falou e explicou que os castiçais também funcionam como difusores. – A lavanda tem propriedades calmantes naturais. Você vai sentir seus ombros relaxarem já, já.

Jasmyn sorriu e apontou para a barriga.

– Desculpe, esse aqui está me deixando sensível a qualquer cheiro.

– Sem problema. Minha esposa era do mesmo jeito – afirmou. – É engraçado como o filho muda a essência da pessoa, não acha?

– Com certeza – concordou Jasmyn, apreciando a gentileza e a sinceridade do comentário.

Ela passou alguns minutos o conhecendo um pouco. Tanto Anthony quanto a esposa eram advogados criminalistas, embora, ao contrário de Jasmyn, trabalhassem no setor privado. Tinham três filhos, todos meninos, e o caçula estava com quatro meses. Moravam em Liberdade havia apenas um ano e até o momento amavam.

– Devíamos promover um encontro das nossas famílias – sugeriu Jasmyn. Anthony lhe pareceu um sujeito pé no chão, e ela gostou do sorriso fácil e frequente dele. – Melhor: vamos arrumar babás para as crianças e sair só nós quatro.

Anthony riu.

– Sim, dou meu total apoio para arrumar babás. Deixar as crianças serem problemas de outra pessoa por uma noite.

Anthony a convidou para a sala de estar, mas ela recusou.

– Eu tenho que ir para casa e não quero tomar muito do seu tempo – respondeu. – Passei aqui porque Keisha Daily... Você conhece? Ela dá aulas na Escola Diurna...

– Sim, conheço a Sra. Keisha. Meu filho do meio está na turma dela. Ela é incrível.

Jasmyn sorriu, orgulhosa da nova amiga. Fez uma nota mental para se lembrar de transmitir o elogio.

– Bem, ela e eu andamos conversando sobre a necessidade de abrir uma unidade do Vidas Negras Importam aqui em Liberdade.

Jasmyn parou de falar, torcendo para que ele abrisse um sorriso e concordasse de cara, sem que ela precisasse ser mais incisiva. Como o homem não fez nem uma coisa nem outra, Jasmyn não soube o que pensar da postura impassível dele, que a encarava de braços cruzados.

Ela respirou fundo e continuou:

– Imagino que você saiba do caso Mercy e Tyrese Simpson. E nem preciso falar de todos os outros.

Ela fez outra pausa, esperando que Anthony balançasse a cabeça ou desse qualquer sinal de raiva e aversão por essas mortes brutais e sem sentido, mas ele se manteve em silêncio, impassível.

Jasmyn se esforçou para não deixar a confusão que estava sentindo transparecer no rosto. Não tinha imaginado que o recrutamento seria assim. Esperara que fosse algo mais interativo, que fosse um momento de compaixão mútua.

Desconcertada, ela cravou as unhas na palma da mão e prosseguiu:

– O único modo de nós nos protegermos é nos organizando. Precisamos de voluntários fazendo lobby com legisladores, fazendo doações para a causa, espalhando a palavra e fazendo as pessoas se envolverem. Imagine como seria bom ter uma unidade do Vidas Negras Importam em Liberdade. Temos muitas pessoas negras de prestígio, conhecimento e dinheiro aqui.

Anthony Wright manteve um semblante estranhamente vazio. Fez Jasmyn se lembrar da conversa que teve com Catherine Vail logo após saber da notícia de Mercy Simpson. Ele zombaria dela mais tarde, como havia feito Catherine?

Ainda assim, ela quis dar a Anthony o benefício da dúvida. Abriu um sorriso, tentando fazê-lo parecer sincero.

– Bem, terminei meu pequeno discurso de convencimento – avisou ela. – O que acha?

Por fim, a expressão facial de Anthony mudou. Ele riu.

– Com certeza é um argumento bem elaborado.

Nesse momento, Jasmyn não conseguiu esconder a expressão de descontentamento que tomou conta de seu rosto. Ele a elogiou e ao mesmo tempo conseguiu ser evasivo. Ela sentiu a garganta seca. Pensou em pedir água, mas queria saber a resposta primeiro.

Antes que ele pudesse falar alguma coisa, uma silhueta feminina surgiu no fim do corredor.

– Querida, venha conhecer nossa vizinha – chamou ele.

A mulher se aproximou e passou o braço pela cintura do marido. Regina Wright era mais clara do que ele. Estava com o cabelo enrolado numa toalha, então Jasmyn ficou sem saber se ela o usava ao natural, fazia alisamento ou alguma outra coisa.

O sorriso que abriu para Jasmyn foi amplo e receptivo.

– Que prazer conhecer você! – exclamou.

Jasmyn explicou outra vez o motivo da visita. Tinha a vaga sensação de estar nas alegações finais de um caso que já havia perdido.

As risadas de crianças pequenas ecoavam de algum lugar do interior da casa.

– Infelizmente a gente não tem tempo para nada do tipo – disse Regina, mantendo o sorriso amplo e muito receptivo.

– Nossa vida já está cheia – acrescentou Anthony.

Jasmyn pensou em tentar convencê-lo. Ele parecera legal o bastante antes de ela tocar no assunto. Mas, naquele momento, nem ele nem Regina pareciam influenciáveis. Será que ela conseguiria persuadi-los a encontrar tempo nas vidas ocupadas para esse trabalho? Eles achavam que não tinham qualquer brecha, mas Jasmyn apostava que havia atividades menos importantes que poderiam ser cortadas da rotina diária. E, quando dessem o primeiro passo nesse caminho, eles sentiriam a vida plena, do modo mais gratificante possível. Ela só precisava convencê-los a dar esse primeiro passo. Talvez pudesse argumentar que eles precisavam arranjar tempo exatamente *por causa* dos filhos – precisavam lutar por um futuro em que aquelas crianças negras vivessem em segurança.

Jasmyn respirou fundo, pronta para fazer outra tentativa, mas Regina foi mais rápida:

– Lamentamos muito por ter desperdiçado seu tempo – disse, num tom de desculpas e ao mesmo tempo decidido.

Jasmyn engoliu as palavras e a decepção. Entendeu que Anthony e Regina Wright não poderiam ser convencidos. Levou a mão à garganta ainda seca. *Não importa*, pensou. *Melhor assim*. Queria que a unidade do Vidas Negras Importam de Liberdade tivesse apenas pessoas tão comprometidas a lutar pela causa quanto ela. Não tinha tempo para pessoas que precisariam ser convencidas. Jasmyn agradeceu pelo tempo deles e foi embora.

Na noite seguinte, tentou outra vez, numa casa uma rua adiante. Um garoto de 15 ou 16 anos atendeu a porta. Jasmyn pediu para falar com os pais, mas ele respondeu que estavam no Centro de Bem-Estar e só chegariam bem mais tarde.

– Seus pais passam muito tempo lá? – perguntou antes de ir embora.

– Vivem lá – respondeu o garoto, dando de ombros.

Agora ali está ela, tentando de novo na casa de Angela e Benjamin Sayles, os cirurgiões plásticos. Ela se lembra de vê-los fazendo aquela ioga esquisita no parque. Torcia para que não fossem tão excêntricos quanto haviam parecido. King tinha dito que eram pessoas legais, que haviam ajudado Carlton Way a fundar Liberdade.

Uma mulher usando um tradicional uniforme de empregada preto e branco com meias marrons e sapatos pretos ortopédicos atende a porta. Ela é mais velha – deve ter quase 60 anos –, tem uma pele negra que não é nem clara nem escura e um afro curto.

– Boa noite, Sra. Williams. Como posso ajudá-la? – pergunta a mulher, fazendo uma reverência e curvando a cabeça numa breve saudação.

Jasmyn não fica mais surpresa por tantas pessoas saberem seu nome, mas fica ao ver a mulher fazer a reverência. Seu queixo cai um pouco. O que está acontecendo ali? Ela quase solta uma gargalhada diante da cena absurda e chocante, mas se controla. A empregada não está brincando.

– Queria falar com os Sayles – responde Jasmyn.

– Eles estão esperando pela senhora?

Jasmyn suspeita que a mulher saiba que não.

– Não, só pensei em dar uma passadinha – explica, meio sem jeito. – E pode me chamar de Jasmyn.

– Claro, Sra. Jasmyn.

Sra. Jasmyn não é melhor, mas ela decide não insistir. Não quer criar problema para a mulher. Provavelmente os Sayles a instruíram a tratar os convidados como se fossem da realeza.

Ainda assim, ela se sente desconfortável em ser tratada dessa forma, sobretudo por uma mulher negra mais velha, que deveria estar passando o tempo assando biscoitos para os netos, não servindo de empregada de gente rica. Toda essa interação fede a dinheiro. Jasmyn se sente envolvida, de certo modo maculada, pela dura realidade da desigualdade.

– Pode aguardar aqui, por gentileza, Sra. Jasmyn? Vou verificar se estão recebendo convidados esta noite.

Meu Deus! Que tipo de gente tem uma empregada e a obriga a vestir uniforme e dizer coisas como "recebendo convidados"? Ela se pergunta se quer burgueses em sua unidade do Vidas Negras Importam.

Enquanto espera, Jasmyn dá uma olhada no hall de entrada. É maior do que o dos Wright, mas similar em vários aspectos. Muito mármore, dourado e cristal. Até os difusores na parede são iguais, mas a essência de lavanda é menos opressiva. A decoração é tão parecida com a dos Wright que ela se pergunta se todos fazem compras na mesma loja ou algo assim.

A empregada retorna.

– Os Sayles vão recebê-la, senhora.

Jasmyn se esforça para não revirar os olhos diante do pedantismo ridículo da cena. Segue a mulher por um corredor decorado com papel de parede texturizado azul e dourado. Fica evidente que Angela e Benjamin estudaram na Escola de Medicina de Harvard. Jasmyn dá uma risadinha ao ver as molduras enormes dos diplomas. Pelo visto querem que todos vejam. Diminui a velocidade para ler a inscrição ornada. *Magna cum laude* em ambos os diplomas.

– *Uau* – murmura, impressionada, apesar de já achá-los ridículos.

Ela sabe por experiência própria quanto esforço, tanto intelectual quanto físico, foi necessário para se formar com tamanha distinção. Quanto preconceito institucional – sem falar do interpessoal – eles tiveram que encarar num lugar como Harvard?

Mas as molduras precisavam ser tão grandes? Isso é só orgulho ou eles estão tentando impressionar, talvez até intimidar os convidados? Pelo que Jasmyn viu até então, deve ser um pouco das duas coisas.

O restante das paredes está repleto de prêmios e recortes de jornais. Há até retratos de família *pintados*. Quem posa para pinturas em vez de fotografias hoje em dia?

Elas saem da casa principal e passam por uma piscina com ladrilhos azul-petróleo e branco, com direito a cachoeira e duas banheiras de hidromassagem. Depois, por uma cozinha ao ar livre e um bar com churrasqueira. Em seguida, por um gazebo, que forma a entrada para um jardim bem-cuidado. Por fim, chegam ao que parece ser uma versão menor da casa principal.

A empregada digita um código num painel na parede. A porta diante delas se abre. A empregada se afasta, dando espaço para Jasmyn entrar.

– Seja bem-vinda – diz uma voz feminina. – Espero que não se importe em conversar enquanto fazemos tratamento.

A sala está iluminada com velas. Leva alguns segundos para os olhos de Jasmyn se adaptarem e para ela entender o que "enquanto fazemos tratamento" significa. Angela e Benjamin estão deitados em mesas de massagem, completamente nus e com os corpos marrom-claros reluzentes, cobertos de óleo. Benjamin Sayles está de barriga para cima. Seu pênis está ereto e apontado para o teto. A massagista não está massageando *lá* no momento, mas será que estava antes? Angela Sayles está de bruços. Sua massagista está colocando pedrinhas pretas lisas ao longo de sua coluna.

Jasmyn se vira de costas para eles.

– Meu Deus. Me desculpem. Não sabia! – exclama Jasmyn.

As desculpas saem de sua boca antes que ela consiga raciocinar. Mas por que deveria ser ela a se desculpar? Não foi ela quem invadiu a privacidade dos Sayles. Eles é que a convidaram.

Mesmo de costas, Jasmyn tapa os olhos.

– Eu avisei que ela ficaria constrangida – diz Angela Sayles ao marido, num tom de leve repreensão, mas bem-humorado.

Benjamin Sayles dá uma risada.

– Por que não leva Jasmyn para o salão? Daqui a pouco me junto a vocês.

Mas Jasmyn não tem interesse algum em recrutar essa gente.

– Querem saber? Vocês estão ocupados. Eu volto outra hora.

– Que nada – insiste Angela Sayles. – Lamento muito ter constrangido você. Às vezes nós esquecemos que nem todo mundo se sente tão à vontade com o próprio corpo como nós.

Como lidar com gente desse naipe? Eles estão dizendo que ela não é bem resolvida porque não queria ver essas bundas pálidas nuas? Jasmyn abre os olhos e caminha em direção à saída. Sente um movimento às suas costas e a mão de alguém no braço.

– Me desculpe mais uma vez – pede Angela Sayles. – Vamos para o salão? Odiaria que você fosse embora sem eu saber o motivo da visita.

Jasmyn a observa. Pelo menos ela está usando um robe branco luxuoso com as palavras *Centro de Bem-Estar de Liberdade* na lapela. Talvez devesse ir ao salão e fazer seu discurso, só para não azedar a relação. A última coisa que deseja – e a última coisa que sabe que King deseja neste lugar que tanto ama – é se dar mal com os vizinhos.

Assim como na sala de massagem, para entrar no salão é preciso digitar um código. Por que eles têm códigos de segurança em cômodos dentro da própria casa? Jasmyn tinha notado as câmeras de segurança do lado de fora da propriedade, mas isso é outro nível. Paranoia vem no pacote quando se é tão rico?

Angela Sayles empurra a porta com um floreio.

– *Et voilà* – diz.

Jasmyn entra num cômodo que parece ser feito de luz e vidros. Tem a sensação de que está dentro de uma joia, uma água-marinha ou um topázio azul-claro. Objetos de cristal pendem do teto e refletem a luz. O aroma de lavanda está por toda parte.

– Bem-vinda ao nosso santuário – declara Angela Sayles.

Jasmyn dá uma volta e absorve todo o cenário ao redor. Do lado oposto da sala, há duas poltronas reclinadas luxuosas, do tipo que se vê em spas pomposos e sofisticados. Atrás delas há uma estante com frascos azuis enfileirados. Do outro lado da estante há duas banheiras vitorianas largas cheias com um líquido branco leitoso.

Em razão do constrangimento de vê-la nua, Jasmyn ainda não tinha olhado de verdade para Angela, mas agora a encara. Angela Sayles é o tipo de mulher negra que as mulheres brancas acham linda. Mas, sinceramente, as mulheres negras também têm culpa nisso. Ela tem cabelo ondulado "bom", 3A, e o tom de sua pele é mais claro – ela com certeza passa no teste do saco de papel pardo. Suas feições – nariz fino, lábios finos – são mais de branca do que de negra. Seus olhos são castanho-claros. Alguma ancestral escravizada de Angela deve ter sido estuprada pelo "dono". Jasmyn se pergunta se Angela sabe que a história da escravidão americana está escrita em sua pele "clara" e no cabelo "bom".

– Se importa de se virar só por um instante? – pergunta Angela Sayles ao lado de uma das banheiras.

Jasmyn se vira na hora. Não tem a menor vontade de ver essa mulher nua de novo.

Segundos depois, Angela Sayles avisa e Jasmyn se vira de frente e a vê completamente submersa na banheira.

– Agora, sobre o que você queria conversar? – indaga Angela Sayles, então joga a cabeça para trás e fecha os olhos.

Jasmyn não consegue se lembrar da última vez que conheceu gente tão estranha. Na verdade, *nunca* conheceu gente estranha assim. Por que Angela simplesmente não a ouviu *antes* de entrar na banheira? Agora Jasmyn tem que ficar ali, de pé, para apresentar sua proposta enquanto finge que está numa situação totalmente normal, como se as duas compartilhassem uma intimidade que não têm.

Será que Angela está tentando deixá-la desconfortável? Se sim, por quê? Jasmyn desvia o olhar da banheira e se obriga a simplesmente acabar de uma vez com aquilo. Quanto mais cedo explicar por que está ali, mais cedo a mulher pode dispensá-la, e mais cedo Jasmyn pode dar o fora e ligar para Keisha a fim de darem umas boas gargalhadas da situação.

Assim como fez com os Wright dois dias antes, Jasmyn sugere fundar uma unidade do Vidas Negras Importam em Liberdade. E, como já era esperado, Angela Sayles não demonstra interesse, dando a mesma justificativa dos Wright: *A vida está tão cheia. Tem vezes que é preciso deixar algumas coisas de fora.* Jasmyn não pressiona Angela, apenas lhe agradece pelo seu tempo.

Quando está saindo, Jasmyn vê Angela Sayles afundar mais na banheira e deixar apenas o rosto marrom-claro, relaxado de prazer, flutuando acima da superfície, num mar de leite.

Mais tarde, quando conta a King e depois a Keisha sobre a visita, Jasmyn prefere não mencionar que, enquanto via Angela Sayles ali, deitada na banheira, marinando, sentiu algo errado no ar, alguma coisa sutil mas inconfundível.

E, considerando que não faz nenhum sentido racional, Jasmyn não vai contar aos dois que, por um breve momento, sentiu medo na casa dos Sayles.

Trecho da entrevista com Angela e Benjamin Sayles na edição "Casais poderosos" da *Revista Ébano*

Entrevistador: O que vocês diriam às pessoas que criticam cirurgia plástica, que dizem que a aparência física não tem importância?

AS: Eu diria "por favor, virem adultos e entrem no mundo real".

BS: Por favor, perdoe a Angela. Às vezes ela fica um pouco na defensiva. Primeiro, eu simplesmente mencionaria que Angela e eu fazemos muitos trabalhos *pro bono* – cirurgias de reconstrução para vítimas de acidentes traumáticos, queimaduras, acidentes de carro e coisas do tipo. Acho que ninguém nos criticaria por realizar essas cirurgias. A questão é que muita gente por aí acha que só uma pessoa vazia e egocêntrica escolheria fazer um dos procedimentos que oferecemos. Essas pessoas acham que cirurgia plástica se resume a ter um nariz melhor, tirar um pouquinho da gordura da coxa ou aumentar os seios. Mas se trata de muito mais do que isso. Tem a ver com autoestima. Nós ajudamos as pessoas a se sentirem bem consigo mesmas. Damos a elas uma beleza exterior que combina com a beleza interior. Damos a elas as ferramentas necessárias para enfrentar um mundo que pode ser cruel. Sim, de vez em quando isso significa lhes dar um nariz melhor, mas qual o problema nisso? Por que não aproveitar ao máximo os presentes que Deus lhe deu? Nós temos a tecnologia e as ferramentas para consertar a maioria dos defeitos, por que não tirar vantagem delas?

AS: O que Benjamin quer dizer é que um bisturi bem manejado pode tornar o mundo um lugar melhor.

10

Jasmyn convence King a não usar o serviço de manobrista do restaurante no centro de Los Angeles onde vão se encontrar com amigos. Por que jogar dinheiro fora se ela tem uma vaga de estacionamento perfeita no fórum, a apenas seis quarteirões dali?

– Não é possível que você esteja mesmo se importando com vinte dólares – diz King depois de estacionar o carro.

– Como assim? Isso costumava ser muita grana para nós – responde Jasmyn.

King a encara, mas só fala após dar a volta no carro, abrir a porta do carona e ajudá-la a sair.

– Acho que estou entendendo – fala ele, por fim, sorrindo como se soubesse de algo que ela não sabe.

Jasmyn dá um empurrãozinho no ombro de King.

– E o que você acha que está entendendo, senhor?

Ele dá um beijinho na mão da esposa.

– Meu bem, não há nada de errado em nós termos dinheiro agora.

– Mas vinte dólares ainda são vinte dólares. Além do mais, eu vivo no escritório ou no fórum, nunca mais consegui dar uma volta por aqui. Vai ser bom respirar ar fresco.

King dá uma risada.

– Se é ar fresco que você quer, é melhor voltar para Liberdade.

Eles pegam o elevador descendo e saem na rua. A noite está quente, excepcionalmente úmida e nem um pouco fresca.

Sem dúvida, o centro de Los Angeles tem um cheiro pior do que o de Liberdade. Mas Jasmyn gosta disso. Tem cheiro de cidade de verdade: exaustores, lixo, urina, coisas mortas e moribundas. Ela ama Liberdade, mas não quer que o fato de morar lá a deixe muito acomodada, muito confortável. Quanto mais você sobe na árvore, mais longe fica das raízes.

Eles viram numa esquina e veem um pequeno aglomerado de barracas com pessoas em situação de rua dois quarteirões à frente.

– Nossa, esse é novo – comenta Jasmyn e aperta o braço de King. – Não estava ali semana passada.

Em meio a barracas, cadeiras dobráveis e sacos de dormir, Jasmyn vê lixo de todo tipo, de embalagens de fast-food a absorventes e garrafas de bebida.

– Vem, melhor atravessar – sugere King.

Jasmyn olha para o outro lado da rua. Está deserto, exceto por alguns homens em situação de rua dormindo nas fachadas das lojas. Dá outra olhada ao redor e percebe que não tem ninguém andando por ali. Talvez King esteja certo. Eles deviam ter usado o serviço de manobrista. Sente vergonha assim que pensa nisso. Nesse momento deveria estar sentindo compaixão, não medo.

Ela balança a cabeça.

– Não, tudo bem. Vamos continuar.

King para, vira-se e a encara. Segura suas mãos.

– Meu bem, você não precisa provar nada...

– Quem disse que estou tentando provar alguma coisa? – interrompe Jasmyn, tão irritada com King quanto está consigo mesma. – A gente precisa ajudar essas pessoas, não atravessar a rua fingindo que elas não existem.

King a olha como se ela fosse ingênua.

– Algumas dessas pessoas são perigosas...

– Vai ficar tudo bem – insiste Jasmyn.

– Está bem – responde King, se dando por vencido. – Mas fique perto de mim.

– Ok – diz Jasmyn, deixando King puxá-la para perto.

Meio quarteirão depois, o marido a conduz em meio a um monte de cacos de vidro espalhados pela calçada e algo fedorento que ela não consegue identificar.

– Meu Deus, por que deixamos isso acontecer com as pessoas? – pergunta Jasmyn, sempre incomodada com o fato de não conseguir salvar todo mundo.

– Não sei, meu bem. Não sei.

A calçada vai ficando cada vez mais suja à medida que eles se aproximam do aglomerado de barracas. Jasmyn presta atenção ao chão e segue por um caminho estreito entre as barracas e a rua. Seus saltos vão triturando cacos de vidro conforme ela anda.

Quando passam por ali, alguém diz:

– Boa noite, pessoal.

Jasmyn aperta o braço de King mais forte e tenta não demonstrar o quanto está assustada. Bem à frente deles há um homem que ela não notou. Ele está sentado na entrada da barraca os observando se aproximar. É negro, mas está tão imundo que parece cinza.

King joga os ombros para trás e se endireita. Assente para o homem.

– Boa noite.

O homem sorri e Jasmyn vê que até seus dentes são cinza.

– Noite boa para um passeio – comenta ele, num tom leve e tranquilo, como se todos ali estivessem sendo amigáveis e aproveitando a noite de primavera juntos.

– Com certeza – concorda Jasmyn, e na hora se sente ridícula por dizer isso. Então para de andar e pergunta: – Como você está, irmão?

O homem a fita com olhos vidrados.

– Não posso reclamar, irmã – diz ele.

Ao lado de Jasmyn, King se retrai, mas não tenta puxá-la para seguir caminhando. Ela tira uma nota de vinte dólares da carteira e a entrega ao homem.

– Muito obrigado – agradece ele, abrindo o sorriso cinzento de novo. – De verdade.

Jasmyn fica mais uma vez impressionada com a tranquilidade e a casualidade do homem.

– De nada – responde.

Meio quarteirão adiante, King beija a testa dela.

– Fico feliz por termos caminhado – afirma. – Você estava certa sobre o dinheiro do estacionamento.

Quando chegam ao restaurante, seus amigos Tricia e Dwight já estão lá. Tricia mal os espera se sentar para começar.

– E então? Como estão as coisas na burguesia de Liberdade? – pergunta ela.

Jasmyn e Tricia são amigas desde a faculdade, então Jasmyn sabe que Tricia só está brincando, mas ainda assim sente um calor no rosto e no pescoço provocado pelo constrangimento. Sente-se exposta, como se estivesse sendo acusada de algo.

– Não é tão burguesa – responde.

E mesmo que *tenha* sido uma acusação, qual é o crime dela, exatamente? Morar num lugar seguro, bonito e – sim – caro? Os Estados Unidos são assim. Segurança e beleza custam dinheiro. Tricia sabe disso.

Jasmyn passa alguns minutos enaltecendo os pontos positivos de Liberdade. Diz a Tricia e a Dwight como é legal viver rodeada de pessoas negras.

– Cada professora, barman, policial... – Ela se aproxima de Tricia como se estivesse compartilhando um segredo e continua: – Não sei nem expressar como é um alívio poder *relaxar*. – Ao dizer essas palavras, Jasmyn percebe o quanto está falando sério. – Outro dia eu estava na farmácia e o segurança não ficou me seguindo.

Tricia ri e balança a cabeça.

– Odeio quando fazem isso. Tipo, como assim? Eu vou roubar xarope para tosse e esses batons de quinta categoria?

– Não é? Ridículo. Quer saber outra? Também não fui confundida ainda com funcionária em nenhum lugar em Liberdade.

Tricia dá um tapa na mesa.

– Escute. Essa. Merda. Não. É. Engraçada – declara, pontuando cada palavra com um tapa. – Mesmo que eu estivesse usando uma droga de vestido de noiva, alguém chegaria em mim e perguntaria em que corredor ficam os absorventes.

Jasmyn gargalha tanto que suas bochechas doem. É tudo tão absurdo. O que fazer além de rir? Ela poderia contar a Tricia outros benefícios de morar em Liberdade. Nas lojas de produtos de luxo, ninguém presume que ela não pode bancar os itens à venda. Nas ruas, ninguém segura a bolsa com um pouquinho a mais de força quando ela, Kamau ou King passam. Ninguém tranca a porta do carro também.

Claro, nem tudo lá é perfeito. Mas, talvez por estar na defensiva após ouvir Tricia chamar Liberdade de lugar de burguês, Jasmyn não menciona os problemas. Não fala que, depois de morar por seis semanas num lugar cheio de pessoas negras, encontrou apenas uma de quem realmente goste até o momento. Não revela que nem ela nem Keisha conseguiram recrutar uma única alma para a unidade do Vidas Negras Importam que estão tentando abrir. Keisha lhe contou que tinha falado do assunto com quase todo pai e toda mãe de aluno da pré-escola com quem conversou ao longo da semana. Todos responderam a mesma coisa: estão muito ocupados. Jasmyn tinha vontade de sacudi-los, dizer que estar ocupado não é desculpa para não se envolver. Isso sem contar a irritação que sente por ver que todos eles têm tempo de sobra para ir ao Centro de Bem-Estar fazer toda aquela palhaçada de autocuidado. A imagem de Angela Sayles afundando na banheira passa como um flash por sua mente, mas ela a afasta na hora. Por mais que tente, Jasmyn não consegue imaginar por que essa visão pareceu tão sinistra. Angela Sayles não passa de uma riquinha frívola com tempo de sobra.

– Estava brincando quando falei que Liberdade é lugar de burguês – explica Tricia. – Tudo isso parece legal.

Jasmyn percebe a ponta de inveja na voz de Tricia e se sente culpada.

– E você, King? Sente falta de alguma coisa da cidade? – pergunta Dwight.

King dá um gole na cerveja antes de responder. Jasmyn intui que ele está escolhendo as palavras, do mesmo jeito que alguém escolhe as frutas maduras no mercado.

– Ah, cara, não é como se estivéssemos em outro planeta. A gente vem trabalhar todo santo dia aqui.

Pelo tom, Jasmyn conclui que ele mudaria até isso se pudesse.

A comida chega, e ela muda de assunto.

– Viram o vídeo da mulher branca no parque? – comenta.

Tricia dá um tapão na mesa e solta uma gargalhada.

– A garota nem ligou de estar sendo filmada.

– Aposto que liga agora – declara Dwight e gargalha também.

Eles mudam do vídeo racista para outros dois ainda mais racistas, e depois para o vídeo mais recente do presidente racista, então falam de outro que King desconhecia. Por fim, chegam ao caso de Tyrese e Mercy Simpson.

– Eles meteram uma bala no pulmão da garotinha – fala Jasmyn, ainda sem acreditar nas palavras que está dizendo.

Mais uma vez, relembra seu próprio incidente no trânsito com um policial branco. E se aquilo tivesse acontecido com Kamau? Ela não sobreviveria a algo assim.

– As coisas que eles fazem com a gente... – emendou Tricia, com os olhos marejados.

Jasmyn segura a mão da amiga.

– Li hoje que ela saiu da UTI – informa King. – Parece que vai sobreviver, afinal.

– Uma pequena bênção – diz Tricia.

Dwight se aproxima e a beija na testa.

– Sabe o que mais não consigo superar? – diz Jasmyn. – O noticiário só falar dos protestos e "saques". Juro por Deus, eles se importam mais com as propriedades do que com os seres humanos.

– Verdade – concorda Tricia.

Depois disso não há muito o que dizer, e eles ficam em silêncio até a garçonete chegar para anotar os pedidos de sobremesa.

Jasmyn e Tricia dividem uma fatia de bolo de chocolate. Dwight está cheio demais para comer outra coisa.

King pede uma única taça de vinho do Porto que custa na casa dos três dígitos.

Jasmyn finge não ver o preço e depois finge não notar o olhar que Tricia e Dwight trocam. Se Tricia ainda não achava que ela era burguesa, com certeza agora acha.

Quando a conta chega, King insiste em pagar. Tricia e Dwight aceitam sem discutir.

Eles saem do restaurante e caminham dois quarteirões até o bar de um hotel do qual Dwight tinha ouvido falar. Exceto pela garçonete, eles são as únicas pessoas negras no lugar.

Enquanto puxa a cadeira para Jasmyn, King cochicha no ouvido dela.

– De onde somos não é assim – diz, orgulhoso.

Jasmyn leva um segundo para perceber que ele está falando de Liberdade. Agora eles são de Liberdade.

Os drinques começam bem. Tricia pede uma água com gás em vez do cosmopolitan de sempre, e Jasmyn se dá conta de que Tricia não bebeu uma gota de álcool até o momento.

Como sempre, King e Dwight começam a falar de esportes, dessa vez sobre basquete.

Jasmyn aproveita a oportunidade para aproximar a cadeira de Tricia.

– Como vão as coisas no trabalho? – pergunta.

Tricia é enfermeira da unidade de traumatologia da emergência de um hospital de porte médio localizado no centro da cidade, com poucos recursos e falta de pessoal. A maioria dos pacientes é negra ou mexicana, e pobre.

Tricia respira fundo.

– Semana passada foi difícil. Uma família de quatro pessoas bateu o carro de frente com um caminhão. A mãe morreu antes mesmo de a gente conseguir prepará-la para a cirurgia. O pai e uma das crianças morreram dois dias depois.

– Meu Deus, Trish, sinto muito – consola Jasmyn e segura a mão da amiga.

Tricia balança a cabeça e fita a mesa.

– Eu trabalho com isso há anos e não me acostumo – murmura. – Quando a mãe do acidente faleceu, minha enfermeira-chefe me encontrou chorando no banheiro. Há anos ela me diz que preciso endurecer e criar uma casca. Diz que não posso desmoronar a cada pessoa que chega baleada ou gravemente acidentada, mas não sei fazer isso. – Ela ergue o olhar para Jasmyn. – Como posso trabalhar sem me importar?

Jasmyn entende exatamente como Tricia se sente. Sabe como o trabalho salvador, transformador, importante se entranha em seu ser. Não há como não se importar. Todo caso que perde, toda *pessoa* que ela perde para o sistema, a fere profundamente. Toda perda muda algo dentro dela.

Jasmyn aperta a mão de Tricia.

– Você está bem?

– Estou. Passei uns dias mal com isso. E você? Como a Dama da Justiça vem tratando você?

Jasmyn solta a mão de Tricia e se recosta na cadeira.

– A Dama da Justiça é parcial pra caramba, mas eu saquei qual é a dela nos últimos dias. Ganhei todos os casos desta semana.

Tricia ergue a água com gás para um brinde.

– Isso aí!

Jasmyn toma um gole d'água, se aproxima da amiga e diz:

– Você não estava errada mais cedo. Liberdade é um lugar meio burguês mesmo.

– Eu sabia que você ia ficar incomodada – confessa Tricia, sorrindo. – Não falei com má intenção. Se eu mesma tivesse todo esse dinheiro, também ficaria meio burguesa.

– Talvez *burguesa* não seja a palavra certa. O que estou tentando dizer é que as pessoas não são como eu esperava.

– Como assim?

Jasmyn franze a testa, sem saber ao certo como descrever os moradores de Liberdade.

– Sabe a sua enfermeira-chefe, que disse que você tem que criar uma casca? Bem, é como se aquela gente tivesse cascas impenetráveis para tudo que tem a ver com os nossos problemas.

Tricia ergue as sobrancelhas.

– Já não gostei disso.

– Pois é! E a verdade é que, até agora, só fiz uma amiga. Você iria gostar dela. Se chama Keisha. Quem sabe nós três podemos sair. – Ela suspira. – Sei lá. Achei que teria uma comunidade inteira de amigos a esta altura.

– Você não está lá há *tanto tempo* assim.

– É, tem razão. Mas vai além disso.

Ela se inclina, prestes a contar da tentativa de recrutar os Sayles, quando Dwight bate o garfo no copo.

– Hora de uma pequena novidade pessoal – anuncia.

Tricia abre um sorriso tão grande que faz Jasmyn sorrir também.

– Estamos grávidos! – conta Tricia.

– É uma menina – emenda Dwight. – Que Deus me ajude!

Jasmyn solta um grito e se levanta para abraçar Tricia.

– Eu sabia que tinha um motivo para você passar a noite toda só bebendo água com gás.

Tricia ri e põe a mão na barriga de Jasmyn.

– Logo, logo a minha vai começar a aparecer também.

– Vocês deviam se mudar para Liberdade – sugere Jasmyn enquanto se senta. – O que acha, King? Seria perfeito! Nossos filhos crescendo juntos.

King balança a cabeça e sorri.

– Não vamos planejar a vida deles – responde.

Jasmyn o observa por um instante. Por que ele não está empolgado com a ideia? Um segundo depois ela se dá conta. Tricia e Dwight nunca poderiam bancar a vida em Liberdade.

Jasmyn sente o olhar de Tricia sobre si e King.

– Estamos bem onde estamos – diz Tricia. – Temos raízes lá.

– Então me conta como vocês descobriram e tudo mais – pede Jasmyn, e não apenas para acabar com o leve constrangimento.

Ela ama ouvir histórias dos grandes acontecimentos da vida das pessoas, das coisas que as fazem mudar de um tipo de vida para outro. No trabalho, sempre vê grandes acontecimentos, mas as mudanças que acarretam quase nunca são boas.

Tricia esfrega as palmas e sorri.

– Vocês sabem que nós estávamos tentando ter um bebê já fazia um tempo. Bem, a gente estava numa festa, e o Dwight me trouxe uma bebida. – Ela ri. – Antes que vocês digam alguma coisa, sei que não se deve beber quando se está tentando ter um filho, mas, como eu falei, já estávamos tentando havia um bom tempo. Enfim, Dwight me entregou um cosmopolitan, minha bebida preferida. Quando eu dei um gole, quis cuspir na mesma hora. Assim que isso aconteceu, eu soube que estava grávida.

King ri.

– Veja só. O bebê já mostrando quem manda.

– Que Deus me ajude – repete Dwight.

– Bem aí, pedi que Dwight comprasse um teste de farmácia – continua Tricia.

– Quando eu entrei na farmácia no fim do quarteirão, vi uma prateleira inteira só de testes – intervém Dwight.

– Acreditam que ele me trouxe cinco testes? – diz Tricia, rindo. – Na hora eu me perguntei: "Quanto xixi esse homem acha que eu tenho aqui dentro?"

Dwight dá de ombros.

– Eu queria ter certeza, certeza, certeza.

– Resumindo: fui ao banheiro, fiz o que tinha que fazer e deu positivo.

Ela faz uma dancinha feliz na cadeira.

– Quando chegamos em casa, ela bebeu uns cem copos de água e fez xixi nos outros testes – acrescentou Dwight.

– Como você falou, eu queria ter certeza, certeza, certeza.

Em seguida, Tricia fala de quando descobriram o sexo do bebê e quando ouviram os batimentos cardíacos pela primeira vez.

– Era muito alto. De início, achei que fosse o meu – confessa.

Jasmyn a interrompe:

– Só me diga que sua obstetra é negra.

Tricia faz que não.

– Você precisa arranjar uma – sugere Jasmyn. – Sabia que a taxa de mortalidade de mulheres negras durante o parto é três vezes maior do que a de mulheres brancas?

– Sério? Isso tudo? – indaga Tricia, tocando a barriga.

– É criminoso.

– Estou com minha gine...

Jasmyn a interrompe de novo:

– Você pretende tomar uma epidural ou vai ser natural?

– Ah, qual é – responde Tricia. – Natural? Não seria eu. Vão ter que me dar todos os remédios possíveis.

– Essa mulher chora quando se corta com papel – comenta Dwight.

Jasmyn esboça um sorriso.

– Mais um motivo para ter uma obstetra negra. Sabia que médicos brancos prescrevem menos analgésicos para pacientes negros do que para brancos?

– Ouvi algo do tipo – responde Tricia.

– Essa gente é inacreditável. – Jasmyn balança a cabeça. – Vocês se lembram do estudo sobre sífilis em Tuskegee? Deixaram aqueles pobres homens sofrerem...

– Vá com calma, amor – pede King, finalmente. – É um momento de comemoração.

Jasmyn olha para Tricia e Dwight e percebe que estão com a testa franzida, olhando para as bebidas.

– Droga, me desculpem. Perdão. Me deixei levar. Tem vezes que o mundo é pesado demais. Tem muita injustiça, sabe?

King se aproxima e beija sua testa.

– Esquece tudo isso esta noite – sussurra no ouvido dela.

Jasmyn assente. Claro que ele tem razão. Existe hora e lugar para tudo.

– Assunto mais leve – anuncia Jasmyn, batendo palmas. – Me sinto na obrigação de avisar que vocês precisam fazer o máximo de sexo que puderem agora. Depois que essa menininha nascer, acabou para vocês.

Dwight grunhe e Tricia ri.

– Tenho lido isso – responde ela.

Eles conversam sobre os grandes marcos do primeiro ano da criança, rolar, engatinhar e andar. Falam de amamentação, introdução de alimentos sólidos, primeiras palavras e todos os assuntos típicos de pessoas grávidas.

Em dado momento, enquanto King conta da vez que Kamau fez xixi nele durante a troca de fralda, Jasmyn se inclina sobre a mesa, aperta a mão de Tricia e sussurra:

– Me desculpe por antes.

Tricia balança a cabeça e sussurra de volta:

– Tudo certo. – Ela aponta para a barriga. – Acredita que tenho um bebê aqui? – Seu sorriso é radiante.

Jasmyn passa o resto da noite evitando qualquer tema que tenha a ver com raça ou racismo na gravidez. Sente-se culpada por ter tocado no assunto, para começo de conversa. Devia ter deixado Tricia e Dwight aproveitarem o momento deles. Mesmo assim, toma uma nota mental: dali a mais ou menos uma semana vai falar com Tricia e recomendar algumas obstetras negras. Tudo bem os quatro deixarem o racismo de lado esta noite, mas o racismo não vai deixá-los de lado.

———

A primeira coisa que King diz a Jasmyn na manhã seguinte é que ela deveria se juntar ao Centro de Bem-Estar. Ainda estão na cama, mas ele está sentado, com as costas apoiadas na cabeceira. Ele ergue a mão antes que Jasmyn possa citar todos os motivos para não ter interesse em ir.

– Amanhã à noite, vão fazer um tour para não membros. Com direito a aulas grátis e tudo mais – explica.

Jasmyn sabe que ele está mencionando isso porque ela jogou um balde de água fria no anúncio de gravidez de Tricia. Isso a deixa na defensiva.

– Você não acha que passa tempo suficiente lá por nós dois? – dispara.

Num primeiro momento, King faz uma expressão de surpresa, depois de mágoa, então ele desvia o olhar de Jasmyn. Tira os óculos e os limpa com a barra da camisa. Costuma fazer isso quando está chateado, mas se esforçando para manter a calma.

– Passo tempo lá para aliviar o estresse – responde, com a voz baixa e tensa. – Porque trabalho a droga do tempo todo. – Ele a encara de novo. – Ou você não notou essa parte?

Jasmyn é tomada pela sensação de culpa. Sabe que não está sendo justa. Ergue o corpo para se sentar na cama e se aproxima de King.

– Desculpe. Sei que você está se matando de trabalhar. O quanto está trabalhando por nós.

Dá uma ombradinha no ombro de King, mas ele não reage, apenas joga a cabeça para trás, apoiando-a na cabeceira, e fecha os olhos.

– Desculpe – repete Jasmyn. – Não estava falando sério.

– Tem certeza? – pergunta King, cético.

– Tenho – insiste ela e o cutuca outra vez. Segundos depois, acrescenta: – Não me leve a mal, mas ainda quero que você volte ao Mentoria LA.

Ele ergue a cabeça e a encara.

– Meu Deus, mulher! – exclama, rindo baixo. – Alguém já disse como você é implacável?

Jasmyn sorri para King, aliviada pelo fim da discussão, e repousa a cabeça no ombro dele.

– Afinal, no que estão fazendo você trabalhar tanto? – pergunta ela. – Ainda é aquele tal energético com água mineral cheio de frescuras, o Despertar?

Ele assente.

– Preciso acertar em cheio. É um grande investimento para nós. Você não acreditaria na quantidade colossal de dinheiro que gastamos com branding e design de embalagem para parecer que é mais do que água com cafeína e corante.

Ela ri, perplexa.

– Quando vai trazer para eu experimentar?

– Depois que o bebê chegar. Tem cafeína demais para você. – Ele se endireita. – Mas pare de tentar fugir do assunto. – Ele aperta a mão de Jasmyn. – Vai ao spa amanhã?

Ela suspira.

– Você não vai esquecer esse assunto, vai? – pergunta Jasmyn, irritada com a insistência de King. – Por que quer tanto que eu me associe?

– Amor, ontem à noite foi... – Ele para e limpa os óculos de novo. – Meu bem, você precisa relaxar. *Eu* preciso relaxar.

Jasmyn comprime os lábios e segura a vontade de dizer não. Por mais que se sinta mal por ter sido estraga-prazeres na noite anterior, ela não precisa de "terapia" relaxante ou seja lá como chamam isso hoje em dia. Ao mesmo tempo, King não é de fazer muitos pedidos. E o que ele está pedindo não é muito, é? Ela pode fazer um tour. Não precisa se tornar membro.

Jasmyn deixa a irritação de lado.

– Tudo bem – responde. – Eu vou.

11

Jasmyn vê o portão com posto de controle à sua frente e se pergunta se está no lugar errado. O GPS diz que não. Olha de novo. Há guaritas de segurança de cada lado da pista e o portão parece pesado o suficiente para bloquear um tanque. Por que o Centro de Bem-Estar precisa disso tudo? É um spa, não uma prisão.

Um guarda sai da guarita à direita e sinaliza que ela abaixe a janela. Jasmyn nota que ele está armado. Não deveria se surpreender. Até seguranças de shopping andam armados hoje em dia.

O spa tem mais protocolos de segurança do que a maioria dos fóruns em que Jasmyn já esteve.

Ela riria dos exageros se não estivesse levemente aborrecida. Ainda por cima, está irritada. Teve que sair do trabalho antes de terminar suas anotações sobre um caso delicado. Tem pelo menos uma hora, talvez duas, de trabalho à espera dela quando chegar em casa.

Mesmo assim, precisa tomar cuidado ali. Abaixa a janela.

– Boa noite – cumprimenta um homem. – Bem-vinda ao Centro de Bem--Estar de Liberdade. Posso ver sua identidade, por favor?

Ele tem a pele negra escura, é magro e alto, com o tipo de rosto que você esquece assim que desvia o olhar. Seu uniforme é cinza genérico e ele usa o que parece ser um distintivo de xerife com as iniciais CBL.

Jasmyn entrega a identidade ao guarda e faz questão de manter contato visual. As pessoas tendem a não criar caso quando você personaliza a interação com elas.

– Meu compromisso é às seis da tarde – acrescenta num tom confiante e firme, sem deixar espaço para dúvidas.

Enquanto o primeiro guarda checa a identidade, um segundo sai da guarita à esquerda. Não é tão alto e magro, mas é tão esquecível quanto o colega. Acena com a cabeça para Jasmyn, que acena de volta e pousa as mãos no volante. Não consegue explicar, mas se sente melhor sabendo que pode dar marcha a ré e cair fora dali rápido se precisar.

O primeiro guarda retorna à janela.

– Está liberada, Sra. Williams.

– Obrigada – responde Jasmyn, pegando a identidade. Por impulso, decide sondar um pouco. – Por que precisam de dois seguranças neste portão? – pergunta, certificando-se de sorrir enquanto fala.

O guarda retribui o sorriso.

– Segurança em primeiro lugar – responde ele, sucinto.

Ele se endireita e dá um tapinha no teto do carro. Mais à frente, o portão pesado se abre.

Jasmyn fecha a janela e suspira alto, aliviada por se livrar deles. Segue em frente, mas observa os homens pelo retrovisor. Eles não conversam entre si, apenas voltam para as respectivas guaritas. Ela suspira de novo. Foi uma situação um pouco excessiva, mas supõe que em Liberdade muitas coisas sejam excessivas.

O restante do caminho é ladeira acima, numa pista sinuosa ladeada de palmeiras balançando ao vento.

Numa pista de serviço paralela, ela vê uma van branca de entrega com *Centro de Bem-Estar de Liberdade* estampado na lateral. Minutos depois se depara com outro posto de controle. As duas guardas também estão armadas. Elas assentem, mas não se dirigem a Jasmyn. Uma fala no rádio, sem dúvida checando se Jasmyn tem direito de estar ali. Segundos depois, abrem o portão e fazem sinal para ela passar.

Toda essa palhaçada de postos de controle não pode ser só por segurança, pode? O que eles estão protegendo com tanto cuidado? Equipamentos de última geração? Séruns caros? Jasmyn ri sozinha. *Bombas de banho de ouro?*

Além do posto de controle, a estrada muda de pavimentada para cascalho, e Jasmyn passa os dez minutos seguintes dirigindo lentamente para não danificar o carro. Enfim chega ao topo, onde há uma rotatória ampla.

O manobrista que abre a porta a recebe pelo nome.

– Bem-vinda, Sra. Williams.

Ele estica a mão para ajudá-la a sair do carro. Seu sorriso é largo e deferente.

Jasmyn pega os pertences – o blazer, a bolsa e a pasta com o notebook – antes de sair.

– Obrigada. As chaves estão dentro – avisa.

– Maravilha, Sra. Williams. Aproveite a visita – diz o homem, com outro sorriso largo.

Isso, *sim*, é o que ela espera de um lugar como esse. Serviço simpático e eficiente.

Em vez de entrar logo, Jasmyn para e aprecia a paisagem. O sol acabou de se pôr e o céu é um cartão-postal perfeito. Ela tira uma foto com o celular e manda para King. Dali de cima, Liberdade parece um lugar qualquer. Dali não dá para dizer que é um lugar com um sonho lindo, construído para ser um porto seguro. Ela tira uma selfie sorrindo e a envia para King também.

O curto caminho até a porta da frente é iluminado por luzes de jardim e pavimentado com pedrinhas brancas fabricadas para parecerem pedras de verdade. Acima das portas de vidro deslizantes há uma placa com a palavra *bem-estar*. Jasmyn bufa. O centro não passa de um spa supervalorizado. Ela olha por cima do ombro e imagina o quanto King ficaria chateado se ela desse meia-volta e fosse embora. Mas não. Prometeu a ele que relaxaria e manteria a mente aberta, e era o que iria fazer. Inclina a cabeça de um lado para o outro para esticar os músculos do pescoço. De fato, eles *estão* meio doloridos. Talvez uma massagem caia bem. Além do mais, admite Jasmyn para si mesma, ela está curiosa a respeito do lugar. O que tem nesse spa que faz King e os outros voltarem com tanta frequência? Ela muda o blazer de braço e segura a pasta do notebook mais forte. Quando dá um passo à frente, a porta de correr se abre para ela.

Imediatamente é ladeada por duas mulheres negras sorridentes. A princípio, Jasmyn acha que talvez sejam gêmeas. Ambas são jovens e têm pele marrom-clara, olhos castanho-claros e cabelo liso até o meio das costas. Mas ao olhar com mais atenção ela percebe que as duas são só parecidas, não iguais.

– Bem-vinda – diz a da esquerda, pegando a bolsa de Jasmyn, o terno e a pasta com o notebook.

– Cuidado com isso – pede Jasmyn, referindo-se ao aparelho.

– Claro, vamos tomar todo o cuidado – responde a mulher.

A mulher da direita entrega a Jasmyn uma xícara de porcelana branca e dourada.

– Chá branco silver needle para a saúde celular – explica.

– Obrigada – responde Jasmyn, mas não o bebe.

Ela nunca ouviu falar desse chá. Vai saber o que tem dentro. Se não estivesse grávida talvez experimentasse, mas, por ora, decide passar.

A área da recepção é exatamente o que ela esperava – paredes brancas, iluminação discreta e prateleiras cheias de garrafas bonitas enfileiradas. Uma trilha sonora genérica de spa toca ao fundo, com som de água corrente interrompido vez ou outra pelo som suave de sinos de vento.

As não gêmeas conduzem Jasmyn ao balcão da recepção. Um homem chamado Desmond, de acordo com a plaquinha dourada na lapela de seu terno branco, a cumprimenta. *Ele com certeza é birracial*, pensa Jasmyn. Tem a pele marrom-clara e cabelo preto, curto e levemente cacheado.

– Bem-vinda, Sra. Williams. É muito gratificante recebê-la. Não vou tomar muito do seu tempo. Estou aqui para facilitar sua primeira experiência conosco.

Primeira e única *experiência*, pensa Jasmyn, mas não diz. Põe o chá no balcão e espera.

– Geralmente começamos com uma série de perguntas de triagem, para podermos customizar sua sessão e obter o ápice do resultado. A senhora estaria disposta a isso?

Obter o ápice do resultado? Quem fala assim? Essa gente com certeza está supervalorizando o que uma boa massagem pode fazer por uma pessoa.

– Vá em frente – responde Jasmyn, mantendo o tom educado e a expressão neutra para evitar que percebam o quanto ela acha tudo aquilo uma bobagem.

– Quando foi a última vez que a senhora foi a um spa? – pergunta ele.

Foi para uma despedida de solteira num lugar bem menos luxuoso do que aquele. Tinha sido divertido. Ela se sentiu mal pela mulher que fez suas unhas e a massagem em seus pés. Na ocasião, Jasmyn se perguntou se a mulher achava humilhante tocar o pé das outras pessoas. Durante a massagem, tudo em que pensou foi em como os músculos da massagista sofriam por tirar a dor das outras pessoas o dia todo.

Jasmyn não diz nada disso ao recepcionista Desmond. Apenas responde que faz muito tempo e não se lembra.

Ele questiona o que ela espera extrair da jornada de bem-estar. *Tranquilizar o marido*, pensa.

A última pergunta é se alguma vez ela já teve uma experiência profundamente transformadora. Ela toca a barriga e é levada de volta para o momento em que escutou o primeiro choro de Kamau no hospital. Todo mundo tinha lhe dito que ela sentiria o amor instantaneamente, mas ela só entendeu de verdade quando o segurou em seus braços. Foi como ser inundada.

– Sim – responde Jasmyn, mas não elabora, e Desmond parece não precisar que ela o faça.

Ele sorri e se levanta.

– Obrigada por seu tempo, Sra. Williams. – Ele faz um sinal para as não gêmeas. – Elas vão acompanhar a senhora até o vestiário.

– Pelo caminho, podemos mostrar alguns de nossos mais novos ambientes – acrescenta uma das mulheres e toca na lombar de Jasmyn para conduzi-la.

Jasmyn dá um gritinho e salta para a frente instintivamente. Tapa a boca, um pouco irritada com o toque inesperado e um pouco envergonhada com a reação exagerada.

– Desculpe. Não estava esperando.

Os olhos da mulher se arregalam.

– Prefere que não toquemos na senhora?

Como responder a uma pergunta dessa sem ofender a pobre mulher que só está fazendo seu trabalho? Sem dúvida os chefes dela a treinaram para tocar a clientela como forma de construir algum tipo de intimidade. No entanto, se Jasmyn se sentiu desconfortável, não precisa se reprimir só para não ofender a mulher. Mesmo assim, por que arranjar confusão?

Ela gesticula para demonstrar que não há problema.

– Tudo bem. Você me surpreendeu, só isso.

A mulher assente, mas, quando começam a andar, Jasmyn nota com gratidão que ela mantém as mãos afastadas.

O primeiro "ambiente" é um salão enorme chamado Queda d'Água, concebido para "tranquilidade e reflexão". As paredes são feitas de imensos blocos de rochas minerais pretas que reluzem sob uma leve cascata d'água. Jasmyn não consegue evitar se sentir um pouco maravilhada pela magnitude e beleza do lugar. Passa os dedos pela superfície úmida e fria e estica o pescoço, procurando a fonte da água, que está escondida.

Outra sala, esta chamada Terra, é projetada para "conexão e aterramento". Não tem mobília, apenas almofadas cor de areia de diversos tamanhos arrumadas com bom gosto num carpete branco luxuoso. Jasmyn sente uma brisa quente, soprada por alguma máquina que não vê.

– Que lugar excêntrico! – exclama Jasmyn.

As duas mulheres sorriem, como se fosse um elogio. Jasmyn não tem muita certeza disso.

O restante do spa é uma revelação, repleto de visões, aromas e sons que Jasmyn nunca tinha experimentado. Tem a sensação de que esse lugar, e outros do tipo, é um segredo que foi escondido dela. Um segredo que foi escondido da maior parte do mundo. Se as pessoas comuns da classe trabalhadora soubessem que existem lugares assim – lugares construídos apenas para satisfazer prazeres, lugares que viram as costas para o mundo e seus descontentes –, fariam uma rebelião.

Elas caminham por um longo corredor e passam por uma série de vestiários privados até chegarem a um que tem uma plaquinha pendurada com as palavras *Bem-vinda, Jasmyn* gravadas em madeira, como se sua eventual adesão fosse inevitável.

Uma das não gêmeas, a mais clara, entrega a Jasmyn uma daquelas caixas azul-petróleo amarradas com fita dourada.

– Um presente – explica.

Dentro da sala, Jasmyn abre a caixa e encontra um robe de seda preto. Tira a roupa e desliza para dentro do tecido mais macio e suave que já usou. Ao sair, encontra um par de chinelos de couro do número dela, com seu nome costurado nas palmilhas.

As não gêmeas acompanham Jasmyn por uma série de corredores curvos ladeados de ambos os lados por portas bege fechadas que ela presume dar para várias salas de tratamento. O ar ali tem um cheiro de limpeza, como logo após uma chuva forte. Jasmyn vê uma porta larga de madeira amarela sem placa descritiva e com um painel de segurança na parede ao lado. Franze a testa e pergunta:

– O que é isso?

A não gêmea da esquerda hesita por um segundo.

– São nossas salas de tratamento privadas, Sra. Williams. Para os nossos clientes mais experientes.

A outra não gêmea bate palmas.

– Mas não precisa se preocupar, tenho certeza de que vamos conhecer suas necessidades específicas logo, logo.

Jasmyn dá uma risada. Agora entende por que a mulher vacilou antes. Não queria que Jasmyn se sentisse excluída de alguma "experiência". Jasmyn tem vontade de acalmá-la e contar que não tem intenção alguma de entrar para o Centro de Bem-Estar, muito menos subir em qualquer tipo de hierarquia ridícula num lugar que, francamente, tem toda a cara de seita.

Após um tempo, elas chegam a uma sala de espera vazia decorada com sofás creme e poltronas ornadas com almofadas normais e cobertas com mantas macias.

– Noite calma? – pergunta Jasmyn a uma das não gêmeas ao notar que está sozinha.

A mulher apenas sorri e lhe entrega uma pasta fina de couro cinza com as palavras *Menu de Bem-Estar* gravadas em dourado. O menu é de papel creme de alta gramatura, do tipo que se usa para convites de casamento ou funerais.

Nossa... A quantidade de dinheiro que estão torrando nesse lugar... Jasmyn sabe que não vai lhe fazer nenhum bem imaginar o número de crianças negras em situação de rua que poderiam abrigar ali. Ou nas salas de tratamento que poderiam servir de dormitório. Ou pensar em como eles têm espaço de sobra para reuniões comunitárias. Isso sem contar os programas de treinamento profissional que poderiam patrocinar com o dinheiro que arrecadam. Fora os programas de reabilitação, de intervenção para evitar que jovens entrem para gangues e os...

Jasmyn para e se força a relaxar e focar no menu. Está dividido em três seções: Mente, Corpo e Espírito. Jasmyn nunca entendeu bem a diferença entre corpo e espírito. O menu todo cheira a apropriação cultural, e ela o lê como se fosse um idioma estrangeiro. *Reiki Craniossacral Cura de Sintonia Afetiva Acroioga Doshas Ayurvédicas Vata-Kapha-Pitta.* Como ela vai escolher algo se não faz nem ideia do que estão falando? Deveria escolher a Terapia de Batidas Binaurais para equilibrar seus campos energéticos? A Câmara de Som de Chakra, a Terapia de Tigelas Cantantes, a Leitura de Aura Interativa, a Fotografia Aural ou um Ritual de Banho da Lua Cheia? O foco da maioria das terapias é "curar o corpo inteiro" ou "eliminar energias tóxicas".

Jasmyn abaixa o menu e o empurra para longe com a ponta das unhas.

Essa gente não pode ser séria. Ela não acredita que é com isso que King vem perdendo tempo. Ele nunca se interessou por spa antes.

Jasmyn sempre suspeitou que a indústria do autocuidado fosse uma picaretagem que foi longe demais, mas nesse momento tem certeza. O mundo seria um lugar melhor se as pessoas passassem mais tempo cuidando umas das outras, em vez de cuidar apenas de si mesmas.

Ainda assim, ela tem que escolher algo. Suspira, pega o menu de volta e continua de onde parou. Seus olhos param em *Regressão de Vidas Passadas*. Mesmo que isso fosse possível, que pessoa negra americana escolheria essa opção? Para voltar à escravidão? Para o Sul e as leis de segregação? Para o fim da era de Reconstrução, após a Guerra de Secessão?

Pessoas negras não podem se dar ao luxo de ser nostálgicas neste país.

Por fim, ela escolhe o serviço de manicure e a massagem para gestantes.

– Escolha excelente, Sra. Williams – elogia a não gêmea mais baixa e leva Jasmyn outra vez pelo labirinto de salas de tratamento.

Elas passam de volta pela sala trancada com o painel de segurança. Jasmyn observa a porta, curiosa para ter um vislumbre do tipo de gente que sobe o suficiente na hierarquia a ponto de ter o direito de entrar ali. Uma luz vermelha no painel pisca uma vez. Jasmyn olha, esperando que pisque de novo.

Vá embora, pensa.

O pensamento é repentino, insistente e inexplicável.

Vá embora.

Jasmyn balança a cabeça, tentando afastar a ideia.

Vá embora.

A luz vermelha pisca de novo, e o pensamento se esvai com a mesma rapidez que surgiu.

– Está tudo bem, Sra. Williams? – pergunta uma das mulheres, nitidamente preocupada.

Jasmyn olha ao redor, confusa com a própria reação. Leva a mão ao peito, o coração bate forte.

– S-sim – balbucia. – Estou bem. Não sei o que deu em mim.

Ela olha por cima do ombro das mulheres, para o corredor longo. A saída está lá em algum lugar. Talvez *devesse* ir embora.

Mas por quê? Não há perigo algum ali. Ela movimenta o pescoço e os ombros, forçando-se a ficar calma. King tem razão: ela precisa relaxar.

– Estou bem – repete para as mulheres. – Vão na frente.

12

Os tratamentos são maravilhosos. A mesa de massagem tem abertura para a barriga, fornecendo apoio sem gerar desconforto. A sala tem aroma de pluméria, e as mãos da massagista encontram nós em músculos que Jasmyn nem sabia ter. Quando foi a última vez que ela não sentiu dor no pescoço e nos ombros? Ela sai da sala com a sensação de que não tem ossos.

Embora superelaborado, o serviço de manicure também é maravilhoso. A mulher massageia as mãos de Jasmyn e as embebe em "séruns de infusão" que as deixam milagrosamente macias, como se nunca tivessem lidado com um dia sequer de trabalho árduo.

As não gêmeas a aguardam do lado de fora da sala da manicure.

– Acredito que os serviços tenham sido satisfatórios, Sra. Williams – diz uma delas.

– Foram, sim – responde Jasmyn, surpresa com quanto se divertiu.

– Excelente – diz a outra não gêmea.

Jasmyn volta a segui-las por mais portas e outra sequência de corredores.

– Como vocês não se perdem aqui? – brinca Jasmyn. – Eu nunca acharia a...

Antes que termine a frase, alguém berra. Uma mulher. É um gemido agudo e vazio. Um lamento. A violência súbita e traiçoeira de uma dor que acaba de ser sentida.

Jasmyn trava. Consegue sentir o coração na boca.

Mais à frente, a porta com o painel de segurança está entreaberta. O grito veio dali, ela tem certeza.

Dessa vez Jasmyn vai apressada em direção à porta, que se fecha no momento em que ela chega.

Vira-se para encarar as não gêmeas.

– O que foi isso? – pergunta. O bebê chuta. Jasmyn acaricia a barriga. – Que tipo de tratamento estão fazendo ali dentro?

Por um breve instante, a não gêmea mais alta faz cara de alarmada, mas então suaviza a expressão até exibir um sorriso superficial e agradável de atendimento ao cliente.

– Nada com que precise se preocupar, Sra. Williams – responde.

Jasmyn está mais do que preocupada. Está com medo.

– Alguém gritou como se estivesse prestes a morrer – sussurra, com a mão na garganta.

– Sra. Williams, garanto que todos os nossos tratamentos são seguros e executados com base nas necessidades do cliente – emenda a não gêmea mais baixa e estende a mão, gesticulando para Jasmyn seguir em frente, mas Jasmyn se afasta.

– Vocês esperam que eu acredite que uma pessoa pediu por algo que a fez berrar desse jeito?

– Às vezes os músculos do meu pescoço ficam tão tensos que a massagem dói – comenta a não gêmea menor.

A mais alta assente.

– Já aconteceu comigo também – acrescenta.

– Tem vezes que até a esfoliação faz isso – diz a primeira.

– Ainda mais quando se tem muitos cravos profundos – explica a segunda.

As mulheres se dirigem a Jasmyn num tom de voz calmo e melodioso que se usa com uma criança que acordou apavorada de um pesadelo ou se assustou com uma sombra.

Só que Jasmyn não é criança, e isso não é um sonho. Ela sabe muito bem o que ouviu.

Pensa outra vez nos seguranças armados e no portão pesado na entrada. Lembra-se dos Sayles, que colocaram painel de segurança na porta do spa da própria casa. Jasmyn olha para a porta de madeira clara como se, de alguma forma, fosse descobrir a verdade ali.

– Sra. Williams, podemos seguir para o salão? – pergunta a não gêmea menor. – O Sr. Williams e os outros esperam a senhora lá.

– King está aqui? – pergunta Jasmyn.

Ela é tomada por uma sensação de alívio. Endireita-se e de repente se sente uma boba. King vive ali e nunca lhe disse que achou algo estranho ou perturbador. Ela se força a respirar fundo, depois repete o processo. Óbvio que é só um tratamento. O que mais poderia ser? Esse estresse não é bom para o bebê.

– Sim, vamos – responde.

As duas mulheres sorriem.

– Ótimo.

Finalmente, chegam a uma porta dupla cinza enorme.

– Há mais alguma coisa que podemos fazer pela senhora? – indaga uma delas.

– Não – responde Jasmyn, já empurrando a porta, ansiosa para ver King. – Obrigada pela ajuda.

Mas o salão está vazio. É um espaço largo e circular com paredes brancas reluzentes e teto que lembra o de uma catedral. Tal como o "ambiente" que viu antes, finas lâminas de água deslizam pelas paredes formando cascatas, dessa vez passando por obstáculos de bambu em movimento. O ambiente cheira a perfume de carro.

Ao mesmo tempo, o lugar parece arrumado para uma festa. Há bandejas de frutas frescas e queijos sobre mesas de coquetel caneladas brancas e douradas. Na parede dos fundos, há cabines com bancos de veludo branco e mesas de mármore.

Jasmyn vê garrafas de vidro azul-claras de água Despertar por toda parte. Sorri e faz uma nota mental para não se esquecer de dizer a King que estão lindas.

Só então ela se lembra do que as não gêmeas disseram: "O Sr. Williams *e os outros.*" Ela será pressionada a se tornar membro? De fato, a massagem foi ótima, mas aquele grito destruiu qualquer possibilidade remota de relaxamento. Toda essa coisa com terapias alternativas é demais para ela.

Do outro lado da sala, uma porta que Jasmyn não tinha notado se abre. É King.

Ela praticamente sai correndo e se joga nos braços dele.

– Por que não me contou que estaria aqui?

– Pensei em fazer uma surpresa.

– Ligou para a Tania?

Tania é uma estudante universitária e ex-vizinha deles. Tomava conta de Kamau desde quando ele tinha 4 anos.

King balança a cabeça como se a pergunta não fizesse sentido.

– Não, deixei nosso filho sozinho – brinca.

– Que pergunta besta, a minha – diz ela.

King abre um sorriso largo que enruga seus olhos.

Algo no interior de Jasmyn se agita. O sorriso dele – tão alegre – a leva de volta para o dia em que se conheceram. Ela estava num bar, esperando as amigas. Ele se aproximou e disse que o destino deles era se conhecer. Foi cafona, mas funcionou. Ele estava lindo: pele negra radiante, olhos negros reluzentes e lábios carnudos. Mas não foi só pela aparência que ela se apaixonou. Foi por seu jeito atencioso também. Ele a ouvia como ninguém, se lembrava de tudo que ela gostava e não gostava, de cada palavra das conversas.

Ao vê-lo num lugar estranho, Jasmyn relembra o quanto ele é fisicamente atraente. E, mesmo depois de tantos anos juntos, ele continua antenado nas necessidades dela.

Ainda assim, sendo sincera consigo mesma, Jasmyn tem notado que ele anda meio esgotado nos últimos tempos. Vem trabalhando sem parar. E, lógico, por ser negro e americano, precisa se esforçar o dobro para avançar metade do que o esperado. Além de tudo, ela fica insistindo para que ele volte a se voluntariar no Mentoria LA.

É culpa dela King parecer tão cansado ultimamente? Sua vontade insaciável de melhorar o mundo é parte do motivo de ele passar tanto tempo naquele lugar?

King segura o rosto de Jasmyn e beija seus lábios.

– Fez quais tratamentos? – pergunta.

Antes que ela responda, a porta pela qual ele entrou se abre de novo e umas dez pessoas entram. Jasmyn reconhece algumas. Catherine Vail, que fofocou para Keisha e outras pessoas da escola sobre Jasmyn "estar um caco" após ler a notícia e ver o vídeo de Tyrese e Mercy Simpson. Os Wright, que pareciam ter uma fábrica de lavanda no hall de entrada de casa. Atrás deles estão Angela e Benjamin Sayles, que para alívio de Jasmyn não estão nus. Assim como King – e todos os outros, menos a própria Jasmyn –, eles estão usando robes de seda brancos. Ela mexe no cinto do próprio robe. Preto é para não membros, imagina. Certamente facilita a identificação de quem é membro e quem não é.

Em vez de irem até uma mesa ou se misturarem, eles formam uma roda no centro da sala.

– Me dê um segundinho, amor – pede King, então anda até o grupo e se coloca na roda, entre Angela Sayles e alguém que Jasmyn não conhece.

Todos dão as mãos e fecham os olhos.

A visão das pessoas praticando ioga e gargalhando no parque surge como um flash na mente de Jasmyn.

– Aqui é um espaço sagrado – diz Catherine Vail num tom de voz baixo e rouco.

– Aqui é um espaço sagrado – repetem os outros em uníssono.

– Aqui é um espaço de cura – enuncia Angela Sayles.

Os outros repetem.

– Este é o nosso espaço – fala Benjamin Sayles.

– Este é o nosso espaço – repetem todos.

– Foco no prêmio – diz Sayles de novo.

– Foco no prêmio.

Essa última resposta é mais alta. Parece o "amém" ao fim de um sermão. Eles soltam a mão uns dos outros e abrem os olhos.

Jasmyn tapa a boca. Não sabe se acha esse espetáculo bizarro, hilário ou apavorante.

King se aproxima de Jasmyn, segura sua mão e cochicha em seu ouvido:

– Antes que diga alguma coisa, sei que é meio esquisito, mas é só um ritualzinho que eles fazem.

Jasmyn o encara.

– Meu bem, é mais do que *esquisito*. Parece que vocês fazem parte de um culto.

King solta a mão dela e a encara com aquele olhar: o olhar de exausto.

– Desculpe – diz ela, sentindo-se culpada. – Não quis zombar. Sei que você gosta daqui.

– Só dê uma chance a eles – pede King. – Por mim.

Jasmyn percebe o tom de apelo na voz dele.

– Está bem, amor.

King volta a sorrir, tranquilo, e ela fica feliz por ter se desculpado. O lugar é ridículo, mas, no fim das contas, é inofensivo. Jasmyn relembra o grito que ouviu há pouco. Talvez não seja exatamente *inofensivo*, mas ela conclui que os clientes "experientes" sabem exatamente a dor que estão pedindo para sentir.

King coloca o braço sobre os ombros dela.

– Agora me permita apresentar você a algumas pessoas.

Jasmyn se aproxima mais dele.

– Não podemos apenas ir para casa?

– Ainda não. Essa recepção é para *você*. Eles fazem para todos os membros em potencial. – King aperta o ombro dela. – O pessoal só quer conhecer você.

Ela está sendo entrevistada? Para algo que nem quer? E por que King não a avisou antes?

Jasmyn segura a mão de King e o puxa para o lado.

– Não ligo para o que eles querem. Por que armou essa emboscada para mim?

King esfrega a nuca, arrependido na hora.

– Tem razão. Desculpe. Deveria ter checado com você.

Ela cruza os braços.

– Deveria mesmo.

Ele assente.

– Deixe só eu ir ali dizer a eles que não estamos a fim hoje.

Jasmyn suspira e põe a mão no ombro dele para impedi-lo.

– Não, espere. Tudo bem. – Ela não quer ficar e interagir, mas também não quer criar uma cena ou dar motivo para fofocas. – Vou fazer. Mas você vai ter que me recompensar.

– Cerveja sem álcool para sempre – diz King.

– Isso já estava no contrato matrimonial – brinca ela. – Você vai ter que pensar em outra coisa.

Ele sorri e beija sua testa.

– Vou pensar em alguma coisa.

Ela suspira.

– Vamos acabar logo com isso.

Uma a uma, as pessoas se aproximam. Primeiro os Sayles. Jasmyn aperta a mão de King, que aperta de volta – eles riram juntos por uns vinte minutos quando ela lhe contou que vira os dois nus sendo massageados.

– Nunca se sabe como as pessoas realmente são entre quatro paredes – falou King na ocasião.

Benjamin Sayles aperta a mão de King. Angela se inclina e dá beijinhos no ar, sem encostar no rosto. De perto, ela é ainda mais perfeita do que Jasmyn se lembra. Benjamin também. Eles parecem propagandas ambulantes dos benefícios da cirurgia plástica. *Quanto do rosto deles é real?*, pergunta-se Jasmyn. Talvez eles pratiquem suas habilidades de cirurgia plástica um no outro.

Em seguida é a vez de Catherine, que se aproxima com o cabelo enrolado numa toalha branca de microfibra. Em seu corpo alto e magro o robe parece uma roupa de gala.

– É um prazer rever você – diz, e Jasmyn apenas faz que sim com a cabeça.

A próxima é uma mulher que Jasmyn jura conhecer de algum lugar, mas, antes que a mulher se apresente, a porta se abre de novo.

Jasmyn percebe o choque de King. Ele tira o braço de seus ombros, junta as mãos e, empolgado, fala em voz alta:

– Carlton! Achei que você não conseguiria chegar a tempo.

O clima no salão muda e ganha ares de empolgação tácita, como se uma celebridade tivesse chegado e todos houvessem combinado de não se exaltar. Jasmyn supõe que ele *é* mesmo uma espécie de celebridade, já que fundou Liberdade.

Carlton Way é o mesmo da última – e única – vez que ela o encontrou, há três anos. Tem bem mais de 1,80 metro e é forte e robusto. Quem não o conhece chutaria que ele joga futebol americano, e não que é um guru do mercado financeiro. Ele é careca por opção e não usa barba nem bigode.

Carlton caminha em direção a eles com uma postura arrogante e autoritária. Jasmyn se lembra desse traço, da forma como ele espera ser notado e reverenciado. Como da vez que o conheceu, ela acha esse comportamento fascinante e ao mesmo tempo irritante.

Jasmyn abre um sorriso forçado, pronta para ser reapresentada, mas Carlton não a olha uma vez sequer. Ele e King batem os punhos e dão tapinhas nas costas um do outro enquanto se abraçam. Ela percebe a felicidade genuína no rosto de King. Em geral ele fala de Carlton como se fosse seu chefe e mentor, mas, ao vê-los agora, está óbvio que são próximos. Parecem quase parentes. Carlton poderia ser um irmão mais velho.

– Estava torcendo para você vir – diz King.

– Não perderia por nada. Só precisei remarcar umas coisas – responde Carlton no tom suave e tranquilizador de um comandante de avião.

Suas palavras fazem King escancarar o sorriso de vez. Ele parece uma criança que ganhou tudo que pediu na cartinha para o Papai Noel.

– Obrigado – agradece King e se vira para Jasmyn. – Amor, você se lembra de Carlton Way?

– Lógico – diz ela.

Carlton se inclina e beija suas bochechas. Jasmyn não diria nem sob juramento num tribunal, mas tem quase certeza de que ele a farejou.

– E como vai a guerra contra o racismo? – pergunta ele.

Jasmyn fica tão surpresa que por um instante não consegue falar. De tudo que Carlton podia perguntar primeiro – sobre ser mãe, estar grávida ou ser defensora pública –, ele escolhe falar de racismo? É isso que ele considera a coisa mais importante a respeito dela, a luta contra o racismo? Ela nem se lembra de falar muito desse tema quando jantaram pela primeira vez.

– Soube que ficou incomodada agora há pouco – comenta ele, mudando de assunto.

King aperta o ombro dela, preocupado.

– Aconteceu alguma coisa?

Carlton ri e responde antes que Jasmyn tenha a oportunidade.

– Não é nada – explica Carlton a King. – Ela ouviu uma das nossas clientes avançadas se liberando, só isso.

Se liberando? É *assim* que ele chama isso? E por que as não gêmeas perderam tempo contando isso a ele?

– A mulher soltou um *berro* – diz Jasmyn.

– O processo de liberação de coisas dolorosas geralmente é doloroso – justifica Carlton e a encara com um olhar meio divertido, meio condescendente.

Se ele não fosse o chefe de King, Jasmyn lhe diria o que realmente acha do lugar.

Carlton dá uma risada.

– Vejo que Liberdade ainda não contagiou você.

E isso agora? O que significa? Jasmyn se vira para King, esperando compartilhar uma expressão confusa, mas ele parece não notar que há algo estranho. Mais tarde eles vão conversar sobre isso. Ela sabe que King é grato por tudo que Carlton fez para mudar a vida deles, mas isso não significa que pode tapar os ouvidos para o que o chefe diz.

– Está bem, está bem, pare de monopolizar a novata – diz a mulher mais velha que Carlton interrompeu ao entrar no salão.

Jasmyn se vira para ela, mais grata do que nunca pela interrupção da desconhecida. A mulher é baixa, gorda e tem a pele tão escura quanto Jasmyn. Parece ter 60 e poucos anos. E, graças a Deus, usa o cabelo grisalho natural, num afro curto e perfeito.

Ela tem um daqueles rostos amigáveis, sempre prontos para sorrir. Mais uma vez, Jasmyn tem a sensação de que já viu a mulher em algum lugar, mas não consegue lembrar onde.

Em vez de beijar as bochechas de Jasmyn, a mulher estende a mão.

– Meu nome é Nina. Prazer em conhecê-la, Jasmyn.

– O prazer é meu.

– O que está achando da experiência de bem-estar?

Jasmyn faz menção de responder, mas Nina a interrompe:

– Calma, me deixe adivinhar. Você gostou da massagem para gestantes e da manicure, mas não entende por que alguém faria alguma das outras terapias ridículas do menu. – Ela dá uma risada alta, alegre e contagiante. – Estou certa?

Jasmyn abre um sorriso genuíno para a mulher.

– Como adivinhou?

– Sou psiquiatra. Ossos do ofício.

Agora Jasmyn compreende por que ela é tão familiar. Seu nome completo é Nina Marks. Ela era neurocirurgiã, mas hoje é psiquiatra. Tem um podcast popular sobre terapia de relacionamentos e às vezes aparece na TV como especialista em traumas psicológicos. É uma daquelas pessoas incrivelmente inteligentes.

– Como está se adaptando à vida em Liberdade? – pergunta Nina.

– Estou me adaptando bem.

Nina gargalha alto de novo. Ela se inclina e encena um cochicho:

– Não se preocupe. Quando nos mudamos para cá, no começo meu marido odiou também.

– Ela não odeia – decreta King.

Jasmyn o encara.

– Amor, eu posso falar por mim mesma.

Ao lado de King, Carlton sorri como se estivesse se divertindo. Será que King ficaria irritado se Jasmyn perguntasse a Carlton qual é o problema dele? Provavelmente ficaria, sim, e muito.

Ela se vira para Nina.

– Como o King disse, não odeio nem um pouco – diz Jasmyn, sem saber por que Nina chegou a essa conclusão. – E como *eu* disse, ainda estou me adaptando, me ambientando.

King assente.

Nina dá outra risada.

– Kingston e Carlton, podem dar um pouco de privacidade às mulheres aqui, por favor?

King olha para elas e sorri.

– Tudo bem, tudo bem, já saquei. É uma zona livre de homens.

Ele beija a testa de Jasmyn e cruza o salão com Carlton.

Nina toca o braço dela.

– Venha comigo, vamos bater um papo.

——

– Primeiro o mais importante – diz Nina Marks assim que elas se sentam num banco. – Gostou mesmo dos tratamentos?

Jasmyn mexe os ombros antes de responder.

– Deve ter sido a melhor massagem que recebi na vida – responde, sincera.

– Ficamos felizes com isso. E espero que não tenha ficado muito incomodada com a... teatralidade da Catherine. – Nina faz uma pausa, sorri e dá uma piscadela para Jasmyn antes de concluir: – Às vezes ela é bem dramática.

Jasmyn pega uma garrafa de Despertar, olha o rótulo e toma um susto, mas não deixa transparecer. King estava certo sobre a quantidade de cafeína ser alta.

Então foi Catherine Vail quem berrou há pouco? Ela parece uma pessoa insensível demais para ter esse tipo de reação.

E por que Nina está voltando a esse assunto? A parte caridosa de Jasmyn acha que Nina está apenas se certificando de que ela teve mesmo uma experiência agradável. A parte menos caridosa acha que ela e Carlton querem garantir que Jasmyn não vai fazer fofoca e prejudicar a reputação do spa.

Jasmyn decide seguir com a explicação mais caridosa.

– Eu não estava esperando, aí tive uma reação um pouco exagerada. Estou bem agora.

Nina parece aliviada.

– Fico feliz em saber. Por que não comemos alguma coisa e nos conhecemos melhor?

Assim que Jasmyn ouve a sugestão de Nina, percebe como está faminta. Pega uma bandeja de frutas e queijos e começa a comer enquanto Nina Marks conta sua própria jornada até Liberdade.

– Eu conhecia o Carlton havia um tempo, mas ele só falou comigo sobre Liberdade após o homicídio de Philip Jackson.

Jasmyn assente. O assassinato revoltou pessoas de todos os tipos. As manifestações a que foi tinham pelo menos vinte ou trinta por cento de pessoas não negras. Ela se lembra de ler um artigo especulando por que esse assassinato – entre inúmeros – pareceu ter sido a gota d'água. A maioria achou que teve a ver com o fato de que, na gravação, era possível ouvi-lo implorando pela vida. "Por favor", pediu ele. "Não sou eu. Não sou eu." Jasmyn se lembra de vomitar na cabine do banheiro no trabalho quando ouviu o áudio pela primeira vez. Nos dias seguintes ao assassinato, a mídia seguiu seu procedimento-padrão e cavou o histórico da vítima, tentando encontrar algum crime no passado dele para justificar o homicídio. Não achou nada. Ele era um universitário sem passagem pela polícia. Estava voltando de um grupo de estudos para casa.

Mesmo hoje, tantos anos depois, Jasmyn fica enjoada só de pensar nesse crime. Larga o prato.

Nina segura a mão dela.

– Também me sinto assim.

Jasmyn ergue o olhar e vê sua própria dor espelhada no rosto da outra mulher. A tensão e a cautela perdem força dentro de Jasmyn. Nina Marks *entende*. Ela aperta a mão de Nina.

– Obrigada.

– Não há de quê – responde Nina.

Em seguida, elas começam a falar do bairro onde Nina morava, Beverly Hills.

– Como era?

Nina balança a cabeça.

– Nunca conheci gente tão estressada, arrogante e frágil.

Jasmyn ri.

– Disso eu não duvido.

Nina continua falando. Ela e o marido têm dois garotos, de 15 e 17 anos, e ela quer que usufruam de um lugar onde não precisem se preocupar com a segurança.

Jasmyn tem vontade de perguntar quando Nina teve A Conversa com os filhos, mas a verdade é que já foi com a cara da mulher e não quer confessar que King ainda não falou com Kamau. Não quer que Nina ache que ela está sendo negligente ou até desleixada com o próprio filho.

Conversar com Nina Marks é fácil. Jasmyn conclui que deve ser porque ela é boa em desvendar as pessoas. Afinal, é psiquiatra. Ainda assim, Jasmyn percebe que está relaxando. Não sente a necessidade de ficar com o pé atrás ou ser cautelosa com as palavras. Sente como se estivesse na companhia de bons amigos num lugar ao qual pertence. Talvez Nina Marks possa lhe revelar a verdadeira essência de Liberdade.

Jasmyn se aproxima o máximo que a barriga permite.

– Você disse que seu marido odiou Liberdade quando se mudaram para cá. O que ele odiava, exatamente?

Nina ri e assente, como se estivesse esperando a pergunta.

– Ele se sentia do mesmo jeito que com certeza você se sente. Adorava a sensação de segurança e paz e a excelência negra que Liberdade tem a oferecer. Mas também temia estar abandonando as raízes e o povo dele. Se sentia traindo a comunidade por ter ficado rico e morar longe de onde tinha nascido e crescido.

Jasmyn fica surpresa ao perceber que Nina Marks compreendeu tão bem suas questões.

– Como ele superou esses sentimentos?

– Ele criou *aqui* uma comunidade nova com pessoas que pensam como ele. E, lógico, continua se esforçando muito para ajudar a antiga comunidade.

Jasmyn se inclina para trás.

– Para ser sincera, estou tentando encontrar esse senso de comunidade aqui, mas, até agora, não consegui.

– Bem, eu e você acabamos de nos conhecer, certo? E nós pensamos da mesma maneira – diz Nina, com um sorriso. – Essas coisas levam tempo. Você vai encontrar o que precisa. Tenho certeza.

Jasmyn assente, se inclina para a frente e pega um último cubinho de queijo. Nina Marks tem razão. Jasmyn se mudou há poucas semanas. E daí se ainda não encontrou uma comunidade inteira de pessoas que pensam como ela? É só questão de tempo até isso acontecer. Jasmyn conclui que está sendo impaciente.

Ao longo dos quarenta minutos seguintes, elas conversam sobre onde estudaram e onde conheceram os maridos. Conversam sobre a dificuldade de conciliar a maternidade com uma carreira de sucesso. Conversam sobre como é difícil ser uma mulher negra bem-sucedida.

– Qual é a parte mais difícil do seu trabalho? – pergunta Nina.

– Todo o racismo – responde Jasmyn e dá uma risada, embora não esteja brincando.

Nina parece saber disso e espera ela elaborar.

Jasmyn conta do preconceito inato no sistema jurídico. Fala das gangues, das drogas e de como é difícil tirar as crianças dessa vida.

– Depois que elas entram para o sistema, já era. O sistema é uma fera faminta. Tem vezes que sinto que nossas crianças só existem para alimentar esse sistema. Tem vezes que sinto que a fera pode me devorar também.

Nina Marks a encara.

Parte de Jasmyn se dá conta de que ela revelou mais do que costuma fazer. Ela se sente como se todos a estivessem observando, mas, quando olha em volta, não há ninguém fazendo isso.

– Entendo como se sente – responde Nina. – Entendo como o trabalho pode ser difícil.

Durante a conversa, Jasmyn descobre que, além de terapia de relacionamentos, Nina trabalha com veteranos de guerra e com qualquer pessoa que esteja lidando com traumas. Até faz trabalho *pro bono* para clínicas comunitárias que ajudam a reabilitar ex-membros de gangues.

– Trauma é uma coisa delicada – explica Nina. – Só agora estamos percebendo o quanto ele afeta profundamente todas as partes do corpo; o cérebro, lógico, mas também o sistema nervoso e até os hormônios. É uma área de estudo fascinante. Depois que você consegue localizar o trauma no corpo, consegue começar a tratar.

Jasmyn assente, concordando, fascinada e impressionada com a paixão óbvia de Nina.

– Em algum momento você se sente sobrecarregada por lidar com tantos traumas?

Nina faz que não com a cabeça.

– No coração, sou médica. Para mim, todo caso é uma oportunidade de curar, de melhorar a vida de alguém.

– Incrível. Como mulher negra, mãe e defensora pública, quero dizer o quanto aprecio você e o trabalho que faz. Ainda mais com ex-membros de gangues e pessoas assim. Muitos dos nossos meninos são simplesmente descartados.

– É lastimável.

Um breve momento de silêncio toma conta do salão. Dura apenas um instante, até ser interrompido por um barulho.

– Você se lembra da primeira vez que percebeu que é negra? – pergunta Nina.

Jasmyn se dá conta de que elas estão longe de um simples bate-papo, mas, de novo, percebe que não se incomoda. Talvez seja algo comum quando se conversa com uma psiquiatra. Se o emprego de Jasmyn a faz ser uma pessoa desconfiada por natureza, talvez o de Nina a faça ser uma pessoa que elabora perguntas profundas e pessoais.

– Sempre fui negra – responde Jasmyn. – Não precisei perceber.

– Não, você sempre teve a pele preta – retruca Nina e esfrega um dedo no braço. – Nem sempre foi negra – diz, fazendo aspas no "negra".

Jasmyn compreende a pergunta e fica um pouco decepcionada. Nina é inteligente demais para vir com o argumento acadêmico que com certeza vai elaborar em seguida. Na próxima frase ela vai defender que raça é um construto ou qualquer coisa do tipo sem a menor utilidade. Não que Jasmyn discorde, é só que, no fim, quem se importa se raça é um construto? As barreiras que a raça ergue são bem reais.

Jasmyn balança a cabeça e reitera:

– Sou negra desde que me entendo por gente.

Nina Marks se aproxima mais.

– E quando percebeu pela primeira vez que isso era um grande problema?

A pergunta acaba com a aura de sensação boa que tinha envolvido Jasmyn. Mais uma vez ela se sente observada. Mais uma vez olha ao redor e percebe que não tem ninguém a encarando.

– Minha negritude não é um problema, o *racismo* é o problema – rebate Jasmyn, num tom mais raivoso do que gostaria de usar.

Mas sua raiva parece não desconcertar Nina Marks, que aparentemente já esperava essa resposta. Jasmyn tem a sensação de que a mulher quer provocá-la.

Olha em volta em busca de King e o vê se aproximando. Vai depressa para a beira do banco e se prepara para ficar de pé.

– Bem, está na hora de levar este aqui para a cama – diz ela, apontando com a cabeça para a barriga.

– Certo – responde Nina, que parece se divertir.

– Tem algo engraçado? – pergunta Jasmyn.

O olhar de Nina Marks fica ainda mais alegre.

– Tem – responde.

Finalmente, King chega a seu lado. Ele põe a mão em sua lombar e pergunta:

– Pronta?

Ela assente. Está mais do que pronta.

Nina estica a mão.

– Foi um verdadeiro deleite conhecer você.

Minutos atrás Jasmyn teria sentido o mesmo. Minutos atrás ela estava pronta para mandar uma mensagem a Keisha dizendo que tinha encontrado outra pessoa como elas. Mas agora está desapontada. Nina Marks realmente acha que ser negro é um *problema*?

– Foi um prazer conhecer você também.

– Vamos nos ver de novo – declara Nina Marks. – Tenho certeza.

Jasmyn abraça a cintura de King e se aproxima dele. Após se despedir das pessoas, ele os guia pelo labirinto de salas de tratamento, e ela tenta não se ressentir do fato de o marido conhecer tão bem o lugar.

Quando chegam em casa, Tania conta que Kamau não está se sentindo muito bem. Explica que tentou ligar, mas os celulares dos dois davam direto na caixa postal. Jasmyn o encontra ardendo de febre sob as cobertas. Era ali que deveria ter estado naquela noite, em casa, com seu filhote, e não desfrutando de bobagens de autocuidado. Ela acorda Kamau só o suficiente para lhe dar um remédio e trocar seu pijama suado por outro limpo e seco. Deita-se na cama com ele e acaricia sua bochecha incrivelmente fofa. Ele abre os olhos por um breve instante.

– Te amo, mamãe – diz e se aconchega mais nos braços dela.

– Também te amo, meu bebê.

Ela fica com ele, checando a temperatura a cada poucos minutos, até que, finalmente, a febre baixa.

Quando Jasmyn se deita na cama com King, está exausta. Mesmo assim, não quer terminar a noite sem dizer o que achou do Centro de Bem-Estar.

– Amor, você não acha lá estranho? – pergunta. – As pessoas me parecem meio esquisitas.

Ele suspira, se apoia num cotovelo e a encara.

– Eu disse que era só um ritual bobo.

Mas não são apenas as mãos dadas e os cantos que a incomodam. É o berro de Catherine Vail, o fato de Carlton Way ter feito pouco-caso da reação de Jasmyn ao berro e o jeito como Nina Marks disse que ser negro é um problema.

Ela não se dá ao trabalho de dizer nada disso a King. Ele está na defensiva em relação ao centro e ela, cansada demais para discutir.

Então Jasmyn se dá conta de que ninguém chegou a de fato convidá-la para ser membro do spa, que, afinal de contas, tinha sido o propósito da visita. Ela diz isso a King.

– Mas, meu bem, você não gostou de lá – retruca ele. – Nem queria se filiar.

– Sim, mas eles não sabem disso.

King se remexe para se deitar de costas. Tapa os olhos com uma mão.

– Quem sabe ainda vão convidar.

– Podem convidar à vontade, não vou aceitar.

King meio ri, meio suspira.

– Você sabe que está sendo contraditória, certo?

Jasmyn sabe, mas mesmo assim está chateada por não ter sido convidada.

Nessa noite ela tem sonhos óbvios e aterrorizantes. Está presa no Centro de Bem-Estar, perdida no labirinto de corredores e salas de tratamento. De algum lugar próximo, King e Kamau gritam por ela.

– Ajuda a gente – imploram. – Por favor, ajuda a gente.

Ela corre cambaleando pelos corredores, a barriga enorme de grávida balançando dolorosamente a cada passo.

– Cadê vocês?! – grita. – Não sei onde estão.

Mas, não importa o quanto procure, Jasmyn não consegue achá-los. Não importa o quanto grite seus nomes, eles estão sempre um pouco fora do seu alcance.

Traçando o impacto do trauma racial em negros americanos e na diáspora africana

Nina Marks, doutora em Psicologia, Ph.D., M.D.

Resumo

Desde o surgimento da escravidão, americanos negros e membros da diáspora africana residentes dos Estados Unidos vivenciaram o racismo estrutural e foram impactados negativamente por ele. Na longa sombra da escravidão, esses grupos ainda hoje sofrem desigualdades na saúde e desvantagens socioeconômicas. Neste estudo, a autora apresenta uma revisão abrangente da literatura científica detalhando essas descobertas. A autora conclui a revisão propondo um método para medir os efeitos psicológicos do trauma racial no corpo e na psique negra.

Palavras-chave: raça, racismo, trauma racial, TEPT

13

A semana seguinte não é muito melhor. A sensação angustiante do pesadelo perdura, cobrindo os dias de Jasmyn com uma atmosfera carregada. Kamau está muito doente para ir à escola e fica em casa a maior parte dos dias letivos. Jasmyn perde um caso que achava ter boa chance de ganhar. E, além de tudo, ela e King discutiram sobre ele encontrar outro jovem no Mentoria LA. Ele diz que vai atrás disso, mas Jasmyn quer saber *quando*. Depois da briga, ela se sente culpada por pressioná-lo mesmo sabendo que ele trabalha tanto, mas também não quer que esqueça que o primeiro dever deles é com a comunidade.

Quando Keisha manda mensagem na quarta-feira, Jasmyn está ansiosa por uma notícia boa.

Keisha: Conheci alguém
Keisha: Negroooo negro negro negro
Keisha: Negrooooooo

Jasmyn para de subir os degraus do fórum e dá uma risada.

Jasmyn: Tem certeza?
Jasmyn: Não aguento mais esses negros que acham que nada é racismo
Keisha: Simmm, certeza
Keisha: Ele se chama Charles

Keisha: É arquiteto, acredita?

Keisha: Até chequei a carteirinha dele de negro

Keisha: Ele é legítimo

Keisha: Quer marcar de sair mais tarde

Keisha: Topa?

Mas Kamau ainda está doente, e ela precisa ir para casa render King, que tirou o dia de folga para ficar com o filho. Elas marcam para sexta.

Quando Jasmyn chega em casa, a febre de Kamau foi embora. King se desculpa pela briga e promete que dali a algumas semanas vai voltar ao Mentoria LA. Pouco antes de dormir, ela procura notícias do caso Mercy Simpson. Os procedimentos do grande júri estavam para começar em algumas semanas. Pelo bem de todos, ela torce para que os jurados tomem a decisão certa.

– Só Deus sabe como esta cidade vai virar um inferno se não indiciarem esse policial – diz ela a King.

Jasmyn já consegue visualizar os protestos. E se pergunta: quem de Liberdade se juntaria a ela se, e quando, chegar a hora?

14

– O único jeito de este país deixar de ser racista é se todos os brancos morrerem – solta Charles.

Keisha gargalha e toma outro gole do uísque.

Jasmyn também ri, mas, ao observar Charles, não tem certeza de que ele está brincando.

Ele as espera parar de rir.

– Vejam: a escravidão acabou há 157 anos. A Lei dos Direitos Civis foi aprovada em 1964 e a Lei do Direito ao Voto, em 1965. Mesmo assim, ainda aturamos essa palhaçada de racismo. Parafraseando James Baldwin, toda essa bagunça existia na época do nosso avô e na época do nosso pai. Por quanto tempo mais precisamos esperar que eles evoluam? – Ele toma um gole da taça de vinho. – Por mim, enfiamos todos dentro de um barril, tampamos e jogamos no mar.

Jasmyn dá outra risada e vê a expressão de *eu avisei* no rosto de Keisha. Ela estava certa sobre Charles ser legítimo. Ainda assim, mesmo entendendo a frustração – mesmo sabendo como ele está exausto de esperar por progresso –, querer enfiar pessoas num barril e jogar no mar vai além do extremo.

Os três estão na casa de Charles, sentados num sofá no jardim amplo e cheio de flores no quintal. É um desses jardins que parecem selvagens e cobertos de vegetação, mas que, na verdade, são meticulosamente planejados. Jasmyn tem certeza de que o paisagista cobra o olho da cara. Mas o jardim é lindo, repleto de lavandas, jasmins, alecrins e outras plantas e flores que ela não conhece. Há um abacateiro enorme nos fundos, e limoeiros e limeiras menores na lateral do terreno.

Eles iam a um bar, mas Charles mudou os planos de última hora. Era para a esposa dele estar em casa para receber uma obra de arte que ele tinha encomendado, mas teve um imprevisto no trabalho. Como a entrega precisava ser assinada, ele as convidou para ir até lá.

Jasmyn não sabe bem quem esperava encontrar quando Keisha contou que tinha conhecido um arquiteto "negro negro negro", mas sabe que não é o homem que está à sua frente. Ele tem quase 1,90 metro, é magro e tem dreadlocks longos e finos que vão até o meio das costas. Tem pele marrom--escura e as maçãs do rosto mais salientes que Jasmyn já viu num homem. Em outra vida ele poderia ser modelo. Seu terno cinza-carvão modela o corpo perfeitamente.

Jasmyn se serve de um copo de limonada da jarra preparada por Charles. Apoia-se nas almofadas do sofá. Nina Simone toca suavemente em alto-falantes ocultos. O sol acabou de se pôr, e a brisa noturna está agradável.

– Há quanto tempo você mora aqui? – pergunta Jasmyn e toma um gole da limonada quase sem açúcar, do jeito que gosta.

– Há cinco meses, 22 dias e 18 horas a mais do que deveria – responde Charles, dando uma dessas gargalhadas altas e contagiantes que faz as pessoas terem vontade de rir com ele.

– Meu Deus, é um mês a mais que eu – comenta Keisha.

– Mas por que não gosta daqui? – indaga Jasmyn, intrigada.

Sim, ela tem um pé atrás com o lugar, mas no fundo sabe que a parte positiva de Liberdade supera em muito a parte negativa de uma parcela de pessoas negligentes e egocêntricas.

Charles segura a taça de vinho pela haste e apoia os braços nas costas do sofá.

– O que tem para gostar? – retruca ele. – Asha, minha esposa, foi quem quis se mudar para cá. Eu não me opus muito à mudança. Gostava da *ideia* do lugar.

– Eu me sentia exatamente assim – diz Keisha, acenando com a cabeça.

Charles toma o restante do vinho na taça.

– Liberdade deveria ser uma espécie de utopia, né? Mas não me parece nada utópico. As pessoas aqui são... diferentes.

– Ricas demais? – indaga Jasmyn.

– Não tem a ver com dinheiro. É como se a negritude delas fosse um casaco que usam e podem simplesmente tirar quando dá na telha, sabe?

Jasmyn assente. Sim, é *isso* que vem sentindo com os Sayles, os Wright, Catherine Vail e até Nina Marks. Como se a negritude deles fosse algo superficial.

Charles enche a taça.

– E nem vou falar desse Centro de Bem-Estar deles. Era melhor Asha pagar uma hipoteca daquele lugar, de tanto tempo que passa lá esfregando sais terapêuticos pelo corpo todo ou sei lá o quê.

– Eu fui lá algumas noites atrás – confessa Jasmyn.

Charles encara Keisha com um olhar que não é difícil de interpretar: *Tem certeza sobre ela?*

Jasmyn se apressa em explicar:

– Meu marido estava me cobrando que eu experimentasse.

Charles assente, mas ainda parece cético.

– E aí? Foi convertida? – pergunta ele.

– Está de sacanagem? – Jasmyn põe o copo na mesa com mais força do que gostaria. – O lugar é ridículo. Um bando de gente negra burguesa falando de autocuidado o dia todo. Não tem nada a ver comigo.

– Você não chegou a me contar como foi lá – comenta Keisha.

Jasmyn tem vontade de falar que foi legal, que a massagem foi boa e tal. Mas o que diz é:

– Ouvi um berro.

Ao se lembrar do momento, Jasmyn sente o coração disparar. Era um grito de alguém que havia perdido as esperanças. De repente, sente falta de ar.

– Ei, você está bem? – pergunta Keisha, segurando sua mão. – Você não está em trabalho de parto, está?

– Nossa Senhora, não – acrescenta Charles.

Jasmyn suspira, surpresa com a própria reação.

– Estou bem.

Keisha solta sua mão e se afasta.

– É melhor mesmo. Não estou aqui para fazer partos.

Jasmyn toma a limonada e se força a relaxar.

– Deixa eu ver se entendi. Você ouviu alguém gritar e não saiu correndo de lá? – pergunta Charles. – Tem certeza de que é negra?

Jasmyn o encara e percebe que Charles está meio que brincando, mas que ainda se pergunta de que lado ela está. Pensa que ele vai descobrir em breve. O pensamento a pega desprevenida. É estranho que ali, em Liberdade, ela tenha que provar de que lado está. Não deveria haver apenas um lado?

– As funcionárias me explicaram o que estava acontecendo – responde Jasmyn.

– Mas você ainda não engoliu – comenta Keisha.

Jasmyn assente. Ainda não sabe ao certo o que a incomoda, mas não pode negar que *algo* a incomoda. A mesma parte dela que sabe quando um policial ou um réu está mentindo liga um alerta.

– Deixa eu perguntar uma coisa – diz Keisha. – Eles fizeram aquela coisa de coro?

– "Foco no prêmio" – murmura Jasmyn, confirmando.

– "Foco na porra do prêmio" – murmura Keisha de volta.

– Que porra é essa? Um culto? – diz Charles.

Keisha vira para Charles.

– Já foi lá?

– Asha vem me cobrando há meses, mas eu fico me esquivando. – Ele balança a cabeça. – Mas daqui a pouco vou acabar cedendo. Para manter a harmonia do casamento.

– Bem, quem sabe eles convidem *você* a se tornar membro – diz Jasmyn.

Keisha vira a cabeça depressa.

– Também não convidaram você?

– King diz que ninguém falou nada em relação a isso.

– Acho que não parecemos ser do tipo que faz algo sem pensar – declara Keisha.

Jasmyn dá uma risada, depois fica séria.

– Ah, queria perguntar uma coisa: quando você foi lá conheceu uma mulher chamada Nina Marks?

– Com certeza – responde Keisha. – Acho que ela não foi muito com a minha cara. O papo com ela pareceu mais uma avaliação psiquiátrica do que um diálogo. – Ela comprime os lábios, considerando. – Mas ela não é de todo ruim. Me pediu para documentar todas as situações de racismo que me lembro de ter vivido. É para uma bolsa de pesquisa que conseguiu.

Jasmyn ergue as sobrancelhas.

– Ela não me pediu nada do tipo.

– Com certeza é questão de tempo – responde Keisha, dando de ombros.

– Tenho certeza de que isso é um culto – afirma Charles e dá uma risada mais solta, e Jasmyn percebe que ele não está mais com o pé atrás. – Sabiam que esse centro foi criado para ser a construção central de Liberdade?

– Como assim? – pergunta Keisha.

– De início eu achava que o Centro de Bem-Estar tinha sido criado após a fundação de Liberdade, mas não. Eu dei uma olhada nos documentos de planejamento urbano e zoneamento depois que nos mudamos para cá. Devia ter olhado *antes*. – Charles dá um gole na taça de vinho. – Desde o início o planejamento era que o Centro de Bem-Estar ficasse no topo da colina, como se observasse tudo de cima. Acreditam? – Toma outro gole. – Um tipo diferente de lugar colocaria uma igreja lá, entendem?

Jasmyn sente o coração acelerar ao internalizar a informação. É *isso* que a incomoda? O modo como parece que as pessoas de Liberdade veneram um deus diferente?

Charles enche o copo dela de limonada.

– Enfim, chega desse papo. Keisha me falou que você é defensora pública. Não me leve a mal, mas a maioria dos DPs que conheço não podem bancar morar...

Antes que ele termine, a campainha toca.

– É a minha entrega – avisa ele, se levantando. – Venham. As senhoras vão querer ver isso.

———

Os entregadores descarregam uma caixa grande, lisa e retangular do caminhão. Charles os instrui a segui-lo até a "ala do museu".

Jasmyn imagina que talvez ele esteja exagerando ao dizer "ala do museu". Visualiza um cômodo de tamanho normal com algumas pinturas penduradas na parede. Mas ele não está exagerando. Realmente é uma ala – três salas interconectadas no fim de um longo corredor.

A primeira sala em que entram contém o que Jasmyn considera arte africana, com máscaras tribais feitas à mão e esculturas de tamanho real. A segunda é dedicada a fotografias, a maioria em preto e branco. Tem uma foto enorme de uma mulher negra com sua roupa de missa. Está com a filha sob uma placa que diz ENTRADA DOS DE COR em frente a um restaurante. Outra foto é da polícia usando uma mangueira para combater manifestantes negros no Alabama. Outra é de membros da Ku Klux Klan numa passeata. Jasmyn e Keisha caminham pela sala e observam as fotos em silêncio. A terceira e última sala está vazia, exceto por um único refletor apontado para uma parede branca.

Os entregadores levam apenas alguns minutos para abrir a caixa. Charles os detém quando estão prestes a revelar a imagem.

– Senhoras, por favor, fechem os olhos até que o quadro esteja instalado na parede. Quero que vivam a experiência em sua plenitude.

Jasmyn olha para Keisha a fim de conferir se ela não vê problema nisso. Keisha sorri e fecha os olhos, pronta para tudo, como sempre.

Jasmyn fecha os olhos também. De todas as coisas que esperava fazer naquela noite, ficar de pé com os olhos fechados num museu privado na casa de um homem negro rico que acabou de conhecer não era uma delas.

A instalação leva poucos minutos. O som da respiração ofegante dos entregadores e o rangido das escadas avisam a Jasmyn que os homens estão trabalhando. Charles os instrui sobre a posição da obra até ficar satisfeito.

– Vou acompanhá-los até a saída – avisa ele. – Senhoras, podem dar uma olhada agora.

Jasmyn abre os olhos e suspira.

A pintura é de um linchamento.

Não.

É do desfecho de um linchamento. É o momento após o homem negro ser espancado, mas anterior à continuação da violência cometida pelo grupo de pessoas brancas. É antes de cortarem as partes do corpo para guardar de lembrança. Antes de tirarem fotos e as transformarem em cartões-postais que vão enviar por correio a parentes e amigos distantes com mensagens do tipo: *Queria que vocês estivessem aqui.*

O corpo da vítima está caído no asfalto cinza, sua pele negra está lastimável, cheia de hematomas, ferimentos avermelhados, amarelados e azulados. Mas são as pessoas brancas ao redor que chamam a atenção de Jasmyn. O artista capturou a alegria selvagem e raivosa do ódio deles. Ali, eternizadas naquela imagem, estão a alegria e a ameaça daquela gente. É um ódio suntuoso e extravagante.

Charles volta para a sala.

– Se chama *Desfecho*.

119

Keisha chora. Jasmyn aperta a mão dela.

– Quando *basta*? – pergunta Keisha.

Charles é quem responde:

– Para eles, nunca basta.

Às vezes, Jasmyn se depara com réus que exibem uma leve vulnerabilidade que a faz se lembrar de Kamau. Ela a percebe no brilho negro dos olhos deles. Ou na forma como eles abrem e fecham a mão sem parar. Nesses momentos, se Jasmyn pudesse, abdicaria de seu presente para ter uma chance de refazer o passado. Esconderia seu continente das garras implacáveis dos "exploradores". Destruiria os cascos dos navios negreiros, tábua por tábua, com as próprias mãos. Acabaria com a ideia dos Estados Unidos mesmo antes de o país nascer.

Mas ela não pode mudar o passado, e de nada adianta ter esses desejos. Jasmyn encara um mundo que um dia existiu, um mundo que – se não fosse pela vigilância constante de gente como ela, King, Keisha e Charles – com certeza poderia ressurgir.

Jasmyn se aproxima da pintura num movimento quase involuntário. A imagem é tão rica em detalhes que lhe parece que pode se tornar real. Como se estivesse apenas esperando a permissão ou o momento certo para ganhar vida. Dentro do peito, seu coração bate num ritmo familiar. Medo e raiva. Raiva e medo. Ela fecha os olhos e deseja, só por um segundo, poder ensiná-lo uma canção diferente, e uma história diferente também.

15

Uma semana depois, Jasmyn está preparando o café da manhã quando King entra na cozinha farejando.

– Está fazendo *ackee* com bacalhau?

Jasmyn assente e mexe as cebolas, o tomate e o peixe na frigideira.

– Fui comprar no nosso antigo bairro – explica ela.

King a encara.

– Por que não foi ao mercado caribenho daqui mesmo?

Jasmyn dá de ombros.

– Senti vontade de ir ver como está a Dona Maggie.

Não acrescenta que estava com saudade do bairro onde moravam.

– Ela ainda belisca suas bochechas como se você fosse criança? – pergunta King.

Jasmyn ri. De fato, a Dona Maggie *beliscou* suas bochechas e a abraçou muito apertado e por muito tempo. Mas Jasmyn não se importou com os beliscões.

– Quanto tempo não vejo você por aqui – falou Dona Maggie com seu sotaque jamaicano carregado.

Jasmyn a relembrou de que tinha se mudado com King. Ela está no estágio da velhice em que precisa ouvir uma informação várias vezes até gravar.

– Espero que não tenha ido morar num desses bairros de branco – comentou Dona Maggie.

– Não, sem chance de eu ir morar num bairro de branco – respondeu Jasmyn, com uma risada.

Dona Maggie quis saber mais, porém Jasmyn não estava a fim de falar de Liberdade. Preferiu fingir que ainda pertencia àquele bairro onde tudo era familiar. Mudou de assunto, perguntou pelos filhos e netos da mulher. Estavam todos bem. A loja ia mais ou menos. O bairro também estava bem.

– Que pena que vocês, crianças, vão embora assim que alcançam um pouquinho de sucesso – disse ela.

Jasmyn sabia que Dona Maggie não estava falando por mal, mas sentiu uma pontada de culpa por ir embora do bairro como todo mundo.

Elas continuaram o papo por mais um tempo, até que Jasmyn decidiu dar uma olhada no restante da região.

Primeiro, foi até o prédio onde morava com King. Tinha sido pintado, mas a camada de tinta não conseguia esconder a deterioração. Ela entrou no pequeno hall de entrada onde ficam as caixas de correio e respirou a plenos pulmões aqueles odores familiares: cera de chão, maconha e comidas temperadas. Era engraçado porque, quando morava ali, ela odiava esses odores, o jeito como pareciam se infiltrar em tudo – no apartamento, nas roupas, na pele. Mas ali, naquele momento, ela os achou estranhamente reconfortantes, provas de que um dia tinha pertencido a um lugar real. Ao pensar nisso se detém: o que significa exatamente *real* nesse contexto? Que o lugar é pobre e, às vezes, perigoso? Isso o torna mais real do que Liberdade?

Ela saiu do prédio, caminhou pela rua e deu uma espiada no restaurante chinês. O homem atrás do vidro à prova de balas mal a olhou. Ela passou por duas lojas de perucas e por uma barbearia. Na padaria da esquina, comprou um pastel de carne jamaicano. Não reconheceu nenhum dos funcionários. Por um lado, ficou aliviada. Não queria bater papo e ter que explicar o sumiço. Mas, por outro, o fato de não conhecer ninguém a fez se sentir um balão solto, à deriva.

Ninguém prestou atenção nela enquanto perambulava pelas ruas do bairro. Ou, se prestou, não demonstrou, e ela ficou grata por isso. Tinha temido que as pessoas a olhassem como se ela não pertencesse àquele lugar; que soubessem de alguma forma – pela roupa, pela atitude ou por *algo* indelével – que ela não era dali, não mais.

Jasmyn foi caminhando com o pastel até o velho ponto de ônibus, sentou-se, comeu e observou as pessoas. Viu um grupo de crianças que havia acabado de sair da escola às gargalhadas. Provavelmente estudavam onde King costumava dar aula. Viu trabalhadores noturnos – enfermeiros, seguranças e zeladores – de uniforme, todos a caminho de uma longa noite de trabalho.

Jasmyn se perguntou o que essa gente acharia de um lugar como Liberdade, o que acharia do Centro de Bem-Estar. É óbvio que adoraria. Qualquer uma daquelas pessoas gostaria de morar numa casa gigantesca e ter dinheiro. Elas adorariam uma massagem e um pouco de mimo.

Então se levantou, sentindo uma leve vergonha. O que estava fazendo em seu antigo bairro, agindo como turista? Diante de como a vida podia ser difícil, com que Jasmyn tinha que se preocupar?

Mas, de volta ao presente, Jasmyn não conta nada disso a King. Como explicar que se sentia mais ela mesma – ou seja, mais negra – no bairro em que moravam do que se sentia em Liberdade? Como explicar que, inexplicavelmente, se sentiu mais segura no antigo bairro? Isso era algo que ela não conseguia explicar nem para si mesma.

King se inclina e beija a testa dela.

– Que cheiro bom.

Ele rouba um bolinho frito de um prato cheio.

Jasmyn o afasta, rindo.

– Espere o café da manhã.

King beija os lábios de Jasmyn e pega outro bolinho.

Jasmyn coloca o *ackee* na mistura e continua mexendo. A casa vai ficar com cheiro de peixe frito e cebola por dias, mas ela não se importa. Esse foi o primeiro prato que King fez para ela quando estavam se conhecendo. Costumava prepará-lo para ela todo domingo quando começaram a morar juntos. Isso foi antes de Kamau nascer. E antes de terem dinheiro.

É o prato favorito de King. Sua avó fazia o tempo todo para ele e o irmão quando eram crianças. Jasmyn sabe que uma das memórias favoritas de King é dele junto com Tommy, comendo na pequena cozinha da avó. Na primeira vez que fez o prato para Jasmyn, King explicou o jeito engraçado de Tommy comer os bolinhos. Primeiro, ele os quebrava no meio e tirava o miolo macio, depois colocava uma colherada de *ackee* no buraco e por fim jogava o bolinho inteiro na boca. King come assim até hoje.

Toda vez que Jasmyn vê King preparar o prato, lamenta a perda de Tommy, mesmo que não o tenha conhecido. Teria sido um cunhado para ela, um tio para Kamau, um irmão protetor para King.

Ela visualiza um futuro alternativo com toda a nitidez: Tommy na casa deles, sentado à mesa de café da manhã mostrando para King e Kamau o jeito certo de comer bolinhos, os três criando memórias e rituais para transmitir às gerações futuras.

– Está preparando outra coisa para o Kamau? – pergunta King.

Jasmyn olha para Kamau sentado num banco junto ao balcão jogando algum jogo no tablet. O menino não gosta de *ackee*, mas ela vai fazer de tudo para que um dia goste.

– Não, ele vai comer o que eu der a ele. – Ela volta a mexer a panela. – É bom para saber de onde vem.

No fim, Kamau dá duas mordidas no *ackee* e come meio bolinho. Jasmyn avisa que ele vai ficar com fome e que não vai dar mais nada até o almoço, mas ele dá de ombros e diz que pode esperar.

Depois do café da manhã, eles vão para a sala da família. Kamau se senta para brincar com Lego no cantinho dos brinquedos.

Jasmyn observa o filho organizar os blocos e sorri. Deram a Kamau seu primeiro Lego quando ele tinha apenas 3 anos. Ele começou a brincar na mesma hora.

– Kamau, você acha que seu irmãozinho vai gostar de brincar com Lego também?

O menino franze a testa, confuso, olha para a barriga da mãe e responde:

– Acho que ele não vai saber brincar.

– No papel de irmão mais velho, sua tarefa vai ser ensinar a ele – explica Jasmyn.

Kamau dá de ombros e continua montando algo.

Jasmyn desconfia que ele esteja com ciúme, receio de que o irmão tome seu lugar. Ela faz uma nota mental de explicar para ele que as mamães e os papais têm coração grande o suficiente para todos os filhos.

Jasmyn se senta ao lado de King no sofá.

– Vamos ter que aumentar o cantinho de brinquedos para o bebê – comenta com ele.

– Dá para imaginar uma coisa dessas? – diz King, olhando para Kamau. – Os dois sentados ali, brincando um com o outro, despreocupados.

Ele sorri, mas há uma leve nostalgia em sua expressão.

Jasmyn sabe que ele está pensando na perda de Tommy. Ela se aproxima e repousa a cabeça no ombro dele.

– Nunca vai acontecer nada com nossos bebês – afirma ela, baixo.

King permanece em silêncio por alguns instantes, até que diz:

– Eu sei que não vai. Eu sei. – Dá um tapinha no joelho de Jasmyn e beija sua testa. – Quer assistir ao jogo de ontem à noite comigo? – pergunta num tom alegre demais, e Jasmyn percebe que ele quer mudar de assunto.

King se recosta no sofá e põe o jogo na TV.

Jasmyn assiste por alguns minutos até que sua mente começa a vagar. Desde que Charles mencionou a pesquisa que fez sobre a história de Liberdade, ela vem querendo fazer uma investigação própria. Pega o notebook da mesinha de centro e começa a pesquisar no site de Liberdade. Passa uns dez minutos admirando as fotografias selecionadas de espaços verdejantes, dos imóveis lindos avaliados em milhões de dólares e da rua principal cheia de pessoas negras prósperas. Pessoas negras bebendo vinho em cafés ao ar livre. Famílias negras fazendo piquenique nos parques. Casais negros com roupas de gala entrando no teatro. Jasmyn dá zoom nos rostos e percebe que não reconhece ninguém. Devem ser profissionais contratados para exibir tudo que Liberdade tem a oferecer.

Ela clica na seção *História* e analisa as fotos. Vê Carlton Way na cerimônia de lançamento da pedra fundamental do Centro de Bem-Estar. Os Sayles estão com ele. Nina Marks também. Estão juntos novamente na cerimônia de inauguração de dois anos atrás. Charles tinha razão ao dizer que o Centro de Bem-Estar sempre fez parte do planejamento de Liberdade. Ele foi construído ao mesmo tempo que as primeiras casas. Ela clica nas fotos antigas da rua principal. Parece igual, com uma diferença: em vez do Teatro Liberdade, tem um desses prédios comerciais genéricos que abrigam vários negócios. Ela pesquisa o endereço e descobre que tipo de loja havia ali antes.

King grita enquanto vê o jogo e cutuca o ombro de Jasmyn.

– Amor, você está perdendo.

Ela olha para a TV e sorri.

– É o jogo de ontem. Você já sabe quem ganhou.

– Mesmo assim preciso vivenciar a partida.

– Me dê só um segundinho – pede ela.

Em mais alguns minutos de pesquisa, ela entra numa toca de coelho que a leva a um fórum de discussão.

– Pare, pare. PARE! – exclama. – King, pause o jogo.

Ele olha para ela e para o notebook antes de apertar o botão.

– Alguma novidade no caso Mercy Simpson?

– Sabia que existia uma unidade do Vidas Negras Importam bem aqui em Liberdade? – pergunta, dando um tapa na coxa, ainda incrédula.

O rosto de King fica inexpressivo por um instante antes de ganhar um ar de leve surpresa.

– O que aconteceu?

Jasmyn olha de volta para a tela e aponta para a foto da rua principal.

– Não sei. Tinha um prédio comercial ali, e parece que os encontros aconteciam numa sala.

Jasmyn clica de novo no fórum e continua pesquisando. Ela se sente do jeito que costuma se sentir quando está na fase da descoberta de cada novo caso. Existe uma história oficial – a que consta nos relatórios policiais e documentos judiciais – e existe a verdade, e raramente a história e a verdade coincidem.

Minutos depois ela encontra uma conversa antiga que a leva para a página oficial do grupo num site de rede social. A página é privada, mas a lista de membros, não. Jasmyn lê a lista de sete nomes e reconhece dois.

Angela e Benjamin Sayles.

– Que porra é essa?

Kamau vira a cabeça depressa.

– Mamãe, você falou palavrão – diz ele, com os olhos arregalados.

– Desculpe, amor – responde ela. – A mamãe tomou um susto.

King pausa o jogo de novo.

– O que foi agora?

– Sabe a antiga unidade do Vidas Negras Importam daqui? Angela e Benjamin Sayles faziam parte dela.

– E?

– Não lembra que estive na casa deles perguntando exatamente sobre isso? Não acha estranho não terem me contado que existiu uma aqui?

King gira o controle na mão e suspira.

– Sei lá, amor. Vai ver não mencionaram porque não querem participar de outra.

– Pode ser. – Ela dá zoom na lista de membros. – Foi fundada por um casal: Clive e Tanya Johnson. Conhece?

– Não.

Jasmyn mostra a lista.

– E o restante dessas pessoas?

King lê os nomes e faz que não com a cabeça.

Ela vira a tela de volta para si. Como o grupo é privado, não consegue acessar mais nenhuma informação. O máximo que consegue descobrir é que a última atividade do grupo, pelo menos no site, foi há pouco mais de um ano. Por que se desfez?

– Amor, vamos lá, saia do computador – pede King. – A gente não conversou outro dia sobre relaxar mais? – Ele põe o braço em volta dos ombros dela e dá um apertãozinho.

Jasmyn começa a dizer que vai pesquisar mais alguns minutos, mas o olhar dele é suplicante demais para ela ignorar. King fica mal sempre que pensa em Tommy. Precisa de Jasmyn a seu lado, e ela compreende.

– Está bem, me dá só mais um segundo – diz ela, então captura a tela com os nomes dos fundadores do Vidas Negras Importam e a envia para Keisha.

Jasmyn: Tinha uma unidade do VNI aqui antes

Jasmyn: Adivinha quem fazia parte

Keisha: Conta

Jasmyn: Angela e Benjamin Sayles

Keisha: !!!!!!!!!!

Keisha: Como assim?

Keisha: N faz sentido

Jasmyn: Tb n entendi

Keisha: Pq nunca falaram dessa merda?

Jasmyn: N sei

Jasmyn: Enfim

Jasmyn: Olha a captura de tela que te mandei

Jasmyn: Tinha mais gente na unidade

Jasmyn: A gente devia falar com o casal que fundou. Clive e Tanya Johnson

Keisha: A gente devia falar com todo mundo e descobrir o que houve

Jasmyn: É uma boa

Jasmyn fecha o notebook e se aproxima de King.

– Está tudo bem? – pergunta ele.

Embora estranhe os Sayles não terem lhe contado que fizeram parte do Vidas Negras Importam de Liberdade, Jasmyn está contente por saber que um dia houve uma unidade ali. Significa que há mais gente como ela do que imagina. Ela, Keisha e talvez Charles vão descobrir o que aconteceu com o antigo grupo e como podem fundar outro.

Ela se inclina e beija King na bochecha.

– Agora está – responde.

16

– Não pensem que isso não pode voltar a acontecer – afirma Jasmyn a todos à mesa de jantar. – Do jeito que este país está indo...

O *isso* de que está falando é a escravidão. Os quatro – Jasmyn, King, Keisha e a esposa, Darlene – acabaram de assistir a um filme, *Uma história da escravidão*. Jasmyn leu uma resenha dizendo que era um filme "poderoso, direto e importante", e ela concordou inteiramente com o ponto de vista.

– Não esqueçam que a escravidão era *o* motor econômico deste país – acrescenta. – Transformada numa força poderosa...

Darlene a interrompe:

– Mas posso fazer uma pergunta? Você gostou *de verdade* do filme?

Ela está sorrindo e segurando a taça de vinho pela haste.

Darlene parece diferente na vida real em comparação com a foto de casamento que Keisha mostrou a Jasmyn. A Darlene da imagem não usava nenhuma maquiagem na pele negra bem escura. Tinha um afro curto e uma vibe mais natural. Jasmyn não garante, mas tem quase certeza de que a Darlene das fotos tinha lábios mais carnudos e nariz mais largo. Será que fez cirurgia plástica?

Tudo na Darlene à sua frente é polido, sofisticado. Agora ela está com um cabelo longo, preto e liso, com uma franja desfiada que termina pouco acima das sobrancelhas. Usa uma maquiagem carregada e perfeitamente aplicada. Não é difícil imaginá-la numa passarela, modelando em roupas largas e monocromáticas.

– Não sei bem se *gostar* do filme é o objetivo – responde Jasmyn. – É como as resenhas dizem...

– Gostar com certeza *não pode* ser o objetivo – rebate Darlene, cortando-a de novo. – Quer dizer, é difícil *gostar* de duas horas de chicotadas, estupros e ofensas, não acha?

Sua risada é aguda e delicada, como um sino dos ventos balançando numa brisa suave.

Keisha fita Jasmyn e dá um sorriso alegre.

– Darlene tem o estômago sensível.

Mas Darlene não aceita.

– Não precisa inventar desculpas por mim. O fato de eu ser negra me obriga a gostar desse filme?

Jasmyn espera que Keisha refute o ponto levantado por Darlene, que argumente com a esposa, mas não é o que ela faz. Keisha apenas olha para seu martíni e pressiona o dedo no palito enfiado nas azeitonas.

– Eu li uma resenha dizendo que esse era um filme *oportuno* – continua Darlene. – Conseguem acreditar? Chamar um filme sobre a escravidão de *oportuno*? – Ela toma um gole do vinho. – Sinceramente, não consigo nem imaginar o que isso significa.

Jasmyn cutuca King, querendo que o marido entre na conversa e explique a Darlene como ela está sendo ingênua, mas ele solta um som evasivo e continua lendo o cardápio.

Jasmyn tenta argumentar com Darlene outra vez.

– É o que eu estava dizendo há pouco. Temos que manter a vigilância constante, porque isso pode voltar a acontecer.

– Nossa, que tipo de vida é esse? Vigilância constante. Soa exaustivo. Prefiro passar o dia todo no Centro de Bem-Estar. – Ela bebe o restante do vinho. – Estou curiosa para saber o que você acha, Kingston – completa Darlene num tom de voz brincalhão, como se a conversa toda fosse uma piada.

King abaixa o cardápio.

– Acho que precisamos dar uma aliviada e falar de outra coisa – responde ele.

– Com isso, eu concordo – acrescenta Keisha.

Jasmyn olha confusa para a amiga. Se outra pessoa soltasse as bobagens que Darlene está dizendo, sem dúvida Keisha a censuraria. Keisha encara

Jasmyn, que enfim entende por que a amiga não está argumentando com a esposa: está envergonhada.

– Vamos seguir em frente, então – diz Jasmyn, sentindo-se culpada por ter deixado a discussão durar tanto.

Mas Darlene não está pronta para deixar pra lá.

– Esses filmes não são pra gente. – O sorriso sumiu de sua voz. – São para os brancos. Eles assistem, se sentem mal e dizem a si mesmos que é impossível serem racistas, porque se sentiram muito mal. E que, se fossem mesmo racistas, não se sentiriam péssimos vendo negros serem esfolados. – Ela toma um gole do vinho. – Só não entendo o propósito desses filmes. Eles não são bons para ninguém. Nem para os negros, nem para os brancos.

– Eles existem para que a gente não esqueça – retruca Jasmyn, incapaz de se segurar.

Darlene a encara.

– Por que não podemos esquecer? Seria o fim do mundo?

Jasmyn não sabe o que dizer. Esquecer é o primeiro passo para a negação – o apagamento – da história deles. *Darlene* deveria ter consciência disso. Deveria saber a importância da memória *sobretudo* para os negros.

– Tudo bem, então como você sugere que solucionemos o problema do racismo? – indaga Jasmyn.

Darlene dá de ombros.

– Filmes sobre a escravidão com certeza não vão resolver. Nem toda a arte do mundo vai resolver. – Ela encara Keisha. – Nem todo o ativismo do mundo dá jeito nisso.

– Então devemos parar de tentar destruí-lo? – pergunta Jasmyn, se esforçando ao máximo para não dar um tapa na mesa de tanta frustração.

Darlene joga a cabeça para trás e bebe todo o restante de vinho de sua taça.

– Não falei isso. Só não vai ser resolvido do jeito que você acha.

Jasmyn a encara. O que ela quer dizer com isso?

Enfim King intervém:

– Ok, senhoras. Acho que está na hora de mudar de assunto, não acham?

– Sem problema – responde Darlene, então ergue a mão e acena para o garçom, que anota o pedido de mais petiscos e bebidas.

E, como King sugeriu, eles mudam de assunto. Darlene trabalha com publicidade e gestão de marcas, assunto que King acha fascinante, e os dois engatam uma conversa.

Jasmyn aproxima a cadeira da de Keisha.

– Está tudo bem com você? – pergunta baixo, embora o restaurante esteja tão barulhento que não tem como a conversa ser ouvida.

– Lógico – responde Keisha, dispensando a preocupação com um gesto. – Todo casal tem suas diferenças, não é?

Keisha olha para King, e Jasmyn se pergunta o motivo do comentário. É verdade que King não estava exatamente tentando apoiá-la durante a discussão, mas é porque ele gosta de manter a paz. Em situações do tipo, a filosofia do marido é nunca discutir com tolos.

Jasmyn muda de assunto, não por não querer pressioná-la, mas porque percebe como Keisha ficou chateada.

– Lembra que eu falei que tentaria falar com as pessoas que faziam parte da unidade do Vidas Negras Importam de Liberdade?

Keisha assente.

– Adivinha o que descobri.

– O quê?

– Nenhum deles mora mais aqui.

Keisha fica de queixo caído.

– Não acha coincidência demais para ser *de fato* coincidência? – pergunta.

– Vai ver todos eram amigos e concluíram juntos que Liberdade não era para eles – sugere Jasmyn, falando mais baixo.

Mas, mesmo enquanto diz isso, ela sabe que a explicação não faz sentido. Pior: fica incomodada. Uma mudança é uma grande decisão de vida, tanto em termos emocionais quanto práticos. O que seria capaz de fazer um grupo inteiro de amigos sair dali após tão pouco tempo?

Keisha se aproxima de Jasmyn com uma expressão séria.

– Devíamos questionar os Sayles.

Jasmyn faz que não.

– As mesmas pessoas que nem sequer me contaram que faziam parte da unidade de Liberdade do Vidas Negras Importam?

– É, tem razão – diz Keisha. – Não faz sentido não terem contado. Acha que estão escondendo alguma coisa?

– Devem ter tido algum problema com as pessoas que foram embora e não querem falar disso.

Keisha gira seu copo de uísque.

– Vai ver foram expulsos de Liberdade em vez de terem ido embora por conta própria.

– Nossa, eu nem tinha pensado nessa possibilidade.

– Mesmo assim, a gente devia descobrir por que foram embora.

– Quem foi embora? – pergunta King, colocando a mão nas costas de Jasmyn.

Ela sorri para o marido. Quando ele e Darlene começaram a prestar atenção?

– Conversa de mulheres – responde ela.

– Sou mulher – diz Darlene com uma risada.

Jasmyn espera para ver se a amiga vai contar a Darlene, mas não é o que ela faz.

– Só fofocando – declara Keisha.

– Sempre fofocando – comenta Darlene com a voz afetuosa, acaricia a bochecha de Keisha e sorri para a esposa.

Mesmo não tendo ido muito com a cara de Darlene, Jasmyn percebe o quanto ela ama Keisha.

Jasmyn desvia o olhar das duas e reaproxima a cadeira de King. Ele a beija na têmpora.

Mais cedo, Keisha disse que todo casal tem suas diferenças, e é verdade. Mas Jasmyn já conheceu casais como Keisha e Darlene antes, que discordam em coisas fundamentais. E a verdade é que ter o mesmo ponto de vista sobre como solucionar o racismo *é* fundamental. Casais que discordam em coisas básicas não duram.

Jasmyn olha de volta para as duas a tempo de ver Keisha apoiar o rosto na mão de Darlene e beijar a palma dela. Jasmyn não consegue imaginar Keisha concordando com as coisas que Darlene disse há pouco. Do que pôde ver de Darlene, também não a imagina mudando de ideia. Para esse casamento sobreviver, uma delas com certeza terá que mudar.

17

Certo dia, em meados de março, Jasmyn acorda exausta. É o cansaço de trabalhar demais, estar grávida de sete meses, ser mãe de uma criança de 6 anos e cuidar do marido. Além de tudo, a azia da gravidez está a mil.

King insiste que ela tire folga.

– Descanse um pouco – sugere. – O trabalho ainda vai estar lá amanhã.

Ela concorda, o que mostra como está exausta.

Passa a primeira hora na cama, lendo as últimas notícias do caso Mercy Simpson. Do ponto de vista jurídico, nenhuma novidade. O grande júri segue deliberando. Passa a segunda hora nas redes sociais compartilhando matérias e artigos de opinião. Envia os links no chat em grupo que tem com Keisha e Charles. Envia para Tricia e os outros amigos de fora de Liberdade separadamente.

No meio da manhã, sente-se fisicamente melhor. No começo da tarde, bate a culpa por ter tirado folga. Será que outra criança tinha sido tragada pelo sistema porque ela decidiu que estava muito cansada? Mesmo tendo prometido a King que não trabalharia, ela passa uma hora respondendo e-mails. Em seguida, anda pela casa realizando pequenas tarefas: guarda os brinquedos de Kamau e enche o lava-louça. Depois de um tempinho, fica sem ter o que fazer. Ontem foi dia da faxineira e anteontem, do jardineiro. Ela entra no banheiro da suíte para tomar banho. Seus olhos percorrem as superfícies de mármore branco, a porcelana reluzente da banheira vitoriana que ainda não usou. Por fim, envia uma mensagem a

King, avisando que está bem o suficiente para pegar Kamau na escola e sai de casa duas horas antes do horário, só para ter o que fazer.

—

Em pouco tempo ela acha uma vaga para estacionar, mas o centro de Liberdade não está nada vazio. Todas as cadeiras das duas manicures estão ocupadas. Os salões e as barbearias também estão lotados. Quem são todas essas pessoas despreocupadas? Elas não trabalham? Tem tanta gente na rua que um desavisado poderia achar que é fim de semana, e não terça-feira.

Jasmyn entra numa cafeteria, pede chá e se acomoda numa cadeira da área externa. Não demora muito para decidir fazer o que não sai de sua cabeça há dias: investigar o que houve com a unidade do Vidas Negras Importam.

A batida acontece imediatamente depois – um guincho longo seguido pelo som de vidro estilhaçado e metal sendo raspado.

Jasmyn estica o pescoço para ver por cima das cercas vivas que separam a varanda da cafeteria da área externa. Uma van de entrega do Centro de Bem-Estar bateu numa placa de *Pare* a uns 15 metros, invadindo a calçada.

Ela vai até a beira da varanda para olhar melhor. Felizmente, o motorista não atropelou ninguém e parece não ter se machucado. Está falando no celular e gesticulando furiosamente. A placa está caída a seus pés. Alguns bons samaritanos se oferecem para ajudar, mas ele os enxota. Jasmyn está prestes a voltar para se sentar quando a porta traseira da van se abre. Um punhado de caixas de papelão desliza e cai, esparramando no chão tudo que tem dentro. Alguns frascos, do tipo que ela viu no spa dos Sayles, quebram. Outros rolam pela rua. Jasmyn olha para dentro da van e vê cilindros de metal que parecem tanques de oxigênio. Ao lado deles há suportes de soro intravenoso sem os sacos, além de caixas de metal com o que parecem ser etiquetas laranja de risco biológico coladas nas laterais.

Que tipo de equipamento de spa é esse?

Jasmyn diz a si mesma que está mais curiosa do que desconfiada. Pega a xícara de chá, encontra um vão entre as cercas vivas e passa de lado com sua barriga, determinada a se aproximar da van e inspecioná-la.

Quando está na metade do caminho, um policial entra na frente dela.

Jasmyn solta um gritinho e para a tempo de evitar o esbarrão.

– Nossa Senhora! – exclama e pousa uma mão protetora na barriga.

– Não quis assustá-la – diz ele. – Você é Jasmyn Williams, certo? Esposa do Kingston?

Embora ele seja negro, Jasmyn sabe que não deve responder a perguntas aleatórias de *nenhum* policial. Na maioria das vezes, as perguntas não são nada aleatórias. Em geral, têm alguma intenção oculta. Jasmyn sempre achou que policiais deveriam ter um tempo máximo de serviço. O trabalho deles faz com que desconfiem das próprias pessoas que deveriam proteger.

– Algum problema, policial? – pergunta ela, encarando-o e usando o tom firme de advogada.

Ele sorri e estende a mão.

– Policial Godfrey.

Seu sorriso parece bastante genuíno, mas, como todos os policiais, ele tem olhos de polícia, do tipo que suspeita que você fez ou está prestes a fazer algo errado.

Jasmyn aperta a mão dele e o espera dizer o que deseja.

– Passei um tempo com seu marido no Centro de Bem-Estar. É um bom homem.

– É mesmo – concorda Jasmyn.

De que outra forma pode responder a um comentário desses? Foi por isso que ele a parou? Para dizer que o marido dela é um bom homem, como se ela já não soubesse? O policial está fazendo uma avaliação profissional ou pessoal da bondade de Kingston?

– Bem, policial, é um prazer conhecê-lo – responde Jasmyn num tom que deixa nítido que está muito ocupada para papear.

Ela olha por cima do ombro dele para ver se a van continua ali, mas, em vez de sair de seu caminho, o policial Godfrey põe as mãos na cintura.

– Ele disse que você vem tendo dificuldades para se adaptar.

Jasmyn desvia o olhar da van e encara Godfrey.

– Ele disse o quê?

– Minha esposa também se sentiu assim, mas ama Liberdade agora.

Sirenes soam atrás de Jasmyn. Por cima do ombro, ela vê uma viatura atravessar o cruzamento em alta velocidade e parar no local do acidente. O policial Godfrey não se vira para olhar, nem para a viatura nem para a van.

Jasmyn se afasta dele, sua desconfiança habitual em alerta máximo. A experiência lhe diz que policiais sempre correm na direção dos problemas. Como pode Godfrey nem sequer olhar para um colega policial que está com a sirene ligada? Não faz sentido. A única razão para não fazer isso é se também estiver lidando com uma emergência.

– Mas soube que o Kamau está se adaptando bem.

O fato de ele saber o nome de Kamau não deveria incomodá-la, mas incomoda. King nunca mencionou que tinha feito amizade com um policial.

– Também foi assim com a minha menina – continua ele. – Crianças se adaptam melhor a grandes mudanças.

Jasmyn memoriza o número do distintivo e dá um passo para trás.

– Preciso ir fazer algumas coisas. É um prazer conhecer você, policial Godfrey.

Ela tenta passar por ele, que se coloca na frente dela, imitando seu movimento.

– Me chame de Devon – pede. – Somos todos uma família por aqui.

Seu rádio chia e emite três bipes altos. Ele o tira do cinto e clica uma vez no botão lateral. Abre outro sorriso amplo.

– Fique à vontade – diz ele e se afasta para deixá-la passar.

Jasmyn caminha apressada em direção à van, mas não adianta mais. A porta traseira está fechada e o motorista voltou para dentro do veículo. A viatura está indo embora.

– Droga! – exclama, mais alto do que pretendia.

Uma mulher saindo da manicure ouve e passa longe dela.

Se o policial não a tivesse parado... Ela se vira para ver se ele continua no mesmo lugar e vê que sim. Ele toca no quepe para cumprimentá-la, diz algo no rádio que ela não consegue ouvir e vai embora.

———

Durante o trajeto de dez minutos para pegar Kamau, Jasmyn só pensa no policial. Está sendo paranoica? Não, tem certeza de que ele não queria que ela visse o interior da van. Mas por quê?

No entanto, a pergunta mais urgente não é sobre a motivação do policial, mas a dela própria. Num sinal vermelho, ela abre o espelho do para-sol do carro e encara o próprio reflexo. É raro Jasmyn sentir que está confusa em suas motivações, como se fossem uma janela suja pela qual não consegue enxergar nada. Para começar, por que parou de tomar seu chá em paz, se levantou e foi bisbilhotar a van? Estava procurando evidências? Não, não era isso. Isso implicaria acreditar que há algo errado acontecendo no spa, e ela não acredita nisso, certo? O que procurava era uma explicação, algo que a fizesse entender por que King e os outros passam tanto tempo lá. Mas, é óbvio, ela não encontraria essa resposta na van.

Atrás dela, alguém buzina. Jasmyn desvia o olhar do espelho e vê que o sinal está verde. Faz um gesto de pedido de desculpa para a pessoa no carro atrás. Não consegue explicar por que se levantou e foi observar a van de perto. Ela não sabe nada sobre equipamentos de spa. Era provável que tudo no veículo estivesse dentro dos conformes.

Jasmyn decide pegar Kamau pela faixa especial em vez de estacionar e ir a pé. Não está com humor para sorrir e papear. A fila anda rápido, e Kamau entra no carro com o rostinho radiante.

– Como foi seu dia, amor? – pergunta ela, olhando-o enquanto ele se afivela na cadeirinha.

– Foi bom.

– Que nota?

– Dez! – responde ele, erguendo os pés no ar e sorrindo.

Jasmyn ri.

– Agora você conta com o pé? – Jasmyn olha o retrovisor antes de acelerar. – Você gosta da nova escola, não gosta, meu bem?

– É legal – responde Kamau. Jasmyn acha que o filho encerrou a conversa, mas então ele emenda: – Me sinto bem aqui.

Ela se endireita para poder ver o rosto dele pelo retrovisor.

– Você não se sentia bem na antiga escola?

– Não muito.

Jasmyn nunca vai deixar de se surpreender com este lado da maternidade: o modo como as crianças dizem coisas importantes e profundas sem querer, como se estivessem falando bobagens. Kamau nunca lhe contou que não se sentia bem na antiga escola.

– Isso é ótimo, amor – responde ela. – Ótimo mesmo.

Ela pisca para afastar o fluxo repentino de lágrimas e sente a tensão em seu peito perder força e sumir. Esse exato momento, em que seu menininho lhe diz que encontrou seu lugar, é o motivo de ter se mudado para

Liberdade. Por esse momento – pela oportunidade de dar a Kamau uma forte sensação de segurança e autoidentidade –, ela pode lidar com qualquer aborrecimento menor.

Kamau passa o resto do trajeto de volta para casa tagarelando, e, embora esteja falando muito alto, Jasmyn não pede que ele baixe a voz.

Em casa, Kamau sobe correndo para o quarto, guarda a mochila e veste sua mais nova roupa favorita: um conjunto de pijama do Miles Morales. A depender de quanto tempo o personagem vai permanecer sendo seu favorito, talvez Jasmyn tenha que comprar outro, um tamanho maior. Ela tira os sapatos, coloca o chinelo de casa e vai até a cozinha. Tenta lembrar se quando era criança tinha uma roupa favorita. Acha que não. Eram todas doadas por Ivy, sua irmã mais velha, que fazia questão de lembrar a Jasmyn que as roupas tinham sido dela primeiro. Por ter tido a sorte de ser o primogênito, Kamau nunca terá roupas de segunda mão. E Jasmyn admite para si mesma que o irmão caçula dele também não passará por isso. Ela vai comprar tudo novinho em folha para o segundo filho, mesmo que não seja necessário. Ela se lembra da sensação de querer que algo fosse apenas seu – o desejo de ser a pessoa que tira a etiqueta.

Kamau entra animado na cozinha. Hora do lanche. Ele arrasta seu banquinho até a despensa, sobe, abre a porta e enfia a cabeça.

Jasmyn balança a cabeça e ri.

– Cuidado aí, amor – avisa.

Ele tira um pacote de pipoca de micro-ondas.

– Posso comer, por favor?

– Mas a gente costuma guardar a pipoca para as noites de filmes, não é?

Ele faz beicinho e arregala os olhos, com sua expressão típica de "como você vai resistir a essa carinha?".

Por um instante, Jasmyn se sente tomada pela inocência de Kamau. Ele espera ser feliz, que a vida seja justa e que o mundo diga sim para tudo que desejar.

Ela pega a embalagem de pipoca da mão dele e o beija na testa.

– Essa carinha fofa não vai funcionar comigo para sempre, sabia? – diz ela, embora saiba que sempre vai funcionar.

O olhar de Kamau mostra que ele também sabe. Ele puxa o banquinho, e, juntos, os dois ficam vendo o pacote inflar no micro-ondas.

– Que cheiro bom – comenta ele e lambe o lábio três vezes.

Jasmyn ri.

– Sabia que seu pai faz uma cara igualzinha?

Ele a faz de novo.

– A gente pode ver um filme hoje de noite?

Em geral, em dia de escola, ele só pode ver TV por meia hora, mas hoje parece um dia especial. Talvez porque ela tenha tirado o dia de folga, ou porque a frase de Kamau no carro a fez se lembrar do motivo de ter concordado em se mudar para Liberdade.

– Está bem, por que não? Vamos ver se o papai pode chegar cedo em casa para termos uma noite de cinema no meio da semana.

Jasmyn manda mensagem para King, que, por milagre, não precisa trabalhar até tarde. Ele chega com uma pizza e um buquê enorme de lírios stargazer, a flor favorita de Jasmyn.

– São lindas! – elogia ela, abraçando-o. – Você fica me mimando.

King a beija.

– Meu trabalho é mimar você.

Jasmyn volta à cozinha e demora um pouco para encontrar um vaso grande o suficiente para o buquê, mas por fim acha. Arruma as flores, arranca algumas folhas mortas e tira a antera coberta de pó laranja dos estames. Já manchou muitas camisas assim.

A primeira vez que King lhe deu flores foi no segundo encontro deles. Era um buquê misto bem menor, com apenas um ou dois lírios, mas o perfume durou dias, e Jasmyn decidiu que eram suas flores prediletas. Desde então King as compra para ela.

Ela ouve Kamau dar uma gargalhada na sala da família. Sem dúvida, King está fazendo cócegas nele. Ela ri sozinha. Seus meninos são tão bobos. Às vezes, os melhores momentos são os inesperados.

Jasmyn lembra a si mesma que precisa contar a King que Kamau disse que se sente bem na escola nova. Ele vai ficar radiante com essa nova prova de que estão se saindo bem em Liberdade.

O acidente com a van e a situação com o policial Godfrey voltam à sua mente, mas ela balança a cabeça para afastar as desconfianças. Tem estado paranoica. Ainda assim, quer saber mais sobre a antiga unidade do Vidas Negras Importam e toma uma nota mental: precisa encontrar tempo para investigar isso.

Jasmyn apaga a luz da cozinha e vai para a sala da família. Tanto King quanto Kamau estão felizes em Liberdade. No geral, ela também está. Lembra a si mesma de que quem procura problema sempre acha.

Jasmyn se joga no sofá ao lado de King e Kamau, que já estão comendo a pizza. Kamau quer assistir ao filme do Homem-Aranha do Miles Morales pela centésima vez, e eles concordam.

King a cutuca.

– Olhe só como nós somos espontâneos – comenta.

Jasmyn ri para ele.

– Devíamos planejar fazer isso mais vezes.

– Rá! – exclama King. – Saquei seu joguinho de palavras.

– Shhh, vocês estão perdendo – reclama Kamau.

– Não, não estamos, amor – responde Jasmyn. – Não estamos.

18

As duas semanas seguintes são movimentadas, e Jasmyn tem uma carga de trabalho pesada, em sua maioria de casos relacionados a drogas. Por mais cansada que esteja, ela se sente grata por estar livrando a maioria dos clientes. Em um dos casos, o trabalho da polícia é tão fraco que o juiz se vê obrigado a rejeitar a denúncia. Entre trabalho e tudo mais, ela mal tem tempo para pesquisar o que aconteceu com a unidade do Vidas Negras Importam de Liberdade.

King tem trabalhado até bem tarde da noite. Vem fazendo diligência prévia de uma enorme cadeia de spas interessada em comercializar água Despertar.

– Se fecharmos esse contrato, os retornos serão altíssimos. Vamos voar alto, amor.

– Já estamos bem alto – comenta Jasmyn.

Ele ainda não voltou para o Mentoria LA, mas encontra tempo para ir ao Centro de Bem-Estar. Jasmyn precisa se convencer a não se ressentir e a ser paciente por mais um tempinho. Sabe que King não está escolhendo o spa em detrimento do serviço à comunidade. Sabe que ele está se esforçando para se provar no trabalho e que precisa de tempo para relaxar. Só que ela se incomoda com a quantidade de tempo que ele vem passando com pessoas como Nina Marks, Carlton Way e Catherine Vail. Não sabe como ele aguenta. Mesmo assim, King prometeu que vai voltar ao voluntariado assim que o trabalho aliviar, e ela sabe que ele vai cumprir. A comunidade tem tanta importância para ele quanto para Jasmyn.

Na quarta-feira da segunda semana, eles participaram da primeira reunião de pais na escola de Kamau. A noite começou com uma fala sobre o "panorama da escola". Por uma hora, o diretor Harper e outros funcionários falaram das conquistas do ano letivo anterior e do que esperam conquistar no atual. Comentou que os esforços no recrutamento de professores já estavam mostrando resultados, evidenciados pelo fato de os alunos do ensino fundamental e médio terem as melhores notas em testes padronizados do país. Acrescentou que os objetivos desse ano incluíam o aumento no número de atividades extracurriculares e a construção de um parquinho maior para a pré-escola.

Todos os funcionários da instituição estavam no palco, de pé atrás do diretor enquanto ele falava. Jasmyn se maravilhou com o mar de rostos negros reluzentes. A imagem a fez se lembrar de quando era mais nova e ia com a avó à igreja para assistir às apresentações do coral. Ela era preenchida com a mesma sensação de louvor e gratidão.

Ao longo da apresentação, Jasmyn apertou a mão de King várias vezes. Era tudo impressionante demais. Kamau estava mesmo recebendo o melhor que existe. Uma educação excelente oferecida por uma instituição excelente com recursos e professores excelentes.

Depois de ouvirem o panorama da escola, eles foram para as reuniões individuais com os professores. A sala de alfabetização de Kamau era a mais arrumada e bonita em que ela já tinha entrado. Era impecavelmente organizada e alegre, com cores primárias. As paredes estavam decoradas com capas de livros, citações famosas, regras gramaticais, projetos dos alunos, etc. A professora, Srta. Abi, era alta, magra e tinha um afro curto e olhos alegres. Ao receber King e Jasmyn, ofereceu chá com biscoitos. Atrás dela, na lousa, todas as crianças tinham escrito *Bem-vindos, pais*. Jasmyn identificou a letra de Kamau com facilidade.

Assim que se acomodaram, a Srta. Abi começou:

– Bem, seu filho é muito inteligente. Tenho certeza de que não preciso dizer isso a vocês.

King deu uma risada.

– Não, pode falar – respondeu ele, e Jasmyn riu também.

A Srta. Abi continuou. Elogiou Kamau pela maturidade e capacidade de interpretação de texto, que estavam bem à frente das habilidades dos colegas de turma.

Os outros professores também falaram bem do comportamento e das habilidades de Kamau. A terapeuta da escola disse que ele era tímido, mas estava fazendo amizades no próprio ritmo.

– Querida, está emocionada? – perguntou King quando voltaram para o carro.

– Não – respondeu Jasmyn, fungando e rindo ao mesmo tempo.

Ele pegou a mão dela por cima do console e a beijou.

– Me sinto do mesmo jeito, amor.

Jasmyn já sabia que todos os professores eram negros, mas mesmo assim ficou feliz de ver com os próprios olhos. Que alívio sentiu ao perceber que não precisaria se preocupar se Kamau estava recebendo toda a atenção e os melhores cuidados. Quantos estudos ela havia lido comprovando que crianças negras se saíam melhor com professores negros? Comprovando que meninos negros tinham mais chance de entrar na faculdade quando educados por negros? Muitos.

– Agora só precisamos colocar o Kamau num esporte – disse King. – Liberdade tem times infantis de várias modalidades.

Jasmyn riu.

– Nosso bebê mal consegue segurar uma bola, que dirá chutar.

– Mais um motivo – respondeu King e riu também.

———

A festa de inauguração da casa é ideia de King.

– Já estamos aqui faz um tempinho – argumenta. – É hora de deixarmos as pessoas verem como vivemos.

Estavam na cama quando ele tocou no assunto. Jasmyn deixou de lado as palavras cruzadas e o olhou de canto de olho.

– Desde quando você se importa em dar jantares? – perguntou. – Está tentando impressionar alguém?

King a encarou.

– Não acha que seria legal receber algumas pessoas e conhecê-las um pouco melhor?

– E se exibir um tantinho – cutucou Jasmyn.

– Não tem nada de errado em se orgulhar do que conseguimos.

Jasmyn deu razão a ele, embora o King com quem tinha se casado não desse festas para se exibir. Ele era o churrasqueiro, ficava na grelha e bebia cerveja com os amigos.

Mas essa era uma mudança que parecia inofensiva. Além disso, Jasmyn sabia que não conseguiria fazê-lo mudar de volta.

Keisha e Darlene são as primeiras a chegar. Assim que olhou para as duas, Jasmyn percebeu que estavam discutindo.

– Mulher, preciso de uma bebida – diz Keisha no ouvido de Jasmyn enquanto se abraçam.

Em vez de um abraço, Darlene estende a mão.

– É muito bom ver você de novo – declara.

Ela consegue estar ainda mais elegante do que na noite do jantar entre os casais. Seu cabelo está penteado para trás num rabo de cavalo baixo. Usa um terninho de seda bege e uma maquiagem "natural" rosa-clara.

Charles manda mensagem avisando que ele e a esposa, Asha, vão se atrasar. Quase todo mundo chega na meia hora seguinte. Angela e Benjamin Sayles beijam Jasmyn nas duas bochechas. Ela resiste à vontade de perguntar por que não contaram que faziam parte da unidade do Vidas Negras Importam. Carlton Way, os Wright e Catherine Vail chegam com uma diferença de minutos. Nina Marks é a última.

Com uma hora de festa, Jasmyn encontra Keisha ao lado do bar montado pelos organizadores.

– Não acredito que está servindo comida francesa – diz Keisha.

Jasmyn se limita a balançar a cabeça.

– Não foi ideia minha.

Ela queria oferecer um jantar estilo self-service feito pelo restaurante caribenho que ela e King amavam no centro, mas King quis canapés e um jantar completo, com sete pratos.

– Amor, vamos sair da nossa zona de conforto – argumentou ele, e Jasmyn não encontrou motivos para negar.

Keisha dá de ombros.

– Mas a comida está boa – sentencia.

Ela pega um canapé de um garçom que passa; ele, como todos os outros garçons, é branco.

– Não tem pessoas negras na França? – pergunta Keisha, rindo.

– Fale com o King – diz Jasmyn. – Foi ele quem organizou tudo.

Ele se deu ao trabalho de procurar um bufê completo, que cuidasse de tudo, desde a comida e a decoração até a música. No fim da noite, eles também fariam a limpeza.

– Enfim, deixa pra lá – diz Jasmyn. – Você parece estranha. Por que está aqui bebendo sozinha? Cadê a Darlene?

Keisha toma um gole da bebida e aponta com o queixo.

Jasmyn se vira para olhar. Darlene está ao lado da piscina, rindo com uma mulher. Elas estão vestidas de forma tão parecida que chega a ser esquisito.

– Quem é?

– Ah, não conheceu ainda? – pergunta Keisha, num tom zombeteiro. – Aquela, meu bem, é Asha. Esposa do Charles.

Jasmyn olha de volta para a mulher. Ela é alta, tem pele negra mais escura e cabelo preto ondulado na altura dos ombros – é uma peruca ou um entrelace.

– Não era o que eu estava esperando.

– Nem eu – concorda Keisha, com uma voz monótona. – Acha que elas se parecem? – pergunta, apontando o queixo na direção das duas.

Jasmyn observa Asha e Darlene. Conclui que são tão parecidas que poderiam ser irmãs.

– Um pouco – responde.

Keisha olha para Jasmyn com cara de que sabe que ela não está sendo sincera.

– O fato de elas terem o mesmo cirurgião plástico pode explicar a semelhança – comenta Keisha.

Então Jasmyn *estava* certa. Darlene *tinha* feito plástica. Sua suspeita se confirmou: os lábios e o nariz dela estavam mais grossos na foto de casamento que Keisha mostrou no celular.

– Três chances para adivinhar quem é o cirurgião – diz Keisha.

Jasmyn olha de volta para ela.

– Quem?

Keisha aponta para Benjamin Sayles, que está conversando com Carlton Way.

– Ah, qual é?! – exclama Jasmyn. – Sério?

– *Sério.*

– Que mundo pequeno.

Trinta minutos depois, os garçons avisam que o jantar está pronto. Jas-

146

myn caminha até a sala de jantar formal junto com todos os outros. Ela, Kamau e King nunca usam essa sala – preferem o balcão da cozinha ou a salinha de jantar confortável e mais informal ao lado da cozinha. Quando visitaram a casa pela primeira vez, Jasmyn não conseguiu imaginar o que faria numa casa com duas salas de jantar, ainda mais sendo uma delas desse tamanho todo. Brincou que eles poderiam comprar uma mesa longa e se sentar em lados opostos, como uma daquelas famílias ricas brancas chiques que apareciam de vez em quando em filmes na TV.

A mesa de jantar reflete nos talheres dourados e polidos e nas taças de cristal, fazendo tudo cintilar. Em vez de um único arranjo central, os fornecedores optaram por usar três candelabros de ouro ornamentados com velas brancas, altas e finas, e tigelinhas também de ouro com água e pétalas de flores flutuando. Vasos altos com orquídeas e rosas brancas estão espalhados pela sala. No canto do cômodo há um quarteto de cordas tocando.

– Que chique – comenta Keisha, rindo ao lado de Jasmyn. – Tem até lugares reservados.

Jasmyn ri também.

– Outra das ideias do King.

A única tarefa de Jasmyn foi escolher a posição de cada convidado na mesa. Certa vez ela leu em algum lugar que, em jantares formais, os casais deveriam ser separados, para encorajar a interação. Jasmyn seguiu o conselho, mas não colocou ninguém muito longe de seu parceiro. King está à sua frente, com Asha de um lado e Darlene do outro. Ela tem Keisha de um lado e Charles do outro.

O quarteto de cordas começa a tocar assim que todos se sentam. Os garçons servem água e colocam os guardanapos no colo de cada um. King abre um sorriso de orelha a orelha diante de Jasmyn.

O primeiro prato é um *amuse-bouche* com caviar e ouriço-do-mar. Depois, *vichyssoise*, seguida por um escargot e então *foie gras*. No quarto prato, Jasmyn já está cheia. Passa a maior parte do jantar conversando com Keisha e Charles sobre o caso Mercy Simpson e explicando os pormenores do funcionamento de um grande júri.

Pouco antes da sobremesa, Carlton Way tilinta o garfo na taça e se levanta.

Jasmyn olha para King e franze a testa. Por que Carlton está se levantando para fazer um discurso? A casa não é dele, nem a festa.

Mas King apenas dá de ombros. Ela vai ter que conversar com ele sobre a vista grossa que faz com Carlton.

Pelo menos Keisha parece entender. Ela se aproxima e cochicha "Que porra é essa?" no ouvido de Jasmyn.

Carlton ergue a taça.

– Sei que falo por todos quando agradeço ao Kingston e à Jasmyn por nos receberem em sua magnífica casa e nos acolherem tão bem.

– Apoiado – responde Benjamin Sayles.

Asha e Darlene tilintam os garfos em suas taças.

Carlton sorri e continua:

– Quero apenas tirar um tempinho para enaltecer o que fizemos juntos aqui em Liberdade. Com este país sendo do jeito que é, muitos de nós nunca achamos que conseguiríamos chegar a este patamar na vida. Mas aqui estamos.

Dessa vez, é Angela Sayles quem diz "Apoiado".

– Com certeza foi uma longa jornada – prossegue Carlton –, mas ainda temos um longo caminho pela frente. – Ergue ainda mais a taça de vinho. – Foco no prêmio.

Assim como fizeram no Centro de Bem-Estar, todos repetem em uníssono, exceto Jasmyn, Charles e Keisha. Jasmyn tem vontade de perguntar que prêmio é esse, exatamente. Mais dinheiro? Mais mansões? Mais pratos franceses chiques e garçons ainda mais brancos?

Jasmyn não espera Carlton se sentar para se levantar. Talvez seja porque Carlton e os outros fazem Liberdade parecer um lugar *com* negros, e não *para* negros. Talvez seja porque segunda-feira ela voltará a trabalhar para todas as pessoas que não têm nada.

Jasmyn se levanta, compelida, como sempre foi, a fazer o que acha certo.

– Tenho uma coisa a acrescentar.

– Sim, claro, vá em frente – diz Carlton, como se ela estivesse pedindo permissão, e se senta.

Ela olha por toda a mesa, certificando-se de olhar nos olhos de todos antes de começar.

– Primeiro de tudo, estou muito contente por estar aqui em Liberdade com todos vocês. E, como Carlton disse, nunca imaginei que minha vida me levaria dos conjuntos habitacionais a um lugar assim. Somos todos muitos sortudos. E é por isso que devemos retribuir.

– Muito bem – diz Keisha, seguida por Charles.

– Não estou falando só de doar dinheiro. Tenho certeza de que todos vocês já doam para todas as causas certas. Estou falando de doar *tempo*. Precisamos ir para a rua. Entrar nas áreas pobres. Nas cidades do interior. Nas cadeias. Precisamos mentorear nossas crianças e erguer a próxima geração. Precisamos ensinar a elas nossa história. De onde viemos e tudo que conquistamos. Nossa resiliência. A beleza da nossa cultura. Precisamos nos organizar. Marchar nas ruas. Por gente como Tyrese e Mercy Simpson. Precisamos sair, protestar, ser vistos. Fazer com que vejam nosso tamanho e nossa força. Fazer com que vejam que não podem nos abalar.

– Mas eles *podem* nos abalar – afirma uma voz no fim da mesa.

Catherine Vail.

– Como é? – pergunta Jasmyn, confusa.

– Você disse que não podem nos abalar. Sei que é uma metáfora, e não sou uma ativista como você, mas nunca entendi quando as pessoas falam coisas como "não podem nos abalar". Claro que podem. Podem nos abalar com seus cassetetes e podem abalar nossa pele com balas. Somos abaláveis. Nos abalamos.

– Quis dizer que não podem abalar nossa vontade – explica Jasmyn.

– Eles podem abalar isso também – responde Catherine Vail e enfim ergue o olhar da taça. – Não seja ingênua.

Jasmyn precisa se esforçar para controlar a raiva. Respira fundo uma vez, depois duas. Essa mulher é abusada. Essa mulher, que tem a pele marrom-clara e leva uma vida segura e privilegiada, é muito abusada. Se toda pessoa negra se sentisse como Catherine Vail, não teria havido movimentos como o dos direitos civis, dos Panteras Negras, do Vidas Negras Importam, da reforma policial, nada. Todo o progresso feito pelos negros foi *tomado à força*, não *dado*. Eles tiveram que *lutar*.

– Como acha que chegamos aqui? – pergunta Jasmyn, tentando impedir que a raiva tome conta da voz, mas não consegue. – Você não teria sua casa chique ou seu carro chique se não fosse por nossos ancestrais. Eles tomaram as ruas. Se colocaram em perigo.

– Concordo – diz Keisha.

O bebê chuta, e as costas de Jasmyn começam a doer por ficar de pé, mas ela ainda não está pronta para se sentar. Desvia o olhar de Catherine e se dirige à mesa toda.

– Acham que eles teriam prendido o policial do caso Mercy Simpson se o povo não estivesse lá fora protestando?

– É isso aí – concorda Keisha, alto o suficiente para todo mundo ouvir. Charles estala os dedos como se estivesse num slam.

– Mas eles não estão só protestando, estão? – rebate Carlton. – Não se esqueça dos saques e ataques. Não se esqueça dos incêndios nos bairros onde eles mesmos moram.

Jasmyn sente como se tivesse levado um tapa na cara. Está chocada demais para retrucar. O bebê chuta, relembrando-a que está de pé há muito tempo. Ela se senta devagar, usando as costas da cadeira como apoio. Não achou que ouviria algo tão desagradável ali, em Liberdade. Olha para King do outro lado da mesa, esperando ver nele uma expressão de desagrado, mas ele está olhando para a taça de vinho, girando a haste entre os dedos. Jasmyn quer que ele fale algo, que rebata a obscenidade que Carlton acaba de dizer, mas compreende que King não deve se achar no direito. Afinal, Carlton é chefe dele. Mais do que isso, foi a pessoa que viu o potencial de King, apostou nele, transformou-o no sucesso que é hoje. Racionalmente, ela entende o silêncio. Emocionalmente, porém, quer que ele se levante e confronte Carlton, imponha um limite.

– Que baboseira de branco é essa? – pergunta Charles, enfrentando Carlton.

– Meu Deus, Charles, fica fora disso! – sibila Asha do outro lado da mesa. King dá um tapa na mesa.

– Certo, já chega – declara. – Somos todos sensatos aqui. Como dizia o presidente Obama, pessoas sensatas podem discordar com sensatez. Vamos seguir em frente.

Mas ninguém está pronto para seguir em frente. O silêncio se arrasta, até que Catherine o quebra:

– Sabia que meu irmão foi morto por policiais? Eu tinha 13 anos. Ele tinha 15. Morto por ser negro.

Jasmyn a encara, chocada. Que triste, e ao mesmo tempo estranho, Catherine e King terem em comum a perda de irmãos para a violência policial.

– Lamento m-muito – gagueja Jasmyn, e repete, sem saber o que mais dizer. Keisha segura a mão de Catherine sob a mesa.

– Eu era igual a você – diz Catherine.

Jasmyn vê lágrimas brotando dos olhos dela e não sabe o que sentir. Está com raiva de Catherine, mas ao mesmo tempo lamenta. Entende melhor por que ela é do jeito que é. Catherine não é complacente. Está traumatizada e assustada. Não vai lutar porque já sabe quanto custa.

Angela Sayles cochicha algo para Catherine, que parece se recompor. Ela se anima e olha para Carlton.

– Estou bem – garante, olhando para todos na mesa. – De verdade.

E parece mesmo bem de repente. Jasmyn não vê nenhuma tristeza em seus olhos.

– Bem – diz King –, vamos continuar com as festividades. Vou avisar à cozinha que está na hora da sobremesa.

– Não, deixe que eu vou – declara Jasmyn e se levanta.

– Quer que eu vá com você? – sussurra Keisha.

– Não, não, estou bem – responde Jasmyn, só precisa de um minuto.

Na cozinha, ela diz ao chef do bufê que estão prontos para a última refeição, mas, em vez de voltar para a sala de jantar, vai para a sala da família. As luzes estão apagadas e as cortinas, abaixadas. Ela mantém tudo como está. O ambiente ainda tem aquele aroma doce de plástico de móveis novos e tinta de parede recente. Jasmyn fecha os olhos e encosta as mãos e a testa na parede. Está mais fria do que esperava, e reconfortante também. Vira a cabeça, pressiona a bochecha na parede e imagina o frio tomando conta de seu corpo, como um balde de água em sua raiva ardente e confusa daquela gente. Menos de um minuto depois, as luzes se acendem. Jasmyn se vira, esperando ver King, mas é Carlton.

– Desculpe – diz ele. – Estava procurando o banheiro.

Ela não acredita, nem por um segundo.

Ele entra na sala.

– Você está bem?

Jasmyn permanece onde está, encostada na parede.

– O banheiro fica no fim do corredor.

Ele dá uma risada e balança a cabeça.

– Você não vai muito com a minha cara, né?

Jasmyn não se dá ao trabalho de negar. Não quer mais saber se ele é o chefe de King.

– Como disse o Charles, o que você falou *foi* uma baboseira de branco.

Carlton dá outra risada.

– Não tive a intenção. Às vezes falo coisas para provocar as pessoas.

Ela não engole o argumento.

– E por que você faria isso?

– Simplesmente sou assim – responde, põe as mãos nos bolsos e se vira para ir embora.

– Você não estava realmente procurando o banheiro, estava?

Carlton se vira, e seu sorriso é o maior que ela já viu.

– Estava procurando você – admite. – Queria fazer uma pergunta.

Jasmyn espera que ele continue, não vai lhe dar a satisfação de mostrar que está curiosa.

Ele sorri como se tivesse percebido a tática.

– Já pensou alguma vez que pode estar errada?

– Sobre o quê?

– Tudo. Que talvez a solução do racismo não seja lutar.

– Que outra escolha temos? Não podemos apenas desistir.

– Não desistir, mas ceder – diz Carlton, dá meia-volta e sai.

———

De volta à sala de jantar, a sobremesa já começou a ser servida. Jasmyn observa os garçons colocarem os fios de creme nos suflês quentes. King a encara, e ela percebe a preocupação no rosto dele.

"Estou bem", articula, sem falar.

Assim que Jasmyn se senta, Keisha lhe dá um leve tapinha no ombro.

– Você está bem?

Jasmyn se inclina na direção dela, grata pelo apoio.

– Estou bem.

Charles toca suas costas e sussurra:

– O que precisamos é de um pouco de cicuta para esses Oreos, esses negros que se acham brancos – sussurra ele.

Jasmyn se permite rir.

O restante do jantar corre bem. O suflê está delicioso, e a conversa permanece leve. As pessoas parecem se divertir, sobretudo King. Depois da sobremesa, os garçons servem vinho do Porto e conhaque no bar perto da piscina. Jasmyn beberica sua água com limão, se permite se animar com as brincadeiras e provocações de Charles e Keisha e se esforça para não se sentir como uma convidada na própria casa.

Trecho da entrevista de Carlton Way para a edição "Poder negro", matéria da *Revista Ébano*

Entrevistador: No *The New York Times*, o crítico de cultura Walter Thomas escreveu: "Este movimento de autossegregação é perigoso e dá munição para racistas brancos que já gostariam de ter pessoas negras reunidas e mantidas num só lugar." O que você tem a dizer aos seus críticos – sobretudo aos críticos negros – que são contra a fundação de um lugar como Liberdade?

CW: Não tenho nada a dizer. Eles fazem as coisas do jeito deles. Eu faço do meu.

19

Apesar de tudo, Jasmyn segue em frente na tentativa de abrir a unidade do Vidas Negras Importam de Liberdade. No início, os únicos membros serão ela, Keisha e Charles mesmo. King diz que entrará quando as coisas se acalmarem no trabalho. Ela não pergunta a Keisha se Darlene entrará. Também não pergunta a Charles sobre Asha.

A primeira reunião deveria acontecer na casa de Charles na sexta-feira, mas na quinta-feira ele manda mensagem no grupo para cancelar.

Charles: Asha programou viagem no fds

Keisha: Ah, não

Keisha: Quer dizer, bom pra vc

Keisha: Ah, não, pra gente

Jasmyn: Vai ser legal

Charles: Duvido

Keisha: Aonde vão?

Charles: Um retiro de spa

Charles: Ideia da Asha, lógico

Charles: Disse que preciso tirar férias, relaxar, me alinhar ou alguma bobagem do tipo

Jasmyn: Isso é por causa do que aconteceu no jantar?

Charles: Com certeza tem a ver

Charles: Mas ela tem insistido q eu faça algo assim há semanas

Charles: A gente pode marcar p sexta q vem?

Charles: Ou vcs podem fazer sem mim

Jasmyn: Não, não seria a mesma coisa. Vamos te esperar

Charles: Valeu, agradeço

Keisha: Divirta-se no spa!

Charles: Nossa

Charles: Vai ser terrível

O restante da semana é bom. Jasmyn leva dois diferentes promotores a retirar as acusações contra garotos em dois de seus casos. No fim de semana, ela, King e Kamau vão à praia. A água está gelada, mas Kamau não se importa. Brinca de pular ondas e grita de alegria quando a água o alcança. No almoço, comem cachorro-quente. Quando King vai morder o dele, uma gaivota desce e rouba a salsicha, mas deixa o pão. Jasmyn e Kamau caem na gargalhada até ficarem com a barriga doendo. O vendedor de cachorro-quente oferece outro de graça, mas King paga mesmo assim.

– Não é culpa sua as gaivotas serem babacas – diz ele ao vendedor.

Depois do almoço, Kamau e King constroem castelos de areia elaborados, com direito a torres e parapeitos e até um fosso, usando moldes e ferramentas chiques que King comprou na internet. *Como é possível existir uma versão de luxo até das coisas mais básicas?*, pergunta-se Jasmyn, pasma. No fim da tarde, assistem ao pôr do sol, acendem uma fogueira e assam marshmallows. A caminho de casa, Kamau diz:

– Hoje foi o melhor dia da minha vida.

Jasmyn se vê obrigada a concordar.

Na segunda-feira seguinte, ela faz exames de pré-natal e recebe a notícia de que tudo está progredindo conforme o esperado.

Na terça, Keisha manda mensagem no grupo.

Keisha: Como foi o retiro com a patroa?

Keisha: Fez tratamentos de beleza suficientes pra durar a vida toda?

Charles: Fizemos uma limpeza médica dos nossos pontos de contato que mais nos conectam com nossa essência.

Jasmyn: Hahaha vc teria futuro escrevendo cardápios de spas de luxo

Keisha: Mas sério, como foi?

Charles: Excelente. Precisava muito.

Charles: As senhoras deviam experimentar

Keisha: Haha

Jasmyn: Estou morrendo de vontade de saber como foi mesmo, mas tenho que ir pro fórum

Keisha: Acaba com eles

Jasmyn: Sempre

Na quarta-feira, Keisha volta a mandar mensagem no grupo.

Keisha: Preciso que amanhã chegue logo. Preciso ver seus rostinhos sorridentes

Keisha: Que semaninha difícil

Keisha: Esses pais de alunos... Juro por Deus

Charles: Na verdade, senhoras, se importam se remarcarmos?

Keisha: Q? Ah, não, pq?

Keisha: Estou precisando desse encontro. Estou ansiosa há 2 semanas

Charles: O Centro de Bem-Estar vai receber um xamã como convidado amanhã à noite.

Keisha: Hã?

Keisha: Desde quando vc liga pra essa baboseira?

Jasmyn: Fiquei sabendo. King vai na sessão de sábado de manhã.

Keisha: Charles, vai na da manhã tb.

Charles: Vou ver com a Asha.

Jasmyn: Darlene vai pra essa coisa de xamã também, K?

Keisha: Deve ir

Jasmyn: Avisa a gente o que decidir, Charles

Charles: Pode deixar

Minutos depois, Keisha manda mensagem para Jasmyn no privado.

Keisha: Charles tá esquisito, né?

Jasmyn: Um pouco

Keisha: Asha deve ter dado uma bela surra de boceta nele no retiro

Keisha: O coitado ficou zonzo

Keisha: Confia em mim, eu sei do que tô falando

Jasmyn: Hahahahahahahaha

Na noite de quinta-feira, Jasmyn e Keisha chegam à casa de Charles bem a tempo de verem alguns trabalhadores carregando um caminhão.

– Parece que ele comprou mais obras de arte – comenta Keisha.

– Provavelmente – responde Jasmyn e leva a mão ao pescoço ao relembrar como ficou mal ao ver o quadro *Desfecho*.

– Eu estava falando pra Darlene ontem à noite que a gente devia construir um museu como o dele – disse Keisha.

– Ah, é? O que ela falou? – pergunta Jasmyn, com a expressão neutra, mas no fundo ficaria chocada se Darlene concordasse com algo assim.

Antes que Keisha possa responder, porém, a porta da frente se abre.

– Que porra é essa?! – exclama Keisha e tapa a boca.

Jasmyn tenta não demonstrar, mas entende a reação de Keisha. Diante delas está Charles, sem os dreadlocks longos e lindos. Na verdade, ele está totalmente careca, não manteve nem um afro curto. Para piorar, está usando um moletom do Centro de Bem-Estar de Liberdade.

– Desculpe – diz Keisha. – O novo visual me surpreendeu, só isso.

– Às vezes uma mudança faz bem – responde Charles e passa a mão na cabeça raspada. – O que acharam?

Uma sensação real de perda se aloja na garganta de Jasmyn. Sem os dreads, de alguma forma Charles parece mais frágil. Como Sansão após a traição de Dalila.

– Está ótimo – mente ela.

Keisha emite um som, dando a entender que concorda, mas não diz nada em voz alta.

Charles ri.

– Entendi. Tudo bem, nem todo mundo está pronto para mudanças logo de cara. – Ele se afasta para deixá-las entrar. – Venham. Arrumei o solário para ficarmos lá.

Assim que Charles se vira de costas, Keisha aperta o braço de Jasmyn.

– Tem alguma coisa acontecendo com ele – murmura.

– É só um corte de cabelo – sussurra Jasmyn de volta.

– Acredita mesmo nisso?

Jasmyn se vira para trás e olha na direção da porta de entrada, e Keisha faz o mesmo. Não, confessa a si mesma, não acredita que seja só um corte de cabelo. Algo deve ter acontecido no spa para fazê-lo raspar o cabelo. Dreadlocks levam muito tempo para se formar e crescer. São um compromisso. Todos os homens negros com dreads que conheceu o usavam como um símbolo de orgulho, poder ou resistência. Lógico, ela nunca perguntou a Charles por que usava dreads. Simplesmente presumiu o motivo. E se deixá-los crescer era um símbolo, raspar também não seria? Sim, seria. Mas um símbolo de quê?

Por fim, elas chegam ao lugar até onde Charles as conduziu.

– Senhoras, bem-vindas ao solário.

– Que lindo! – elogia Jasmyn, com sinceridade.

O cômodo é hexagonal, feito de janelas do chão ao teto, iluminado e repleto de plantas. No centro há um sofá branco semicircular que rodeia uma mesa baixa de mármore. Três garrafas de água Despertar, de tamanhos diferentes, estão no meio da mesa. Jasmyn faz uma nota mental: vai contar a King que o design da garrafa é mesmo bonito o suficiente para funcionar como centro de mesa.

– Cadê as bebidas? – pergunta Keisha assim que se sentam.

– Não contei? Estou fazendo detox do fígado. – Ele se inclina para servir um copo d'água a ela. – Toma um pouco de água Despertar.

Keisha lança um olhar tão venenoso para a cabeça raspada que Jasmyn não entende como Charles não caiu duro na hora. Tapa a boca para não soltar uma gargalhada.

– O que aqueles trabalhadores estavam fazendo aqui? – pergunta Keisha. Charles fica de pé e esfrega as mãos.

– Vocês vão adorar. Vou mostrar como está ficando.

Jasmyn se esforça para levantar-se e então segue Charles em direção ao corredor.

– Conforme falei outro dia, eu estava expandindo o museu – cochicha ele para Keisha.

Ela percebe o tom de alívio na própria voz. Charles não mudou, e o corte de cabelo é só um corte mesmo, afinal.

À medida que se aproximam da ala do museu, passam por evidências de obra espalhadas por todos os lados. Há lonas protegendo o chão e escadas e caixas de ferramentas ao longo do corredor.

Eles entram na primeira galeria e a encontram vazia. As paredes, antes pretas, foram pintadas de branco e estão parcialmente cobertas com azulejos azuis. Do lado esquerdo, há um buraco no chão com um encanamento sendo instalado.

Keisha percebe o que está acontecendo antes de Jasmyn.

– Você não está expandindo o museu – constata ela.

– Nossa, sem chance – diz Charles, afastando a simples ideia com um gesto. – Temos um uso bem melhor para este espaço. – Ele junta as mãos, pronto para sua grande revelação. – Asha e eu estamos construindo um spa.

Ele se vira e aponta para o buraco no chão.

– Vamos instalar uma banheira de hidromassagem de última geração ali. – Vira-se de novo e aponta para a porta que leva à segunda galeria. – A ducha de limpeza iônica e a sauna vão ficar ali. Ainda estamos decidindo como organizar os espaços de massagem e meditação. Claro que vamos ter candelabros difusores e...

– Você vai se livrar do museu todo? – interrompe Jasmyn, acariciando a barriga. – Não entendo. Você adorava aquelas obras.

– É um uso muito melhor deste espaço – argumenta ele.

Por um instante, Jasmyn acha que ele pode estar brincando, como se tudo não passasse de uma grande piada. Mas então dá uma olhada melhor na sala e em toda a destruição. Se isso é uma brincadeira, é muito bem elaborada.

Jasmyn se vira para Charles. Ele está tão sorridente que ela não consegue encará-lo.

– O que aconteceu com o *Desfecho*?

– Devolvi. – Ele junta as mãos de novo. – Então, o que as senhoras acham? Conseguem imaginar o quanto este espaço vai ser revigorante?

Dessa vez o olhar venenoso de Keisha não é tão engraçado.

– Se te faz feliz... – responde Jasmyn, mesmo que não esteja sendo sincera, só para manter a paz e evitar que Keisha fale o que está pensando.

– Por que não faria? – pergunta Charles.

O resto da noite é inútil, embora eles falem sobre suas propostas para a unidade do Vidas Negras Importam. Jasmyn debate quais deveriam ser os objetivos, se devem eleger uma liderança formal, etc.

– O que as senhoras decidirem está bom – diz Charles.

Jasmyn está perguntando se devem cobrar mensalidade dos membros quando Charles a interrompe:

– Desculpem, senhoras, mas vamos ter que encerrar. Preciso encontrar a Asha no Centro de Bem-Estar.

Keisha fica de pé na hora, como se estivesse só esperando uma desculpa para dar o fora dali. Oferece a mão a Jasmyn e a ajuda a se levantar.

Charles as acompanha até a porta.

Na calçada, Jasmyn tenta conversar com Keisha, que se afasta.

– Agora não – solta, balançando a cabeça e correndo para o carro como se estivesse sendo perseguida. – Falo com você depois.

Em casa, Jasmyn fica atarefada preparando o jantar e ajudando Kamau com os deveres. Após o jantar, King vai para o Centro de Bem-Estar.

Ela espera o carro dele sair e liga para Keisha, mas a amiga não atende. Jasmyn sente um aperto no coração, um pânico lento começando a se formar, e envia uma mensagem breve: *só para dar um oi*.

O celular vibra na mão de Jasmyn, mas não é uma resposta de Keisha. É uma notificação do grupo de Keisha, Jasmyn e Charles: *Keisha Daily saiu do grupo*.

Jasmyn envia outra mensagem para Keisha.

Jasmyn: Por que saiu?

Keisha: E vou fazer mais q isso

Keisha: Vou dizer a Darlene que precisamos sair de Liberdade

Keisha: Não quero que o que aconteceu com Charles aconteça comigo tb

Keisha: Você devia ir embora tb

Keisha: Não está vendo?

Keisha: Tem alguma coisa errada

Keisha: Alguma coisa tá acontecendo com o povo daqui

Keisha: Vou embora antes que aconteça cmg tb

PARTE
TRÊS

1

– Veja o que aconteceu em Flint – diz Keisha a Jasmyn. – Água contaminada com chumbo. E eles sabiam dessa merda havia anos. – Ela põe açúcar no café e mexe com tanta força que espirra na mesa. – Todos aqueles bebês com chumbo no sangue. E quanta gente morreu daquela doença...

– A doença dos legionários... – emenda Jasmyn.

– Pois é. A doença dos legionários. – Ela aponta a colher para Jasmyn. – Não venham me dizer que não tem alguma coisa na água daqui.

A primeira coisa que Jasmyn fez de manhã foi ligar para Keisha. Precisou insistir por vinte minutos para convencê-la a tomar um café. Na meia hora em que estão sentadas na cafeteria, Keisha não sorriu ou gargalhou uma vez sequer.

– Você não pode achar de verdade que estamos sendo envenenadas – declara Jasmyn.

– Eu sei o que sei – responde Keisha, com a voz baixa. – Você viu o Charles. Ele era outra pessoa.

Jasmyn toma seu chá. O que pode dizer? Está tão incomodada com a mudança de Charles quanto Keisha. Mas não faz sentido acreditar que alguma coisa na água causou a mudança.

O que aconteceu em Flint foi criminoso, negligente e terrível. Mas Jasmyn sabe que esse caso bate perfeitamente com a forma como as comunidades negras sempre foram negligenciadas. Por outro lado, elas estão em Liberdade: envenenamento da água é algo que jamais poderia acontecer ali. Além disso, o que Keisha está imaginando não é uma simples negligência institucional. É coisa de ficção científica. Que substância química seria capaz de fazer Charles ficar tão estranho?

– Você está achando que eu perdi o juízo – afirma Keisha.

Jasmyn se inclina para perto.

– Não acho nada disso. Você está irritada e confusa. Também estou.

Keisha passa o polegar na beirada da xícara e olha ao redor da cafeteria.

– Tem negros por todo lado aqui, mas nunca me senti tão sozinha.

– Você tem a mim – diz Jasmyn.

– Eu sei. Mas você é a única amiga de verdade que fiz nos seis meses que estou aqui.

– Seis meses não é tanto tempo.

Keisha enfim sorri.

– Para *você*, talvez. E ficou toda sem jeito quando a abracei pela primeira vez.

Jasmyn também sorri.

– Eu levo um tempo para me abrir com as pessoas.

– Só estou dizendo que seis meses podem não ser muito para *você*, mas para mim são uma eternidade. Não sou tímida. Saio por aí me metendo na vida de todo mundo. Em qualquer outro lugar eu já teria feito cinquenta bons amigos a esta altura.

– E os outros professores?

Keisha balança a cabeça.

– Todos são só colegas de trabalho. E não tento fazer amizade com os pais de alunos. Eu gosto de você, mas, se fosse professora do Kamau, não seríamos amigas. Fiz isso uma vez no meu emprego antigo e foi uma bagunça. Melhor não cruzar esses limites.

Jasmyn não sabe o que dizer. Dois dias atrás, teria colocado Charles entre seus amigos. Sim, uma amizade nova, mas com potencial para durar.

– Mas você está suspeitando de algo na água, Keisha... É que isso me parece...

– Ou no ar, ou no tratamento do lixo químico. Não sei, mas tem alguma coisa.

– Então você acha que é algum psicotrópico ou...

– Isso – diz Keisha, assentindo. – Já ouviu histórias de pessoas que ficaram chapadas com remédios pra dormir? Entre os efeitos colaterais possíveis estão surto psicótico letal e raiva. – Ela ri. – Como podem chamar essa merda de efeitos *colaterais*? São efeitos *principais*. Um surto psicótico não é uma coisa que se faz sem querer.

Ambas riem, tentando prolongar a sensação o máximo que podem, mas o alívio temporário é frágil demais para durar.

– Então essa... droga está fazendo o quê? Levando as pessoas a esquecer que são negras? – pergunta Jasmyn.

Keisha suspira.

– Duas semanas atrás, Charles era uma mistura de James Baldwin com um jovem Malcolm X. Agora ele bebe água de pepino e fala de terapias iônicas, massagens espirituais e palhaçadas do tipo. E não esqueça que Angela Sayles não contou para você da unidade do VNI que existia aqui. Sem falar de Benjamin todo pelado na sua frente. – Ela balança a cabeça. – Estou falando, é hora de ir embora.

– Vamos lá. Você não está falando sério.

– Estou falando sério pra caramba.

– Está disposta a deixar tudo isso? – pergunta Jasmyn, fazendo um gesto amplo com a mão.

Numa mesa espaçosa perto delas, seis jovens mães estão batendo papo. Em outra, um grupo de adolescentes está rindo do jeito típico dos adolescentes, ou seja, muito alto e o tempo todo. E ninguém olha feio para eles.

– Charles só está se deixando levar pelo dinheiro e virando burguês, Keisha. Juro por Deus, dinheiro, propriedades e status fazem as pessoas esquecerem quem são.

Keisha a encara com uma expressão próxima de pena.

– Acredite no que quiser, mas eu e Darlene vamos embora.

———

King e Kamau estão jogando Banco Imobiliário na mesinha de centro na sala da família quando Jasmyn chega em casa.

Ela dá um beijo na cabeça de cada um.

– Quem está ganhando? – pergunta.

– Não gosto desse jogo – responde Kamau.

King se recosta no sofá.

– Não desista só porque não entendeu. Leva tempo para aprender.

– A gente pode jogar Uno? – sugere Kamau.

King suspira, mas afasta o tabuleiro e distribui as cartas de Uno.

– Como está a Keisha?

– Conto depois – responde Jasmyn, sem querer falar na frente de Kamau. – Me dê cartas também.

O depois só chega quando colocam Kamau na cama. Eles se sentam no sofá do quintal após King acender a lareira ao ar livre e ligar a cascata da piscina.

– Keisha quer se mudar de Liberdade. Voltar para a cidade – diz Jasmyn.

King franze a testa.

– Darlene adora aqui.

– *Ela* pode até adorar, mas a Keisha não está feliz.

Jasmyn conta o que aconteceu com Charles, que desfez o museu e não está mais interessado na unidade do Vidas Negras Importam.

– Ele está diferente – conta ela.

– Você mal conhece esse cara. Vai ver ele é essa pessoa atual – comenta King.

Jasmyn agarra o ombro de King e o sacode de leve.

– Amor, por favor. Você sabe que tenho bons instintos com relação ao nosso povo. Ele não era capacho de branco. Era determinado. Cheguei a contar pra você que ele falou em jogar brancos no mar. – Ela solta o ombro de King. – Não consigo entender. As pessoas não mudam da noite para o dia assim.

– Concordo – diz King. – É por isso que estou dizendo que talvez ele sempre tenha sido assim.

– Mas então antes ele estava fingindo? Para quê?

King dá de ombros.

– Sei lá, meu bem. Você sabe que nem sempre o que as pessoas fazem tem sentido. Vai ver estava falando da boca pra fora com o intuito de se enturmar com você e Keisha.

Ela afunda o rosto nas mãos. Por que Charles fingiria? Por que sentiria necessidade de interpretar um papel para elas?

Mas King tem razão sobre as pessoas nem sempre fazerem sentido. Uma das primeiras coisas que aprendeu quando ainda era uma jovem defensora pública foi que não há nada mais misterioso do que as pessoas e suas motivações.

– Ainda assim... As pessoas daqui não são o que eu esperava – confessa Jasmyn.

King joga a cabeça para trás e bebe sua cerveja toda. Coloca a garrafa de lado e abre outra.

– Sabe o que é engraçado no que você acabou de falar? – pergunta ele, com uma risadinha.

– O quê?

– Você está fazendo a mesma coisa que os brancos fazem com a gente. Está nos estereotipando, achando que somos todos iguais.

– Não é a...

Ele balança a cabeça.

– É, sim – interrompe. – Vivemos dizendo às pessoas brancas que não somos um monólito. Que não pensamos todos do mesmo jeito. Mas quando um de nós pensa diferente logo chamamos de capacho de branco ou traidor da raça.

Jasmyn se vira para ele, observa o fogo da lareira brilhar no rosto do marido.

– Por que está defendendo o Charles?

– Não estou defendendo. Só estou dizendo que não podemos esperar que todos os negros sejam como nós.

Levemente irritada, Jasmyn se vira de costas para King. É obvio que ele não tem razão ao dizer que ela espera que todos os negros sejam iguais a eles. Que tenham o mesmo senso de afinidade, comunidade e solidariedade. Ela olha para a fogueira e se lembra da primeira vez que compreendeu isso. Era caloura na faculdade. Estava num auditório enorme, assistindo a uma aula de introdução à biologia, química ou algo assim. Deu uma olhada nos alunos na sala e se sentou perto de uma das poucas garotas negras que encontrou. Jasmyn ainda consegue visualizar o jeito como a garota se encolheu e não a olhou uma vez sequer. Jasmyn levou alguns semestres para perceber que algumas pessoas negras gostam de ser o único negro da sala. O único negro é especial, talvez com um dom exclusivo. Já dois ou mais negros na mesma turma – ainda mais sentados juntos – é sinal de que entraram por cotas.

King a traz de volta ao presente.

– E o que o Charles tem a ver com a Keisha querer se mudar?

Jasmyn afasta a irritação e explica a teoria de Keisha de que tem algo na água ou no ar de Liberdade.

King ri.

– Pelo jeito a gente não conhece a Keisha tão bem quanto acha – comenta ele. – Quer dizer, que papo é esse?

Jasmyn aperta o nariz e suspira. Keisha pode estar um pouco fora de si com essa teoria, mas isso não muda o fato de Jasmyn não querer que ela vá embora. Keisha é sua amiga. A única que fez em Liberdade. A ideia de vê-la indo embora causa um leve pânico em Jasmyn. Quem mais vai fazê-la se sentir com os pés no chão? Quem mais vai fazê-la sentir que pertence a uma comunidade? Ninguém mais ali parece sequer entender o que é fazer parte de uma comunidade.

King toma um longo gole de cerveja.

– Enfim, não me importo com nada disso – responde. – O que quero saber é: *você* está infeliz? Quer voltar para a cidade também?

Ela está infeliz? Não. Está mais para decepcionada. Do outro lado do quintal, ela vê a água da cascata cair na piscina. Ondas se espalham pela superfície da água até se dissiparem nas bordas. King tinha dito ao paisagista que o quintal deveria ser um oásis, um lugar para se refugiar do mundo.

King dá uma ombradinha em Jasmyn.

– Amor, se não está feliz aqui, podemos ir embora.

Ela se recosta em King e entrelaça seus dedos nos dele.

– Sério? Você se mudaria?

Ele a beija na testa.

– Nos mudamos para melhorar de vida. Não tem por que ficar aqui se não melhorou – explica. – Além disso, se você não está feliz, eu não estou feliz.

– Só estou impaciente – diz ela. – Vamos esperar mais uns meses.

Jasmyn gosta de muitas coisas em Liberdade. Da excelência negra. Da sensação de segurança física. Da segurança psicológica. Do fato de ninguém segui-la numa loja quando está fazendo compras. Do fato de ninguém atravessar a rua, segurar a bolsa com mais força ou trancar a porta do carro quando King passa. De ver Kamau prosperar.

Charles vai cair em si, e, se não cair, ele é quem perde. Keisha não vai embora. Juntas, elas vão seguir em frente com a unidade do VNI. Tudo que vale a pena precisa de esforço e tempo.

Jasmyn está disposta a doar o máximo de esforço e tempo necessários.

2

Keisha: Falei com a Darlene ontem à noite

Keisha: Ela quer que a gente fique até o verão

Keisha: Algo a ver com venda da casa e impostos sobre a propriedade blá-blá-blá

Jasmyn: Impostos?

Keisha: Pois é! Quem liga pra isso?

Keisha: Só quero dar o fora daqui

Keisha: Falou com o King?

Jasmyn: Falei

Jasmyn: Mas vou esperar mais uns meses

Keisha: Mais uns meses e quem sabe você vira o Charles também

Keisha: Não vou esperar até o verão

Keisha: Já achei uma corretora

Keisha: Se a gente perder dinheiro, perdeu

Keisha: Enquanto isso vou falar com uns repórteres que conheço

Keisha: Pra descobrir se temos uma situação igual a Flint por aqui

3

Na manhã de domingo, Jasmyn abre a porta da frente e dá de cara com Nina Marks. A mulher exibe um sorriso alegre e estende a mão para Jasmyn.

– Você não deve se lembrar de mim. Eu sou...

Jasmyn fica confusa. O que ela está aprontando? Menos de um mês atrás, estava na festa deles. E, antes disso, as duas conversaram por uma hora no Centro de Bem-Estar.

– É lógico que me lembro de você – responde ela.

– Maravilha. Queria saber se...

– King não está aqui – interrompe Jasmyn.

– Não estou aqui para falar com o King – explica Nina. – Prometo que não vou tomar muito do seu tempo.

Jasmyn tenta mais uma vez evitar que a mulher entre.

– Se veio me oferecer um convite para ser membro do spa, vou ter que recusar.

– Ah, não. Eu nunca ofereceria um convite para você.

Jasmyn fica um pouco boquiaberta. Que audácia dessa mulher.

Nina se explica:

– A não ser que eu tenha interpretado seu interesse da forma errada.

Jasmyn leva um segundo para entender que Nina não estava tentando insultá-la.

– Não, não interpretou errado.

– Muito bem – responde Nina, assentindo. – Vim aqui porque o Kingston acha que talvez você possa me ajudar com um projeto. – Ela olha para a maleta que está segurando e que Jasmyn não tinha notado. – Posso entrar?

Jasmyn quer responder que não, que está muito ocupada. Não seria uma total mentira. Ela passou a manhã toda fazendo coisas do trabalho e vendo o noticiário. Mas a curiosidade – e o fato de que King a voluntariou, para começo de conversa – a convence a deixar a mulher entrar.

Na cozinha, Jasmyn considera não oferecer nada a Nina para beber. Não quer que ela fique muito à vontade e se demore. Mas, no fim das contas, parece grosseria demais não demonstrar o mínimo de hospitalidade. Oferece uma xícara de café, que Nina aceita antes de se acomodar numa cadeira na mesa de café da manhã.

Jasmyn se senta de frente para ela, cruza as mãos e endireita a postura do jeito que faz no tribunal. Não vai voltar a cometer o erro de relaxar na companhia de Nina.

– Como posso ajudar? – pergunta.

– Lembra que no spa conversamos sobre o trabalho que tenho feito com traumas?

– Lembro – responde Jasmyn.

O trabalho foi parte do motivo que fez Jasmyn gostar dela de início.

– Mais ou menos um ano atrás, eu e meus colegas ganhamos uma bolsa para documentar os danos e efeitos psicológicos do racismo na psique negra. O título provisório do trabalho é *Memória e trauma*. Como país, quase sempre falamos dos efeitos punitivos judiciais e financeiros do racismo, mas não focamos nas ramificações que impactam a saúde mental por se viver numa sociedade racista.

Jasmyn lembra que Keisha mencionou algo sobre o projeto. Descruza as mãos e tamborila na mesa uma vez.

– Hum – diz, sem esconder o ceticismo. – Confesso que eu estou surpresa.

– Por quê?

Ela encara Nina.

– Como você concilia esse projeto com o que me disse no spa?

– Ah. – Nina assente. – Está aborrecida por eu ter dito que a negritude é um problema.

É estranha essa habilidade de Nina Marks de adivinhar o que ela está pensando. Ainda assim, Jasmyn não confirma o quanto ficou magoada e desapontada com o comentário. Em vez de responder, emprega uma tática que às vezes usa com clientes reticentes: cruza os braços e aguarda em silêncio.

Alguns segundos se passam antes de Nina prosseguir:

– Admito que poderia ter falado de modo mais elegante. Mas você não pode negar que a negritude é vista como um problema neste país. A branquitude é boa, justa, atraente, inteligente. Permite individualidade, uma multiplicidade do ser. A negritude é o oposto. Ruim, injusta, feia, burra. Isso sem contar que todos nós, negros, somos vistos como todos iguais.

Jasmyn quase ri da formulação de Nina. Acadêmicos são engraçados. Por que usar uma palavra – racismo – se dá para usar cem? Ainda assim, o projeto realmente parece interessante.

– Por que fazer isso? – pergunta. – Com certeza nós, pelo menos os negros, já conhecemos os efeitos do racismo.

– Sim, mas estamos tentando abrir um novo campo de estudo.

Nina enfia a mão na maleta e tira algo muito parecido com a touca de dormir de Jasmyn, exceto por estar ligado por um fio elétrico a uma caixinha preta com um único interruptor com as palavras LIGAR GRAVAÇÃO/DESLIGAR.

Ela entrega a engenhoca para Jasmyn.

– Este dispositivo monitora a atividade cerebral – explica. – Uma das coisas que meus colegas e eu aprendemos no nosso trabalho com soldados que sofrem de TEPT é que o trauma aciona partes específicas do cérebro. Ao usar este dispositivo, estamos esperando provar de forma *científica* que...

– ... que ser negro nos Estados Unidos é como ser constantemente traumatizado – conclui Jasmyn.

– Isso, exato.

Jasmyn analisa a touca. É azul-escura e exatamente de seu tamanho. Uma rede de fios receptores percorre a parte interna.

– Que mundo é esse? – comenta. – A gente pode descobrir onde a ferida fica no cérebro, mas não como prevenir que a ferida aconteça. – Ela põe a touca na mesa. Apesar da desconfiança, inclina-se na direção de Nina, intrigada, e pergunta: – Como funciona?

Nina explica. Vem pedindo aos participantes que usem o dispositivo para registrar cada incidente racista vivenciado de que consigam se lembrar, do início da infância até os dias atuais.

– Assim que você ativa o aparelho e começa a gravar, os dados são automaticamente enviados para os nossos servidores. Fizemos do jeito mais fácil possível de se usar.

– Entendo – diz Jasmyn, acenando com a cabeça. – E o que vai fazer com as informações?

– Dados concretos apoiados por um estudo rigoroso são difíceis de ignorar. Podemos usar para a defesa...

– Não só isso – fala Jasmyn, interrompendo Nina enquanto sua mente percorre as implicações legais. – Você pode usar os dados para provar o dano. – Ela tamborila rápido na mesa. – E, se pode provar isso, pode litigar. E, se pode litigar, pode ser compensado.

Imagine, reflete Jasmyn, como seria se o racismo custasse ao perpetrante tanto quanto custa à vítima. Lógico que apenas dinheiro nunca seria suficiente para compensar por todo o dano, mas seria um começo.

– Isso, exato – diz Nina. – Eu estava torcendo para que você ficasse tão empolgada com isso quanto eu.

Jasmyn a encara. Por um lado, não gosta muito de Nina Marks. Aquele papo esquisito no spa foi demais para ela esquecer. Por outro, Jasmyn não pode negar o mérito do projeto.

– O que você precisaria que eu fizesse?

Nina encosta na touca.

– Registre todos os traumas raciais de que conseguir se recordar. Seja o mais vívida, específica e detalhista possível. Documente todos os incidentes, por menores que tenham sido. Mesmo que não tenha certeza de que o incidente foi motivado por racismo, registre mesmo assim.

– E seria seguro fazer isso tudo enquanto estou grávida? – pergunta Jasmyn.

– Seria, sem dúvida. É lógico que você deve se cuidar e ir devagar.

– Está bem – responde Jasmyn, acenando. Olha para o dispositivo e bufa. – Você faz ideia de quanto tempo vai levar para eu registrar *todos* os meus traumas raciais, certo?

– Leve o tempo que precisar – afirma Nina e toma um gole do café. – O que acha? Vai me ajudar?

Pelo brilho nos olhos de Nina Marks, Jasmyn tem certeza de que a mulher sabe qual será sua resposta. Talvez já a soubesse antes mesmo de pedir. Mesmo assim, o projeto é uma causa boa demais para Jasmyn dispensar.

– Está certo – responde. – Vou ajudar.

– Ótimo – diz Nina. – Simplesmente ótimo.

4

– Bem-vinda à Beverly Hills Negra – diz Keisha enquanto estaciona o carro.

– Que chique – comenta Jasmyn, rindo.

Com uma população setenta por cento negra, Baldwin Hills é uma das maiores comunidades negras de Los Angeles. A maior, lógico, é Liberdade, com cem por cento de negros.

– E por que tem esse apelido mesmo? – pergunta Jasmyn.

– Tina Turner morava aqui. Ice Cube também – responde Keisha e olha pela janela. – O que acha? – pergunta, referindo-se à casa de dois andares que agendou para visitar no dia. – Sei que é... modesta.

Jasmyn sabe que, ao dizer *modesta*, Keisha quer dizer pequena. Lógico, só é pequena quando comparada com as casas de Liberdade. Até as casas no começo da Colina Liberdade são maiores do que aquela.

– Tem certeza de que quer fazer isso? – pergunta Jasmyn. – Se preferir, a gente pode ir para algum lugar comer ou beber alguma coisa.

Mas Keisha não aceita. Abre a porta do carro.

– Tenho mais do que certeza.

A corretora, uma mulher negra de pele clara e tranças na altura do ombro, as guia pela visita.

A casa é boa. Três quartos pequenos e dois banheiros. A cozinha foi remodelada recentemente e o quintal tem uma piscininha. Keisha não fala muito, mas sua decepção é óbvia.

– Por que está querendo sair de Liberdade? – pergunta a corretora quando elas saem do imóvel.

– Não é um lugar pra mim – responde ela.

A corretora assente.

– Por coincidência, eu me candidatei a uma vaga na corretora imobiliária deles, mas não passei.

Jasmyn percebe que Keisha ficou instigada.

– Disseram por quê?

– Fiquei tão decepcionada que até liguei e perguntei à mulher se havia algo que eu poderia ter feito melhor durante o processo seletivo. Ela disse que eu apenas não era o que procuravam.

– Como assim? – pergunta Keisha num tom estridente.

Jasmyn põe uma mão no ombro dela.

– Gosto não se discute – diz a corretora, dando de ombros.

De volta à calçada, um casal negro mais velho, por volta dos 60 ou 70 anos, passa usando moletons azuis iguais.

– Este bairro é bom para morar – comenta o homem com um sorriso e uma piscadela.

– Criamos nossos três garotos aqui – emenda a mulher, que também sorri.

Eles seguem em frente. Jasmyn os observa até virarem a esquina do quarteirão.

Quando Jasmyn e King ainda eram recém-casados e ela imaginava formar uma família e envelhecer, esse era o tipo de bairro que visualizava. Modesto. Amigável. Visualizava exatamente o tipo de casa que acabaram de visitar. Mas, comparada com o esplendor e o tamanho das residências de Liberdade, aquela parecia pitoresca e modesta. Jasmyn deseja, apenas por um momento, poder vê-la com o antigo olhar.

No carro, Keisha liga o motor, mas não dá a partida.

– Essa casa é muito cara para o que é – declara. – Darlene nunca aceitaria se mudar para cá.

Jasmyn toca seu braço.

– Sei que você falou que tinha certeza, mas talvez devesse reconsiderar tudo isso. Como você disse, a Darlene não vai...

– Não – interrompe Keisha. – Eu vou fazer isso. – Sua voz soa firme e severa.

– Calma... tudo bem – diz Jasmyn, erguendo as mãos como se quisesse se defender.

Keisha segura as mãos de Jasmyn.

– Desculpe. Desculpe. Sei que você não entende isso tudo.

Jasmyn solta as mãos e as pousa no colo.

– Apenas não quero que você vá embora, só isso.

– Ainda vamos ser amigas. Você não vai conseguir se livrar de mim. Você é a melhor coisa que encontrei lá, e não vou abrir mão de você – declara Keisha e suspira. – Além disso, é só questão de tempo até você perceber que estou certa e querer dar o fora de lá também. Quem sabe a gente não acaba sendo vizinhas?

Antes de saírem para ver imóveis, Jasmyn sentia que Keisha ainda poderia mudar de ideia. Agora, porém, não pode negar que sua amiga vai mesmo embora.

Keisha agarra o volante e olha pela janela.

– Alguma vez já teve a sensação de que você e o King estão vivendo em mundos diferentes?

A pergunta é retórica. Jasmyn espera Keisha continuar.

– Eu e Darlene costumávamos ver tudo do mesmo modo. As coisas começaram a mudar depois que ela trocou de emprego, foi promovida várias vezes e passou a ganhar uma quantidade de dinheiro com que eu nunca sequer cogitei sonhar.

A semelhança entre a experiência das duas é impressionante. Felizmente, King não mudou tanto.

– Enfim, não adianta ficar olhando pra trás. Tenho que esquecer o passado. – Keisha engata a marcha. – Vamos andando. Não quero chegar atrasada na próxima visita.

Alguns quarteirões adiante, elas passam pelo casal de idosos que viram antes. Estão de mãos dadas. A mulher ri e o homem observa sua risada.

Ao vê-los, Jasmyn não consegue não se projetar no futuro. Quando estiverem com aquela idade, ela e King terão, tomara, vivido em Liberdade por trinta ou quarenta anos. Todas as suas reservas em relação ao lugar terão sumido há muito tempo. Eles terão feito amizades profundas e farão parte de uma comunidade. A família terá criado memórias em cada canto da casa e em cada quarteirão de Liberdade. Jasmyn consegue imaginar uma manhã linda de Natal em casa, muitos anos no futuro. Kamau, o irmão e as respectivas famílias e filhos estarão lá. Ah, que maravilhoso será ter netos para amar. As duas salas de estar terão árvores de Natal e ficarão uma bagunça com fitas e papéis de presente extravagantes rasgados, tudo espalhado pelo chão. Do quintal, virão sons de pura alegria, os filhos de seus filhos gargalhando, se molhando e criando novas memórias. A cozinha estará quente e tomada por diversos aromas. Bandejas de biscoitos mal decorados e inúmeras tortas tomarão todo o espaço das bancadas, e os dois fornos estarão cheios de assados, recheios e macarrão com queijo. Os adultos, meio bêbados, vão bater papo, recordar o passado, fazer planos, e tudo será exagerado, mas, ao mesmo tempo, na medida certa.

Jasmyn volta a si se sentindo mais leve que antes. Imagina Kamau e o bebê crescidos. Com os próprios filhos. Essa visão de como sua vida poderia ser parece uma lembrança. É exatamente disso que precisa para se manter firme. Ela sabe que um dia, num futuro bem próximo, vai recordar este dia e não vai conseguir se lembrar do que sua velha amiga Keisha tinha tanto medo.

5

Jasmyn paira o dedo sobre o botão de GRAVAR. Com King trabalhando até tarde e Kamau dormindo há muito tempo, seu plano é passar o resto da noite documentando as situações em que sofreu racismo para o projeto de Nina Marks. Com certeza vai precisar de mais do que uma sessão para catalogar as inúmeras experiências que teve. Deveria documentar todas as vezes que foi seguida numa loja como se fosse uma ladra, por exemplo? Ou toda vez que alguém tentou tocar em seu afro sem permissão? Ou toda vez que alguém presumiu que a única razão para estar inscrita nas turmas avançadas na faculdade ou até na pós em direito eram as cotas? E se fosse por causa das cotas? Erros históricos precisam ser reparados. Os brancos têm se beneficiado de sua própria forma de cotas desde a época em que tinham direito a terras só por causa da cor da pele. Ela deveria registrar toda vez que precisou discutir com alguém – em geral, branco e homem – que estava "apenas bancando o advogado do diabo" ao defender que as cotas não devem ser uma política permanente? Às vezes ela dizia a essas pessoas que o diabo não precisa de mais defensores.

O bebê se mexe e Jasmyn pousa a mão na barriga.

– Pare de farrear aí – diz.

Jasmyn coloca a touca do dispositivo na cabeça. E, como desconfiava, ela se encaixa perfeitamente.

Quanto mais reflete sobre por onde deve começar, mais percebe exatamente o quanto o processo vai demorar. Deveria registrar o racismo que aconteceu não com ela, mas com pessoas que ama? Afinal, esses incidentes a afetam também.

Jasmyn se lembra da noite em que King lhe contou pela primeira vez o que aconteceu com o irmão. Eles já namoravam, mas ainda era o começo da relação, a fase em que estavam revelando os primeiros segredos, os que são mantidos de forma intencional e os que você só lembra ao contar. Naquela noite, tinham acabado de fazer amor. Estavam juntos, envoltos pela tranquilidade do momento pós-sexo, vagando pelas histórias da vida. Jasmyn contou a King alguma história boba sobre a irmã mais velha. Estava esperando que King desse uma risada, mas não foi o que aconteceu.

– Preciso contar uma coisa – disse ele.

Chegou a hora, pensou a parte dela que já o amava demais. A parte que sabia que não durariam e que ele não podia ser tão incrível quanto parecia. Mas ele não falou de uma ex-esposa ou um filho abandonado. Em vez disso, revelou:

– Eu tinha um irmão. O nome dele era Tommy. Foi morto por um policial.

King chorava enquanto contava a história. Num minuto, tinha um irmão mais velho que parecia com ele, falava e caminhava no mundo como ele. Um irmão mais velho com quem jogava bola e que às vezes deixava o caçula ganhar. Um irmão mais velho que o protegia dos acessos de fúria e dos excessos da mãe. Um irmão mais velho que entendia – assim como ele – o quanto ela era detestável de vez em quando, mas – assim como ele – a amava mesmo assim. Num minuto, King não sabia como o mundo pode não apenas nos machucar, como também exigir que você sobreviva aos ferimentos, e no minuto seguinte ele sabia.

– Nunca conto essa história a ninguém – disse ele ao fim.

– Obrigada por me contar.

– Eu te amo – declarou ele. Foi a primeira vez que disse essas palavras.

– Também te amo – respondeu ela, e naquele momento soube que se casaria com ele.

Enquanto pegava no sono, Jasmyn se deu conta de algo essencial sobre King: que dentro dele havia um lugar ferido e inocente que ela sempre tinha conseguido sentir, mas nunca localizar. Ela conseguia sentir os contornos, mas nunca mapear o terreno. Ficar com King seria aceitar que essa parte dele estava fechada e era inapreensível. Mas, disse Jasmyn a si mesma, todos nós temos nossos lugares frágeis e machucados que precisam de proteção, e ela cuidaria do de King pelo tempo necessário.

Jasmyn volta para o presente. Essa tarefa vai levar uma eternidade. Não só vai ter que registrar as coisas que aconteceram diretamente com ela e com as pessoas que ama, como também vai precisar incluir o racismo que consegue entrar em sua órbita. Os vídeos virais de incidentes racistas que inundam as redes sociais diariamente. As matérias citando personalidades de TV ou políticos racistas. O ciclo de notícias que parece estar sempre trazendo a público mais um incidente policial com uso de armas de fogo. São coisas que não acontecem com ela, mas a afetam. Toda matéria ou todo vídeo viralizado a deprimem e ao mesmo tempo aumentam sua pressão sanguínea. Não é de admirar que até pessoas negras bem de vida não vivam tanto quanto brancos com dinheiro. O estresse impiedoso do racismo mata com a mesma eficiência de qualquer bala.

Jasmyn decide começar com a primeira vez que a chamaram de crioula. Respira fundo cinco vezes, lentamente, e estica o pescoço de um lado para outro, repetindo o ritual que usa antes de começar as alegações iniciais no tribunal. Então, pressiona o botão.

Jasmyn era caloura na faculdade. Era tarde da noite e fazia um frio atípico para um começo de outono, mas fora isso parecia uma noite comum. Ela e outras três garotas tinham acabado de sair de uma festa. Ela se lembra de pensar que queria estar usando mais do que uma minissaia e uma regata.

Os três garotos andando na direção delas eram os típicos garotos brancos-padrão de boné, tomados por um tédio nocivo que vira e mexe se transforma em crueldade. Ao passar perto delas, um dos garotos falou que tinha ouvido que crioulas gostam de dar. Os outros dois deram uma risada e olharam com malícia para as garotas.

Leah, a única branca no grupo de Jasmyn, virou para trás e os encarou.

– O que você disse? – questionou ela em voz alta, num tom chocado e furioso na mesma medida.

Jasmyn pausa a gravação. De repente estremece, sentindo o mesmo frio que sentiu naquela noite. Está usando um suéter e se espanta com o poder da antiga lembrança.

Continua a gravação. Jasmyn e as outras garotas agarraram Leah pelos braços e a afastaram. Os garotos as seguiram por um quarteirão inteiro dizendo que Leah gostava de dar para crioulos. Por fim, perderam o interesse e foram embora, como uma tempestade passageira.

Naquela mesma noite Leah disse:

– Como aqueles garotos se atrevem a falar com a gente assim?

Mas as outras garotas tinham noção de como o mundo funcionava. Sabiam que garotos assim faziam o que queriam o tempo todo e se safavam. Após aquela noite, o quarteto de amigas virou trio. Leah fez novos amigos, brancos.

Ao fim da primeira gravação, Jasmyn passa para a lembrança seguinte: tinha 13 anos quando o segurança branco do shopping seguiu a irmã e ela o dia todo. De início, Jasmyn ficou assustada e quis ir embora, mas Ivy foi rebelde. Insistiu que ficassem. Juntas, encenaram gargalhadas e fingiram para todo mundo que estavam se divertindo.

Depois ela se lembra da vez que a mãe lhe deu uma boneca bebê branca de Natal.

– Não fazem as bonecas negras tão bonitas – disse ela e riu. – Tem uma prateleira cheia delas na loja, mas ficam largadas, ninguém compra, nem os negros.

Jasmyn precisou de anos de autoanálise e aulas de história afro-americana na faculdade para superar o medo secreto de não ser tão bonita quanto as garotas brancas.

Em seguida, ela se lembra de outra situação com um segurança, desta vez numa farmácia. Ele a acusou de roubar um batom e a obrigou a esvaziar a bolsa no balcão. Não achou nada, porque ela não tinha roubado nada. Jasmyn ficou furiosa. Queria derrubar as prateleiras, quebrar cada frasco, sujar o chão com tanto batom que nunca conseguiriam limpar. Mas lógico que não podia fazer isso. Foi embora se sentindo maculada e vazia, como se algo tivesse sido roubado *dela*.

Depois é a vez de seu primeiro e único encontro com um cara branco, arranjado por uma das colegas. Jasmyn sabia que ele era branco, mas estava tentando ter a mente aberta. Ele passou boa parte das entradinhas falando que nunca tinha saído com uma mulher negra antes e que os pais não aprovariam. Agiu como se o fato de estar num encontro com ela de alguma forma o tornasse um ser superior. Depois, ela brincou com uma amiga que às vezes é melhor manter a mente fechada. Recusou um segundo encontro com ele.

Jasmyn olha a hora. Dez e meia da noite. Manda mensagem para King perguntando quando ele vai chegar em casa.

Mais uma hora, responde o marido.

Faço massagem nas suas costas quando chegar, promete ela.

Ela tira a touca e se levanta. Sente o pescoço e os ombros retesados, com o tipo de tensão que leva dias para se dissipar. Não é fácil fazer essa escavação de mágoas há muito enterradas. Algo nessa situação a faz se sentir intangível, como um fantasma assombrando sua própria vida. Ela imagina seus dados chegando a Nina Marks para processamento e análise. Sabe que a mulher está interessada na ciência, em saber qual parte do cérebro é ativada por qual tipo de lembrança, mas há tantas outras coisas a se aprender. A maioria dos participantes tem os mesmos tipos de relato? Quais são os mais recorrentes? Com que idade começaram a vivenciar micro e macroagressões? Quantos perderam entes queridos para as drogas, a pobreza, a violência entre gangues, a violência policial, a falta de assistência médica ou a educação precária? Quem perderam? E quando?

Ao longo da hora seguinte, Jasmyn grava mais quatro incidentes, e cada um a deixa mais oca e vulnerável do que o anterior. Sente vontade de parar e de continuar ao mesmo tempo. Apoia a testa na mesa e se lembra de que, por mais doloroso que seja esse processo, é por uma boa causa. Fazer o que é preciso nunca é fácil, mas sempre vale a pena. Ela se sente reenergizada. Reergue a cabeça, coloca a touca, reinicia a gravação e continua lembrando, pelo bem das pessoas negras de todos os lugares.

PARTE QUATRO

1

King tem trabalhado tanto e tão arduamente que, quando sugere fazer Kamau faltar à escola por uns dias e tirar umas miniférias, Jasmyn concorda, embora esteja com a agenda cheia. No trabalho, a chefe dela fica surpresa com o pedido. A última vez que ela tirou folga, desconsiderando os feriados, foi para a licença-maternidade de Kamau.

O resort, situado num penhasco com vista para a costa do sul da Califórnia, é extravagante. Os funcionários os recebem pelo nome, oferecem champanhe, e o mordomo pessoal deles os escolta para sua *villa* de três quartos com vista para o mar.

King e Kamau correm imediatamente para olhar a vista na varanda.

Jasmyn fica para trás, andando pelos cômodos, passando os dedos nas superfícies das coisas, suas emoções variando entre admiração, gratidão e culpa. Admiração porque o resort e o quarto deles é inegavelmente lindo. Gratidão por poder estar ali com as pessoas que mais ama no mundo. Culpa porque como é possível que essa seja a sua vida? Por que ela deveria ter tanto enquanto outros têm tão pouco? Quantas pessoas estão sendo devoradas pelo sistema de forma injusta enquanto ela está ali?

– Incrível, não é? – pergunta King quando ela se junta a eles na varanda.

E é. O ar tem cheiro de maresia, um gosto salgado. O oceano Pacífico se estende diante dela e reluz em prata e azul.

Jasmyn abraça a cintura de King e se aninha no calor dele.

– Como descobriu este lugar? – diz ela.

– Carlton.

Lógico. Jasmyn se força a não dizer nada depreciativo. Por quanto tempo King ainda vai venerá-lo como herói?

– Sabe que não somos bilionários como ele, não é?

King a puxa para mais perto e sorri.

– Pare de se preocupar – pede. – Podemos bancar.

Jasmyn fita o oceano de novo.

– A gente devia aumentar nossas doações para caridade.

– Qual delas?

– Todas.

———

No primeiro dia, em vez da praia, eles vão para a piscina de família, que tem um rio lento e quatro toboáguas. Mas Kamau se recusa a nadar. Senta-se na beira da piscina, as pernas magricelas penduradas pouco acima da água. Quando Jasmyn pergunta por quê, ele responde que não está a fim.

Em geral, Jasmyn não insistiria, não pediria a King que o pressionasse a entrar, mas ela sente que os hóspedes – os hóspedes brancos – estão de olho. Tem aquela sensação esquisita que costuma tomar conta dela quando está em espaços predominantemente brancos: fica ciente de quem é, de quem eles pensam que ela é e de quem ela acha que eles pensam que ela é.

Uma mulher branca de cabelo castanho-escuro está olhando na direção deles. Usa óculos de sol, então Jasmyn não pode ter certeza de que está olhando especificamente para eles. Ainda assim, imagina que a mulher acha que Kamau não quer entrar na piscina porque não sabe nadar e que essa incapacidade está ligada à cor de sua pele. Jasmyn se lembra de uma história que ouviu sobre um menino negro que viveu no sul dos Estados Unidos na época em que havia leis de segregação racistas. De alguma forma, ele acabou entrando para um time infantil de beisebol em que todos os colegas eram brancos. O time ganhou um campeonato, e para comemorar as crianças foram se divertir numa piscina pública. Mas, na época, os negros eram proibidos de nadar em piscinas, por medo de que a pele negra contaminasse a água. Assim, os funcionários proibiram a entrada do menino. Durante a maior parte do dia, ele foi obrigado a ficar sentado do lado de fora e assistir à comemoração dos colegas. Por fim, um dos treinadores fez um acordo com um vigia, que pediu que todas as pessoas brancas saíssem da água por alguns minutos e permitiu que o menino negro entrasse, desde que ficasse sobre uma boia. Então o funcionário o empurrou – uma vez – pela piscina, todo o tempo pedindo que ele não deixasse nenhuma parte do corpo tocar na água. Se isso acontecesse, a piscina teria que ser esvaziada para depois ser enchida de novo, o que acabaria com o dia de todo mundo. O menininho não tocou na água.

Jasmyn se sente mal só de pensar na situação. De pensar na tristeza e na confusão do menininho. No quanto deve ter se sentido pequeno. Ela sabe que, no fundo, ele nunca se recuperou daquela ferida, que ele mexeu nessa cicatriz dia após dia pelo resto da vida, tocando-a, passando o dedo pelo queloide, pressionando-a, como se tivesse acabado de acontecer, como se estivesse acontecendo todos os dias.

Como ela pode proteger Kamau de uma ferida como essa? Ela *pode* protegê-lo?

Jasmyn sabe que a situação com Kamau agora não é igual. Primeiro, ele é quem está escolhendo ficar sentado. Segundo, ele *pode* entrar na piscina. Ela e King pagaram para que ele pudesse escolher entrar ou não. Pagaram pelo seu direito de estar ali.

Mas *por que* ele está escolhendo não entrar? É porque as outras crianças na piscina são todas brancas e loiras? Ela se pergunta, por um breve instante, se seus esforços para deixar Kamau mais confortável com quem é o deixaram desconfortável com as outras pessoas. Ao que parece, para Jasmyn o motivo de Kamau não importa – se é porque não pode entrar ou não se sente bem-vindo. Talvez eles não estejam tão distantes da época da segregação, no fim das contas. Ainda existem muitas formas de restringir o movimento dos negros.

– Vá ajudá-lo – diz ela a King num tom estridente de propósito.

King a encara sem entender. Ela não dá nenhuma explicação.

– Ajude o Kamau – pede de novo.

Meia hora depois, Kamau e King estão brincando juntos na piscina. Os funcionários do resort não a esvaziam.

Mais tarde, ela manda mensagem para Keisha perguntando sobre a busca pela nova casa. A procura começou há poucas semanas, mas Jasmyn sabe que Keisha deve estar ficando ansiosa. Uma parte dela deseja que a busca esteja sendo boa, pelo bem de Keisha, mas outra parte não se importaria se a busca demorasse o suficiente para a amiga voltar a si e perceber que tem sido paranoica a respeito de Liberdade. Talvez até perceber que é melhor ficar e ajudar alguns dos vizinhos dispostos a auxiliar pessoas negras menos afortunadas.

Jasmyn: Como vai a busca? Encontrou algo bom?
Keisha: Nada
Keisha: Mas mudando de assunto: adivinha o q vou fazer
Jasmyn: O q?
Keisha: Tirar férias!
Jasmyn: Que ótimo! Onde?
Keisha: Não tenho ideia. Darlene vai me surpreender. Planejou tudo. Até conseguiu que o diretor Harper me dê uns dias de folga.
Jasmyn: Que maravilha!
Keisha: Não é?
Keisha: São só uns dias, mas um tempo longe deste lugar é bem do que preciso
Keisha: Quem sabe eu até mude de ideia sobre ir embora de Liberdade
Keisha: E n esqueça: sexo das férias é o melhor sexo
Jasmyn: Hahahahahaha
Jasmyn: Divirta-se

No segundo dia de viagem, quando Jasmyn vai para a piscina, encontra Kamau dentro dela brincando com um menino asiático-americano que parece ser da idade dele.

– Ele finalmente fez um amigo – comenta King.

Os pais do garoto estão na cabana ao lado da deles. O nome da esposa é Christina. É magra, musculosa e está usando um maiô rosa-shocking. Tanto ela quanto o marido são advogados, mas "nada nobre como o trabalho que você faz", comenta a mulher. Ela acabou de se tornar sócia de uma dessas firmas que vêm passando por grandes fusões e aquisições. O marido, que "está fazendo uma ligação rápida no quarto", é o advogado chefe interno de um enorme fundo de investimentos. Elas conversam sobre as coisas que têm em comum: a faculdade de direito, a prova da ordem para exercer a profissão e a criação de um menino.

– Tivemos um e chega – fala Christina, vendo os meninos apostarem quem chega primeiro do outro lado da piscina. – Nós dois estamos muito ocupados. E gosto do nosso estilo de vida do jeito que é. Quem quer voltar a cuidar de fralda suja? – Ela fita a barriga de Jasmyn e cora. – Me desculpe! Não quis ofender!

– Não se preocupe – responde Jasmyn, rindo. – Também não estou empolgada para voltar a cuidar de fraldas.

Por fim, elas falam de Liberdade.

– Ah, vocês moram *lá*? – pergunta Christina.

Jasmyn respira fundo, pronta para defender Liberdade. *Não estamos excluindo outras pessoas, só estamos nos priorizando.*

– Ouvi coisas incríveis sobre esse lugar. As casas. As escolas. Vincent e eu até brincamos outro dia que talvez valesse a pena virar negro para poder morar lá.

Jasmyn vê que a mulher arregalou os olhos de leve, percebendo seu erro. Dessa vez, não diz "me desculpe" ou um "não quis ofender". Como se, ao não se desculpar, pudesse enganar a si mesma pensando que não tem por que se desculpar.

Esse é o grande problema de ser negro, reflete Jasmyn. Qualquer conversa com uma pessoa não negra pode dar uma guinada a qualquer momento. Você acha que está conversando sobre uma coisa, mas de alguma forma a outra pessoa está sempre falando de sua negritude.

Talvez valesse a pena virar negro. Jasmyn analisa a frase por todos os ângulos e conclui que não há como vê-la de um jeito positivo. Nela, há a ideia de que ser negro é como uma fantasia que lhe dá alguns benefícios e que você pode vestir quando é conveniente. Mas a mulher disse "*talvez* valesse a pena". Jasmyn supõe que o "*talvez*" seja um reconhecimento tácito de como é difícil ser negro. Mas, no fim, a mulher concluiu que nem pelo benefício considerável de entrar em Liberdade vale a pena realmente *virar* negro. E há também a questão do que significa "virar negro". Essa mulher acha que ser negro é apenas uma questão de pigmentação? Ela não sabe que é mais que isso?

Minutos de silêncio passam enquanto Jasmyn analisa a frase por todos os ângulos.

A mulher se recosta na espreguiçadeira.

– Como Liberdade *funciona*? É tudo correto, legalmente falando? Asiáticos podem morar lá? – pergunta ela, com uma risada. – Sofremos racismo também. Devíamos nos juntar.

– Liberdade é mais do que uma comunidade de vítimas.

– Claro. Não quis insinuar algo diferente.

Jasmyn coloca os óculos de sol e se deita na espreguiçadeira. A mulher não diz mais nada.

Na piscina, Kamau e o novo amigo estão jogando uma bola de praia um para o outro. Jasmyn observa enquanto a água escorre do cabelo deles, molha os olhos, desce pelos ombros e braços magros e ainda não musculosos e volta para a piscina. Os meninos riem, jogam água para todos os lados e mergulham a cabeça.

Toda vez que sobem de volta, Jasmyn pensa na pureza do batismo. Pensa no pobrezinho que não teve permissão para entrar na água por medo de que a contaminasse. Tenta imaginar Kamau no lugar do menininho, mas sua mente se recusa a fazer a troca. Nem na imaginação consegue impor esse horror a ele.

Do outro lado da piscina, dois menininhos brancos estão brincando como Kamau. Jasmyn os observa mergulharem a cabeça. Observa a água batizá-los também.

Trecho do jornal *The Brooklyn Informer*:

Grande júri recusa indiciar o policial do Brooklyn que matou homem negro desarmado de 37 anos

O policial Charles Easton matou Byron Way a tiros do lado de fora de uma loja de conveniência em Brownsville, Brooklyn. Em depoimento, Easton relatou que a descrição de Way batia com a de um suspeito de uma série de assaltos à mão armada na área. De acordo com a polícia, o policial tentou abordar Way e houve altercação seguida de perseguição. Ainda de acordo com a polícia, Way teria levado a mão à cintura, o que motivou Easton a disparar. Entretanto, Way estava desarmado.

A esposa de Way lamentou a decisão: "Meu marido está morto porque foi julgado pela cor da pele, porque todo policial branco desta cidade acha que todo negro é suspeito. Ele não se parecia com a pessoa que estavam procurando, e agora meu filho não tem mais um pai. Meu filho não tem mais um pai porque um policial branco cometeu um erro, mas eu e meu Carlton é que estamos pagando por ele."

2

Os dias seguintes à volta das miniférias são turbulentos: Jasmyn está atolada de trabalho para compensar o tempo fora. Na consulta de 32 semanas, a obstetra pergunta se ela vai dar início à licença-maternidade. Jasmyn diz que deseja esperar o máximo possível.

– Pegue leve – pede a médica. – Os problemas do mundo ainda estarão lá quando você voltar.

Na noite de quarta-feira, logo após terminar a gravação de mais alguns incidentes para o projeto de Nina Marks, Jasmyn manda mensagem para Keisha, presumindo que ela deve ter voltado da viagem.

Jasmyn: Meu sexo das férias foi ótimo. E o seu?

Sem dúvida, Keisha vai fazer algum comentário chocante. O que Jasmyn quer perguntar mesmo é se ela mudou de ideia sobre ir embora de Liberdade, mas ao mesmo tempo não quer irritar a amiga caso a situação esteja delicada. Jasmyn torce para que Keisha e Darlene tenham se divertido e se reconectado do modo que Keisha queria que acontecesse e para que a reconexão a fizesse decidir ficar.

Na tarde de quinta, Jasmyn ainda não tinha recebido resposta. Mandou uma breve mensagem:

Jasmyn: Quer fazer algo mais tarde? Estou doida pra botar o papo em dia

Duas horas depois, Jasmyn está prestes a mandar mensagem de novo quando ouve uma comoção na sala de descanso. Ao olhar para o corredor, vê uma das defensoras públicas novatas. Ela é jovem e negra. Seus olhos estão vermelhos.

Jasmyn para a jovem, tocando no braço dela.

– Você está bem? – pergunta.

– Não ficou sabendo?

Jasmyn espera ela continuar.

– Não indiciaram o policial.

Jasmyn sente a notícia fechar sua garganta. Ela sabia que isso era possível, mas a distância emocional entre possibilidade e realidade é enorme.

A jovem a abraça apertado.

– Vou encerrar por hoje – diz ela. – Você devia fazer o mesmo.

Jasmyn a observa marchar pelo corredor, virar uma esquina e desaparecer.

Na sala de descanso, alguns de seus colegas – todos brancos – estão assistindo à TV instalada na parede. Um especialista jurídico da CNN defende o não indiciamento sob o ponto de vista jurídico.

– Esse caso se resume a tecnicalidades. Entendo que para muitas pessoas negras vai parecer um tapa na cara...

Jasmyn para de ouvir. Esses especialistas falam de leis como se não fossem escritas por brancos. Como se as leis e todas as suas tecnicalidades fossem, de alguma forma, imparciais. Por que ela sequer está assistindo a essa farsa? Sabe exatamente como será a cobertura ao longo dos próximos dias. Todos os canais da TV a cabo trarão especialistas em direitos civis. Eles vão recitar os nomes de homens e mulheres negros perdidos para a violência policial nos últimos anos. Os âncoras dos noticiários vão escutar e acenar com a cabeça usando máscaras de solenidade no rosto. *Uma fala poderosa,* dirão, antes de chamar o comercial. Depois outro especialista em leis vai explicar por que, nesse caso em *particular*, permitiram que o policial saísse impune de um homicídio.

Jasmyn sente as lágrimas surgirem em seus olhos, mas nunca que vai chorar na frente de alguém ali. Sua colega jovem estava certa. Melhor ir embora.

Quando volta à sua sala, tem uma vontade forte e repentina de jogar tudo que está na própria mesa no chão, arrancar os quadros com diplomas da parede e quebrá-los. Qual o sentido de seu trabalho, qual o sentido de um sistema judicial que não acredita em justiça para todos?

Ela enxuga os olhos com o dorso da mão. Precisa conversar com King. Tenta ligar, mas não consegue falar com ele. Então liga para Keisha, que atende na hora.

– Viu o noticiário? – diz Jasmyn. – Não indiciaram o policial.

Keisha fica em silêncio por um longo tempo.

– Não vai falar nada? – indaga Jasmyn.

Keisha suspira.

– O que tem pra falar?

Faz sentido.

– Pensei em irmos no protesto – comenta Jasmyn.

– É uma boa ideia? Vai ser uma bagunça. Você está grávida. Deus me livre algo acontecer com você ou o bebê.

Jasmyn passa os olhos pelo portal de notícias na tela do notebook. Todas as matérias são sobre o caso. Uma entrevista coletiva da Associação Nacional para o Progresso de Pessoas de Cor é aguardada dentro de uma hora na frente do hospital onde Mercy Simpson ainda luta pela vida.

– Você provavelmente está certa – responde Jasmyn. – E você? Vai lá? O VNI está convocando para uma marcha até a prefeitura.

– Não posso. Eu e Darlene temos planos para hoje à noite.

Jasmyn franze a testa. Tinha certeza absoluta de que Keisha toparia ir.

– Não pode cancelar ou remarcar?

– Não – responde Keisha, a voz monótona.

Jasmyn se endireita, de repente alerta. Espera Keisha se explicar ou dar mais detalhes, mas ela não faz nem uma coisa nem outra.

Que tipo de plano poderia ser mais importante do que marchar até a prefeitura e fazer sua voz ser ouvida?, pergunta-se Jasmyn. *O que poderia ser mais importante do que sair nas ruas e lutar?*

Jasmyn está prestes a fazer uma pergunta, ou as duas, mas reconsidera. Por que começar uma briga com Keisha? Tudo bem ela ter planos. Não é de Keisha que está com raiva. Ela se dá conta de que a raiva que sente pela rejeição ao indiciamento a está deixando irracional.

Ao fim da ligação, Jasmyn olha fixamente para o celular por um longo tempo. Lembra-se de como, após a morte de sua avó e a mudança da irmã, a mãe passou a gostar de reorganizar os móveis no apartamento pequeno em que moravam. Às vezes era algo grande, como empurrar o carrinho da TV para perto da janela ou mudar a mesinha de cabeceira de um lado do sofá para o outro. Mas, na maioria das vezes, a mudança era pequena. Ela tirava a pequena escultura de madeira dos três Reis Magos da prateleira e colocava na mesinha de centro. A pilha de revistas de fofocas saía de cima da mesinha de centro e ia para baixo dela. Naqueles dias, Jasmyn chegava em casa da escola e sabia que algo estava errado, mas não conseguia descobrir o que era. É assim que ela se sente agora. Como se houvesse mudanças a seu redor, mas não conseguisse dizer bem quais são.

Trecho do *San Antonio Examiner*:

Ação judicial por direitos civis é movida contra o San Antonio Medical no caso de mulher negra que morreu horas após o parto

O viúvo de uma mulher que morreu de hemorragia interna poucas horas após dar à luz está processando o famoso hospital San Antonio Medical, alegando que ela recebeu tratamento inferior devido à cor de sua pele. Otis Marks (na foto abaixo com a falecida esposa, Gwendolyn Marks, e a filha, Nina Marks) e seus advogados alegam que o San Antonio Medical tem uma cultura de racismo sistêmico e desenfreado que resulta num tratamento inferior dos pacientes negros.

"Minha esposa teria recebido a atenção necessária e estaria viva se não fosse a cor de sua pele", comentou o Sr. Marks na entrevista coletiva em que anunciou que entraria com a ação.

3

No fim das contas, Keisha tem razão: os protestos descambam para a violência. Ao final da primeira noite, inúmeros vídeos tomam conta das redes sociais. Há imagens de policiais espirrando spray de pimenta nos manifestantes, empurrando pessoas no chão e se ajoelhando nas costas delas para algemá-las. Há imagens de carros incendiados, vitrines quebradas e lojas fechadas e protegidas com tábuas de madeira com pichações e placas com as palavras *Vidas Negras Importam*.

Mas a imagem que mais viraliza – que tem mais visualizações do que o vídeo original – é um clipe de apenas sete segundos de um menininho negro abraçando um policial branco. O menino é pequeno, tem a cabeça redonda raspada e bochechas tão fofas quanto as de Kamau quando era mais novo. Ele está no colo do policial, de cabeça baixa e olhos fechados, abraçando-o pelo pescoço. O policial está agachado, com um dos joelhos apoiado no chão e as duas mãos nas costas do menino. Está de olhos abertos, com o cassetete e a arma no coldre. Ao fundo, uma muralha de policiais armados com uniformes de tropa de choque bloqueia a passagem de manifestantes. Jasmyn já leu cinco matérias sobre o vídeo. Algumas pessoas, a maioria branca, estão dizendo que o vídeo é lindo e esperançoso. Uma falou em redenção e perdão. Jasmyn trincou os dentes de raiva ao ler esse. Estão falando da redenção de quem? E por que as pessoas negras deveriam perdoar as brancas por tudo que fizeram? Por tudo que ainda fazem?

Os protestos crescem a cada noite. Mais policiais. Mais prisões. Mais violência. Falam em impor toque de recolher e convocar a Guarda Nacional. A mídia contabiliza o custo dos danos de propriedades. Ativistas contabilizam o custo da brutalidade policial e do racismo sistêmico. Políticos pedem paz.

Na sexta noite de protestos, Jasmyn e King estão deitados na cama quando ela mostra outro vídeo que viralizou. É de uma mulher negra, ativista, descrevendo com raiva o país como um jogo fraudulento de Banco Imobiliário em que, há quatrocentas rodadas, o povo negro não consegue jogar. Então joga cinquenta rodadas, mas, quando começa a se sair bem, o país queima suas cartas, queima seu dinheiro, queima seu jogo.

– Ela tem razão, mas a esta altura deveria saber que nada nunca vai mudar – afirma King.

Jasmyn encosta a cabeça no ombro dele.

– Amor, isso é só a sua raiva falando. Você não acredita nisso de verdade – retruca ela. – Não estamos aqui trabalhando tanto pra nada.

Por mais cética que esteja sobre a situação do país, Jasmyn ainda precisa acreditar que é possível mudar. Caso contrário, não há esperança para Kamau. Para seu filho que está prestes a nascer.

King fecha o vídeo.

– Ela é boa – ele dá o braço a torcer. – Fico mal só de pensar em tudo que ela poderia conquistar se não tivesse que passar o tempo todo lutando contra o racismo.

Jasmyn assente.

– É o que a Toni Morrison disse sobre o racismo como uma distração.

King fica confuso.

– O que ela disse?

– Vou encontrar – diz Jasmyn e faz uma rápida busca. – Achei. Ela disse: "A função, a verdadeira função do racismo, é distrair. Ele impede você de fazer seu trabalho. Obriga você a ficar explicando, inúmeras vezes, sua razão de ser. Alguém diz que você não tem idioma, então você passa vinte anos provando que tem. Alguém diz que sua cabeça não está adequadamente formada, então cientistas precisam provar que está, sim. Alguém diz que você não tem arte, então você a desenterra. Alguém diz que você não tem reinos, então você cava para exibi-los. Nada disso é necessário. Sempre vai ter mais alguma coisa."

– Ela está certa – declara King, com uma energia repentina. – É exatamente isso.

– Sim, e até conseguirmos um mundo sem racismo, só nos resta lutar. Enquanto isso, precisamos de pessoas como ela, você e eu.

King se inclina e a beija na testa.

– Você ainda é a mesma pessoa – afirma ele. – Depois de todo esse tempo, você ainda é a mesma.

Jasmyn coloca o celular na mesinha de cabeceira e apaga as luzes.

– Lógico que sou – diz no escuro. – Quem mais seria?

King se mexe na cama e beija a testa de Jasmyn outra vez.

– Vou voltar para a Mentoria LA amanhã.

———

Faz duas semanas que Keisha e Darlene voltaram das miniférias, mas desde então Jasmyn ainda não viu a amiga. Os últimos dois planos que fizeram de se encontrar não deram certo, uma vez por causa de Keisha e outra por causa de Jasmyn. Mas esta noite elas finalmente conseguiram.

Jasmyn chega ao restaurante primeiro. Assim que se senta no sofá do reservado, tira os saltos, descansa a cabeça no assento e fecha os olhos.

Sua paz não dura.

– Que bom ver você aqui – diz uma voz vinda do alto.

Jasmyn abre os olhos e vê Charles sorrindo para ela. A área sob seus olhos está toda roxa e esverdeada, cheia de hematomas. O esparadrapo se estende de uma bochecha à outra, passando pelo nariz.

Jasmyn joga a cabeça para a frente.

– Meu Deus! O que aconteceu com seu rosto?

– Você devia ver como ficou o outro cara – diz ele, sorrindo de orelha a orelha.

Os hematomas se esticam e enrugam. Jasmyn se retrai. Ele não sente dor ao abrir esse sorrisão?

Ele se senta de frente para ela.

– Que fantástico ver você – diz ele.

Charles acha fantástico mesmo? Tanto Jasmyn quanto Keisha tiveram a impressão de que ele não queria mais ver nenhuma delas.

Assim como da última vez que ela o viu, Charles está usando um moletom branco do Centro de Bem-Estar de Liberdade. Ainda está de cabeça raspada. Suas unhas estão aparadas e bem-cuidadas. Feitas.

– É bom ver você também – responde Jasmyn, cautelosa, percebendo o tom de incerteza na própria voz.

Com qual versão de Charles ela vai falar hoje? A primeira que conheceu, de quem desejava ser amiga? Ou a segunda, que destruiu o próprio museu, raspou a cabeça e parecia querer distância dela e de Keisha? A que mudou de forma tão drástica que fez Keisha ter vontade de ir embora de Liberdade? Seria legal ter a primeira versão de volta.

Jasmyn toca o próprio rosto.

– O que houve?

Charles abre outro sorriso de orelha a orelha.

– Longa história.

Jasmyn espera que continue. Ele não continua. Em vez disso, acena para um garçom e pede um gim-tônica. Ele pretende se sentar ali e beber? Ela olha por cima do ombro em direção à porta. Keisha vai ficar irritada se o vir sentado à mesa delas.

– Olhe, eu marquei com uma pessoa aqui – avisa Jasmyn.

Charles franze a testa, confuso.

– Keisha me convidou para me juntar a vocês. Mas se quiserem um tempinho só das garotas eu posso ir embora – responde ele e começa a sair do sofá.

Jasmyn tenta não demonstrar o choque. A não ser que algo drástico tenha mudado e ela não saiba, Keisha odeia Charles. Por que o convidaria? E sem avisar?

– Não, fique, é que eu não sabia – diz ela, torcendo para que seu sorriso não demonstre como está incrédula.

– Como você está? – pergunta Charles. – Já vi que continua usando o afro.

Quando e por que Keisha decidiu dar uma segunda chance a ele? Ela com certeza vai se decepcionar.

Antes que Jasmyn possa responder, Charles ergue as mãos com as palmas para a frente.

– Brincadeirinha.

Jasmyn não entende a piada.

A porta do restaurante se abre e entra uma mulher que lembra Keisha vagamente – caso Keisha se livrasse do afro, alisasse o cabelo e trocasse as roupas largas e coloridas e as joias chamativas por um terninho de linho justo e brincos de pérola. O olhar da mulher recai em Jasmyn. Ela sorri, acena e marcha na direção dos dois.

– Senhor. Que dia eu tive! – exclama a mulher. – Desculpem o atraso.

Ela empurra Charles de brincadeira até ele deslizar para o lado e abrir espaço no assento.

Jasmyn sabe que está boquiaberta, que ainda não cumprimentou Keisha. Tenta pousar o copo, mas erra a mesa e ele se estilhaça no chão. A água espirra em suas pernas e nos sapatos.

– Droga, droga, droga.

– Querida, está tudo bem – diz Keisha. – É só um copo.

Jasmyn tem vontade de se ajoelhar e passar as mãos no chão em busca de cacos. Quem sabe um entre em seu dedo, ela sangre e tenha uma desculpa para ir embora.

– O que foi? Você está bem? – pergunta Keisha e tenta pegar a mão de Jasmyn, que se retrai.

Essa pessoa não é a Keisha que ela conhece. Essa pessoa não passa de uma estranha.

Uma garçonete aparece de repente e diz que algum funcionário vai limpar a bagunça. Segundos depois, realmente aparece um funcionário. Jasmyn usa a interrupção para se acalmar. Observa o homem varrer o vidro e secar o chão, enquanto diz a si mesma para não entrar em pânico, não até ter certeza de que há motivo para pânico.

A garçonete serve outro copo d'água para Jasmyn na mesa. Keisha pede um uísque.

Jasmyn presta atenção nela. Olha o cabelo. Talvez seja só uma peruca. Uma mudança de visual.

– Seu cabelo – começa.

Keisha fez um corte assimétrico e curto. Seu cabelo está totalmente reto, bem alisado. Ela junta as mãos e diz:

– Pois é! Você amou? Eu *amei*. Olhe só, posso fazer isto agora.

Ela passa os dedos pelas mechas e sorri. Keisha queria ter essa habilidade específica, de poder passar as mãos pelo cabelo livremente?

– Então não é uma peruca? – pergunta Jasmyn, embora perceba que não é pela linha do cabelo de Keisha.

Keisha faz que não com a cabeça. Seu cabelo pende dos lados do rosto.

– Você não gostou – constata Keisha. Jasmyn percebe o tom de mágoa na acusação. – Darlene disse que você não gostaria.

Claro que Jasmyn não gosta. E a Keisha de semanas atrás também não teria gostado.

– Não é isso...

Mas Charles a interrompe:

– Achei ótimo.

– *Obrigada!* – agradece Keisha. – Uma mudancinha não faz mal a ninguém. – Ela vira o corpo para encarar Charles. – Como vai seu spa?

Jasmyn se recosta no assento. Está ouvindo isso mesmo?

Minutos se passam, e a conversa sobre a obra do spa não dá sinais de perder o fôlego.

Jasmyn intervém:

– Está parecendo que você quer um também, Keisha – diz num tom não tão casual quanto queria.

– Ah, mas eu vou ter um. Não contei? A obra começa semana que vem.

Jasmyn pressiona a mão esticada na mesa. Sabe que a sensação ardente no fundo da garganta não é uma simples azia provocada pela gravidez. É medo.

– E aquela conversa de sair de Liberdade? – questiona. – De voltar para a cidade?

– Mudei de ideia. Estava exagerando. Darlene me colocou na linha. Por que voltar para o caos da cidade? – Ela balança a cabeça. – Tudo de que preciso está bem aqui – conclui ela num tom tranquilo, como se deixar Liberdade fosse uma ideia boba que teve uma vez, muito tempo atrás.

Mas a realidade é que há poucas semanas Keisha arrastou Jasmyn para visitar casas em Los Angeles. Há poucas semanas Keisha confessou que Darlene tinha mudado e que o casamento delas tinha mudado também. Há poucas semanas Keisha pensou que havia algo na água, no ar, na comida de Liberdade, transformando as pessoas Negras com *N* maiúsculo em pessoas negras com *n* minúsculo.

Para onde foi aquela Keisha? E por quê?

4

Quando Jasmyn chega em casa do happy hour, Kamau está dormindo, mas mesmo assim ela vai ao quarto do filho dar uma olhada. Ele gosta de dormir com as cortinas abertas, e esta noite a lua está clara, iluminando o rosto dele com uma luz prateada. Jasmyn se curva para beijar sua testa. Ele está quente, um pouquinho salgado e um pouquinho doce. Sua bochecha está mais magra – a gordura de bebê está indo embora.

Jasmyn olha para Kamau e pensa que talvez seja possível sentir o tempo passando, como um arrepio lento que percorre todo o seu corpo. Sim, ele sempre será seu bebê, mas um dia será um homem – um homem negro. Com que idade deixará de ser visto como doce, fofo e inocente e passará a ser encarado como uma ameaça? Será que essa idade já passou? Será que ela nem percebeu?

Ela se vê idosa, perto da morte, em outro quarto, em outro momento, a pele iluminada por outro luar. Os papéis vão se inverter. Será Kamau quem vai se aproximar da cama e tranquilizá-la. Kamau é quem vai pedir ao mundo que seja misericordioso e a deixe viver mais um dia, um ano, uma vida. Seu menino viverá o suficiente para se despedir dela?

No banho, ela se força a não pensar em Keisha e Charles. Só precisa de um pouco de paz para decidir o que fazer.

Encontra King bebendo cerveja no quintal.

– Como foi a mentoria? – pergunta.

– Foi boa – responde. – O nome dele é Deshaun. Tem aquele histórico de sempre. Você sabe como funcionam essas coisas.

203

Ela se irrita na hora.

– É a primeira noite da sua volta e você já está com essa postura?

King a encara, chocado.

– Caramba, não quis dizer nada com isso. Me dê um tempo.

Ela o encara de volta.

– Você parece resignado, como se já estivesse pronto pra desistir dele.

– Está bem, desculpe. Não foi minha intenção. Sério, eu não quis insinuar nada. – Ele dá tapinhas no sofá. – Venha. Sente aqui.

Jasmyn se senta, respira e tenta conter a raiva. Está aborrecida com o que King falou, mas no fundo não é dele que está com raiva.

Na beira da piscina tem um pequeno lixo plástico, a tampa de alguma coisa. Talvez tenha voado da lixeira do vizinho ou de um caminhão de lixo. Jasmyn imagina seus próprios detritos no quintal de outra pessoa. O que o vento levou de sua casa para outro lugar? O que o vento trouxe para eles que ela ainda não consegue ver?

De repente, ela precisa sumir com a tampa, precisa que tudo esteja no devido lugar.

Levanta-se e caminha na direção da piscina.

– Aonde vai? – pergunta King.

– Só vou me livrar desse lixo.

Quando se curva para pegar, uma dor aguda atravessa seu abdômen. Ela grita, cambaleia e quase cai na piscina.

King se posiciona ao lado dela imediatamente. Abraça seu corpo e a segura firme.

– Meu Deus, amor. Você está bem?

Ela pressiona a mão na parte inferior da barriga. A dor já passou.

– Estou – responde, mas sua voz sai trêmula.

– O que estava fazendo?

– Tentando me livrar disso aqui – diz e aponta para a tampa.

King franze o rosto para Jasmyn. Ela sabe que ele não entende o tom de urgência em sua voz. Ela mesma está confusa.

Ele a leva de volta para o sofá e joga a tampa fora.

– Amor, o que está acontecendo?

– Tem algo diferente com a Keisha – responde depois que ele se senta.

King a fita.

– Diferente como?

Ele pergunta com um tom de voz pouco usual. Um tom de alerta, mas ao mesmo tempo de cansaço. Ela imagina em que ele está pensando. Já tiveram essa conversa antes. Semanas atrás, ela disse a mesma coisa de Charles.

Mesmo ciente disso, conta que Keisha convidou Charles para o happy hour, que conversaram sobre os respectivos spas e que nenhum dos dois mencionou o não indiciamento do policial uma vez sequer.

– E ela não quer mais se mudar de Liberdade, acredite se quiser.

King toma um gole da cerveja.

Jasmyn o encara.

– Não está surpreso?

– Não. Fiquei surpreso quando você me contou que ela queria se mudar, pra início de conversa. Agora ela só me parece uma pessoa instável. – Toma outro gole. – Achei que você ficaria feliz por ela não ir embora.

Jasmyn dá um tapa na coxa.

– Você não está me escutando. Ela está *diferente*.

Horas atrás, ela teria ficado empolgada ao saber da permanência de Keisha. Mas agora? Jasmyn prefere perdê-la como vizinha do que do jeito como a está perdendo.

– Ela está diferente como?

– Alisou o cabelo – responde Jasmyn. – Não tem mais afro.

King a encara.

– Quando você virou fiscal de negritude?

Não é a primeira vez que ela é chamada disso, mas é a primeira vez que King a chama assim.

– Não sou...

– Mas está agindo como se fosse – interrompe King e dá uma ombradinha nela. – Você é da polícia negra? Vai prendê-la por mudar o cabelo?

Jasmyn não sabe como se sentir. Sob esse prisma, seus sentimentos parecem absurdos. Em contrapartida, a mudança de Keisha não foi uma simples troca de cor de batom.

King cutuca o ombro dela de novo.

– As pessoas mudam, amor.

– Você vive me dizendo isso, mas todo mundo aqui está mudando do mesmo jeito. Me explica isso, então.

– Você está falando de duas pessoas que mal conhecia.

Mas ela conhece Keisha. Ou não?

Jasmyn suspira.

– Nem ficou bonito nela – comenta. – Parece que está tentando ser outra pessoa.

King dá de ombros.

– Quer que eu alise o cabelo? – pergunta Jasmyn.

– Não, lógico que não – responde ele, imediatamente. – Que tipo de pergunta é essa?

– Tem certeza?

– Você é a mulher mais linda do mundo. Você sabe que eu acho isso.

E é verdade. Ela sabe mesmo.

Jasmyn o beija na bochecha.

– Te amo – declara.

– Também te amo – diz ele.

– Talvez eu faça trança. Só pra mudar. Tranças ainda são negras.

– Faça o que deixar você feliz.

Trecho do *Charleston Post Gazette*:

Uma ligação para a polícia levou à morte de um adolescente negro desarmado

A polícia da Carolina do Sul atendeu a uma ocorrência de "invasão a domicílio" e, ao chegar ao local, deparou-se com um homem que correspondia à descrição do suspeito. Segundo relatos das autoridades, o indivíduo, identificado como Darren Vail, de 19 anos, correu em direção aos policiais e um dos agentes abriu fogo, provocando a morte de Vail.

Mais tarde, foi confirmado que Vail estava desarmado. Investigações posteriores revelaram que o jovem, que era entregador de restaurante, havia errado o endereço.

5

Talvez Jasmyn tenha se preocupado à toa. Keisha manda mensagem durante a semana e parece quase a mesma pessoa de antes. Falam sobre amenidades. Quer ver um filme que acabou de sair. As coisas com Darlene estão bem desde a viagem. Mas, na única vez em que Jasmyn mencionou o não indiciamento do policial, Keisha respondeu um simples "como sempre". A conversa deixa Jasmyn com uma hesitante sensação de esperança. Talvez não tenha perdido sua amiga, no fim das contas.

Na quarta-feira, Jasmyn vai ao centro de Los Angeles encontrar Tricia para um happy hour.

– Olha a sua barriga como está linda e enorme! – exclama Jasmyn quando Tricia chega. – Está com quanto tempo? Umas 28 semanas?

Tricia assente e faz uma pose com a cabeça para trás e segurando a barriga com uma das mãos.

– Dá pra acreditar que eu estou desse tamanho? A revista *Essência* tem que me colocar na capa deles.

– Você está fantástica – elogia Jasmyn, rindo.

– Não é?

Rapidamente Jasmyn consegue sentir que está relaxando. Uma noite fora com Tricia – alguém que, ao contrário de Keisha, ela com certeza conhece – é exatamente do que precisa.

– Este lugar ainda é cafona pra cacete – comenta Tricia enquanto se sentam à mesa do reservado.

O bar é um dos favoritos delas desde a época da faculdade. Tem uma temática havaiana, ou seja, há sutiãs de coco, saias de grama e tochas de bambu para todos os lados.

Jasmyn sorri. O bar é horrível mesmo, mas ela meio que o ama também. As duas pedem Mai Tais sem álcool.

– Como você está? – pergunta Jasmyn. – Não está mais enjoando de manhã, certo?

– Parou depois de três meses, mas o curioso é que agora só quero comer fígado de galinha com sorvete de cookies & cream.

Jasmyn faz uma careta.

– Eca, que combinação é essa?!

Tricia dá de ombros.

– É o que o bebê quer.

Elas passam a meia hora seguinte conversando sobre tudo relacionado a bebês. Jasmyn ainda se sente mal pelo modo como se comportou na última vez em que se viram. Tricia conta que ela e Dwight estão quase finalizando o quarto do bebê. Pintaram de verde para evitar essas "normas bobas de gênero", embora ela não tenha resistido e comprado os macacões cor-de--rosa mais fofos do mundo.

Estão na segunda rodada de drinques quando começam a falar do caso Mercy Simpson. É Tricia quem puxa o assunto. Jasmyn sente uma mistura de alívio e satisfação. É *lógico* que elas falariam desse assunto. Afinal, são duas mulheres negras – mães e futuras mães negras. Estranho seria *não* tocar no assunto. *Não* falar dele.

– Posso perguntar uma coisa? – indaga Jasmyn. – Talvez pareça meio estranho.

Tricia faz que sim e acrescenta:

– Bem que eu senti que você estava com alguma coisa na cabeça.

– Você acha que sou exagerada?

– Depende do que estamos falando – responde Tricia, com uma risada.

– King me disse uma coisa semana passada. Disse que eu sou "fiscal de negritude".

Tricia põe a bebida na mesa.

– King? Ele não é disso.

Jasmyn ficou tão focada nas palavras de King que se esqueceu de considerar se era estranho ele ter dito isso.

Tricia tem razão. Não parece algo que King diria. Mas Jasmyn não acha que ele mudou. Teria notado. E ele definitivamente não mudou tanto quanto Charles. Tanto quanto Keisha parece ter mudado. Ainda assim, para ser sincera consigo mesma, ele está diferente desde que passaram a morar em Liberdade.

– Lembra que falei com você sobre a professora da escola do Kamau, a Keisha?

Tricia assente.

– Ela tinha um afro enorme, bem crespo. Me encontrei com ela outro dia. Ela alisou o cabelo.

– Calma aí, estou confusa. O que o cabelo dela tem a ver com o que o King disse?

– Ele me chamou de "fiscal de negritude" *depois* que contei do cabelo da Keisha.

– Ah, agora entendi. Não concordo com o que ele disse, mas entendo o que ele falou do cabelo.

Jasmyn não compreende.

– Não acha que uma mulher alisar o cabelo após anos usando natural significa algo?

– Só estou dizendo que não precisa significar *muita coisa*. Talvez ela goste de como fica.

– Ela só *acha* que gosta de como fica. Não percebe que foi ensinada a pensar que cabelo de branca é melhor do que de negra. É isso que é tão traiçoeiro no sistema todo.

Tricia sorri.

– Tome cuidado. Está parecendo um pouco...

– Fiscal de negritude?

Tricia ri e assente.

– Quando estava no ensino médio no Brooklyn, muitas vezes eu tinha que passar por alguns rapazes do Nação do Islã a caminho da escola. Eles ficavam o dia todo na esquina falando que todos nós precisávamos voltar para a África. Eu me lembro de achá-los ridículos. Somos americanos. O que sabemos da África?

– O que quer dizer?

– Que talvez o cabelo não precise comunicar nada.

Jasmyn se surpreende com a ingenuidade de Tricia. Com sua falta de entendimento histórico.

– Uma das primeiras coisas que fizeram com os africanos nos navios negreiros foi raspar a cabeça...

Tricia a interrompe:

– Não preciso de lição de história. Só estou dizendo que a mulher tem seus motivos. Você sabe como é difícil manter um afro volumoso. Eu arrasava com o meu antigamente, só que não tenho mais tempo para os dias inteiros de lavagem. Por que acha que uso tranças agora?

– Por que ela não adotou tranças, então?

– Você vai ter que perguntar isso a *ela* – responde Tricia e gira o canudo da bebida. – Minha vez de fazer uma pergunta: já se questionou o que seríamos, como pessoas, sem nosso passado? Sem a escravidão e o racismo?

– Nosso passado é quem somos, Tricia.

– Mas não somos mais do que o trauma e todas as coisas que fizeram com a gente?

– Óbvio que somos mais. Somos sobreviventes. Depois de tudo que fizeram, ainda estamos aqui.

Tricia suspira.

– Ultimamente, Dwight e eu temos conversado sobre as coisas que vamos precisar ensinar à pequena Marina sobre ser negra.

Jasmyn bate palmas e sorri.

– Não sabia que tinham escolhido um nome.

Tricia sorri de volta.

– Gostou?

– É perfeito – diz Jasmyn e ergue o copo para um brinde. – À Marina Gates! Que ela prospere.

– E durma a noite toda para a mãe poder descansar – emenda Tricia.

Jasmyn dá uma risada.

– Isso também. – Ela termina o restante da bebida e pergunta: – Você e Dwight chegaram a alguma conclusão sobre o que vão ensinar a ela?

– Bem, vamos começar com as coisas boas. Quer dizer, o que é este país sem nós? Começando pela música. Do gospel ao rap, do rock ao blues – diz, contando nos dedos. – Sem a gente, a comida seria ruim, a dança seria ruim, a arte seria ruim. A cultura toda somos *nós*. A gente inventou tudo que é legal. – Ela suspira. – E tem as coisas mais sérias também. Por exemplo, quantos outros grupos se beneficiam do nosso pedido por igualdade e do movimento por direitos civis?

– Todos eles – responde Jasmyn, assentindo.

Tricia se recosta no banco e suspira.

– Mas sabe o que é engraçado? Eu estou aqui sentada, listando todas as coisas boas de ser negro e da cultura negra, mas me sinto estranha fazendo isso. Tipo, você consegue imaginar pessoas brancas sentadas listando todas as coisas boas da cultura branca?

– Lógico que consigo – diz Jasmyn, com um sorriso irônico. – Tenho três palavrinhas pra você: Ku Klux Klan.

– Rá! Foi mal – fala Tricia, rindo. – Bem, você está cem por cento certa. Mas estou falando de brancos comuns, pessoas de quem seríamos amigas. Tenho certeza de que elas não sentem a necessidade ou a compulsão de listar todas as coisas boas sobre si mesmas como pessoas. Não precisam ter que ensinar os filhos a ter orgulho da cor da pele.

– Não é preciso ensinar ao peixe o que é água, não é? Eles reivindicam tudo que é bom e tentam nos apagar e as contribuições que demos. E cabe a nós ficar explicando as coisas toda hora.

Tricia revira o gelo no copo, séria por um instante. Mas então ergue o olhar e sorri.

– Sabe o que eu mais amo na gente?

– O quê?

– O quanto nos esforçamos para cuidar uns dos outros. Veja bem, não estou falando de todos. Mas a maioria de nós. A gente se ama. A gente cuida uns dos outros.

– Verdade – concorda Jasmyn. – Verdade.

Tricia pressiona a palma da mão na barriga.

– Enfim, sei que preciso contar à minha filha a verdade sobre o que este mundo, o que este país, vai ser para ela. Preciso falar da escravidão, da polícia, do racismo e de como se manter resiliente diante de tudo isso. Sei que preciso. – Ela respira fundo, como se estivesse se preparando para algo. – Mas a verdade é que queria não precisar. Queria estar colocando minha filha num mundo que não tivesse tão pouco amor pelo povo negro. Queria dizer a ela que ninguém nunca vai machucá-la por algo tão trivial, tão *secundário*, quanto a cor da pele.

Tricia pressiona as mãos na barriga. Seus olhos estão marejados.

– Queria dizer a ela que, se amar o mundo, o mundo vai amá-la de volta sem reservas. – Tricia fita Jasmyn. – Não é isso que toda mãe quer?

Jasmyn fica surpresa ao perceber que está chorando também. É doloroso comparar o que o mundo *deveria ser* com o que o mundo *é*.

Tricia estica os braços sobre a mesa e aperta a mão de Jasmyn.

– Desculpe. Não quis pesar o clima.

– Tudo bem.

Tricia aperta a mão de Jasmyn outra vez e muda para um assunto mais leve.

– Fraldas de pano ou as descartáveis comuns? – pergunta.

– Fácil. Descartáveis.

– Também acho. Dwight fica falando de ser ecologicamente correto e salvar o planeta. Não sei por que ele está com essas conversas.

Jasmyn ri.

– Ele vai mudar de ideia logo, logo – diz ela. – Mas, escute, Dwight vai mudar um pouquinho com você. Sabe disso, não é?

Tricia franze a testa.

– Mudar? Como?

– Não sei descrever. É como se todos os traços de modernidade e civilidade sumissem e eles virassem uns homenzinhos das cavernas.

– Como assim, mulher?

– É sério. Vi isso acontecer com o King. Quando o Kamau era bebê e a gente andava na rua com o carrinho, ele inflava o peito e ficava olhando em volta em busca de perigos. Como se fosse colocar o próprio corpo entre a gente e um trem em movimento.

Também foi nessa época que King decidiu que precisava de mais do que um salário de professor para cuidar da família, mas Jasmyn não conta essa parte para Tricia. Por que mencionar a disparidade financeira entre elas? Tricia e Dwight parecem felizes com o que têm. A atitude de King não foi moderna ou pró-feminista, mas Jasmyn descobriu que não se importava com isso. Era legal ser protegida.

Elas estão se divertindo tanto ao botar o papo em dia que Jasmyn manda mensagem para King, avisando que vai chegar em casa mais tarde do que o planejado. Ele diz para Jasmyn ficar o tempo que precisar. Ele e Kamau estão em casa, tendo uma divertida noite dos meninos.

– Está bem, mas falando sério, como são as primeiras semanas após o nascimento do bebê? – pergunta Tricia.

– Meu Deus... Por onde eu começo?

Jasmyn explica a Tricia a sensação de estar com areia nos olhos e inquieta demais por não dormir o suficiente. De não ter certeza de que é capaz de manter viva aquela vida nova e preciosa. Da preocupação constante de que seu bebê não está se alimentando o suficiente.

Mas o que Jasmyn mais se lembra dos primeiros dias de nervosismo são as pequenas alegrias que tinha a todo momento. O cheiro suave e doce da pele de Kamau, o olhar maravilhado de King, as discussões bobas causadas pela privação de sono. Ela se lembra dos três aninhados no antigo apartamento e de como estavam perdidamente apaixonados.

Jasmyn diz a Tricia que não há palavras para descrever aquela época, apenas a sensação de que o mundo está se expandindo, seu coração está se expandindo, e a descoberta de que não há limites para quanto se é possível amar outra pessoa.

– Que lindo – comenta Tricia, emocionada.

Jasmyn também se emociona e as duas choram.

– Olha o que a droga desses hormônios está fazendo com a gente – diz Tricia.

– É horrível – responde Jasmyn, sorrindo enquanto as lágrimas escorrem pelo rosto.

Outra hora se passa e elas continuam tomando drinques tropicais sem álcool. Jasmyn sente uma parte sua que nem sabia estar vazia se preencher de novo.

Quando chegam perto do manobrista, Jasmyn abraça Tricia por um longo tempo e diz o quanto a ama.

– Vejo você em breve.

Na volta de carro para casa, Jasmyn pensa no que Tricia disse sobre a negritude ser mais do que apenas trauma. Tenta imaginar um país onde a escravidão não aconteceu. Um país onde o racismo não existe. O que significa não conseguir visualizar quem seria nesse mundo? O que significa não conseguir sequer imaginar esse mundo?

Uma vez, quando tinha 8 anos, talvez 9, ela foi à lotérica da esquina jogar com a mãe. Era um prêmio recorde e a fila estava enorme. Juntas, elas imaginaram todas as coisas que fariam com o dinheiro quando ganhassem. Um casarão num terreno tão grande que não conseguiriam ver os limites. Nada de trabalho. Jatinhos particulares, limusines com motorista e champanhe no café da manhã. Jasmyn imaginou seu quarto novo.

Seria todo em tons de roxo. Ela compraria mochila nova, estojo novo e roupas novas ainda com as etiquetas para poder arrancá-las com as próprias mãos.

Dois dias depois, ela encontrou a mãe bebendo café na cozinha e os bilhetes rasgados ao lado, na bancada.

Jasmyn correu e pegou os pedaços.

– Por que fez isso? – perguntou. – Como vamos provar que ganhamos?

– Sei que não criei uma idiota – disse a mãe. – Sei que você não achou mesmo que a gente fosse ganhar.

Jasmyn apertou com força os pedaços rasgados e se esforçou para não chorar. *Tinha* acreditado que poderiam ganhar. No fogão, sua mãe batia a frigideira com força e mexia os ovos do café da manhã. Ao observá-la, Jasmyn compreendeu que ela também havia acreditado que poderiam ganhar e estava furiosa consigo mesma por ter se permitido sentir uma emoção tão frívola quanto a esperança. Em silêncio, Jasmyn atravessou a cozinha, jogou os bilhetes rasgados na lata de lixo e se certificou de enterrá-los sob outros restos.

Mesmo depois disso, sua mãe continuou jogando na loteria, e Jasmyn continuou indo com ela até a lotérica. No caminho de volta para casa, elas ainda se permitiam fantasiar, porém Jasmyn nunca mais cometeu o erro de acreditar num mundo que nunca existiria.

Trecho do *The Missouri Sun Times*:

Conselho de Educação de St. Louis faz acordo com família de garota que cometeu suicídio após sofrer bullying racista

O Conselho de Educação de St. Louis firmou um acordo com a família de Marie Sayles, de 11 anos, que tirou a própria vida. O valor do acordo não foi divulgado. A família Sayles havia processado o conselho, alegando que a jovem tinha sido vítima de bullying racista por parte tanto de estudantes quanto de professores e que as repetidas denúncias que fez foram ignoradas por meses. O conselho aprovou o acordo e emitiu um comunicado reconhecendo a tragédia. "Esperamos que esta resolução traga um senso de encerramento a todos os envolvidos."

A família Sayles não atendeu ao nosso pedido por um posicionamento.

6

Jasmyn crava as unhas nas palmas ao ver Keisha e Catherine rindo juntas do outro lado do pátio da escola. Respira fundo e tenta engolir a confusão e o ciúme cada vez maiores. *Quando Keisha virou tão amiga de Catherine?* A resposta lhe vem à mente: Centro de Bem-Estar.

Vendo as duas, Jasmyn lembra que Keisha uma vez lhe disse que Catherine não tinha coração. Se lembra do aviso de que Catherine tinha zombado dela por chorar com o vídeo de Mercy Simpson.

Keisha dá outra risada e toca o braço de Catherine.

Jasmyn desvia o olhar. Essa sensação repentina de que está sendo substituída é ridícula – juvenil até.

Jasmyn caminha até o escorrega.

– Hora de ir – diz para Kamau.

– Mãe, posso ir só mais uma vez? – implora ele.

Uma menininha com dois coques afro arregala os olhos para Jasmyn.

– Por favor, mãe do Kamau, ele pode ir de novo?

Como ela pode dizer não para uma coisinha linda dessas?

– Está bem, mas só mais uma vez – responde Jasmyn.

Ele sai correndo antes de ela sequer terminar a frase.

Jasmyn se afasta para observá-los e esperar. Na bolsa, seu celular vibra. Ciente de que a escola proíbe o uso de celular em suas instalações, ela o ignora. Fica vendo Kamau subir a escada do escorrega. Seu celular vibra mais uma vez, depois outra.

Ela abre a bolsa e espia a tela: *Urgente: Morre Mercy Simpson.*

Por alguns segundos, Jasmyn perde todo o sentido do mundo. Uma luz difusa ofusca sua visão. O som desaparece. Ela não tem sensações. Não tem corpo.

Mas o alívio é breve. Logo em seguida, Jasmyn se sente sendo invadida. Sente o sangue mais grosso, infectado. Para Jasmyn, parece que cada novo horror racista se soma a todos os horrores racistas antigos. É como se essas feridas transformassem uma pessoa em nível celular. Agora ela é uma pessoa diferente da que era segundos atrás. Até sua pele parece mudada. Em carne viva. É como se suas entranhas estivessem expostas, como se não tivesse pele para protegê-la do mundo e das crueldades dele.

O bebê chuta uma vez, e forte. Jasmyn pressiona uma mão na boca, a outra na barriga. Não pode ser verdade. Mercy Simpson tinha 8 anos. Uma vida toda por viver. Crianças de 8 anos não morrem por ferimentos de bala. Crianças de 8 anos não são sequer baleadas, para começar.

Jasmyn clica e lê: *Mercy Simpson não resistiu aos ferimentos no hospital MLK*. Não consegue passar da primeira linha. Vai vomitar. Tapa a boca. Por um breve instante se dá conta de que é outro incidente que vai precisar registrar para o projeto de Nina Marks.

Ela clica em outra matéria sobre a entrevista coletiva do prefeito. Ele ofereceu condolências. Pediu protestos pacíficos. Jasmyn pensa no que sabe a respeito do prefeito. Ele tem duas filhas. Será que o pai que existe dentro dele espera que as pessoas protestem de forma pacífica diante de um horror desses? Se alguém crivasse o corpinho de Kamau com balas, Jasmyn incendiaria a cidade. O prefeito não deveria estar pedindo paz. Deveria estar pedindo revolução.

De repente, Keisha está a seu lado e toca seu ombro.

– Ei, o que foi?

Mas Jasmyn não consegue pronunciar as palavras. Entrega o celular a Keisha.

Algum instinto de alerta diz a Jasmyn que preste atenção no que está para acontecer. O que ela vê no rosto de Keisha é quase tão devastador quanto a própria notícia. O que vê é *nada*. Nenhuma raiva de um mundo que permite que crianças morram nas mãos daqueles que deveriam protegê-las. Nenhum luto. Nenhum desalento.

Nada.

Keisha encara o celular por três segundos antes de devolvê-lo.

– Que horrível – comenta num tom moderado, como alguém provando um café amargo demais.

Jasmyn se afasta do toque de Keisha e joga o celular na bolsa.

– Que horrível – repete Keisha. – Mas não pode deixar essas coisas afetarem muito você, sabe?

Jasmyn já ouviu uma versão dessas palavras antes. De Catherine Vail. No dia em que assistiu ao vídeo do assassinato de Tyrese Simpson.

– Você realmente deveria ir ao Centro de Bem-Estar – sugere Keisha. – Eles vão acabar com todas as suas aflições.

Jasmyn sente o olhar de Catherine nelas. O mesmo instinto de alerta que lhe avisou para observar a reação de Keisha à notícia agora lhe diz para sorrir. Não vai confrontar Keisha. Não vai perguntar como ela pode ficar tão apática diante de um horror desses. É mais profundo que a estética: a mudança de Keisha é igual à de Charles. Jasmyn se pergunta se ela, King e Kamau vão passar por isso se ficarem em Liberdade.

– Preciso ir – diz para Keisha.

Não espera a resposta. Vai depressa até Kamau, que está esperando na fila para escorregar de novo.

– Amor, vamos embora agora – avisa, agarrando a mão do filho.

– Mas eu sou o próximo – responde ele, tentando se afastar dela.

Ela o segura e ele grita de dor.

– Ai, machucou!

Jasmyn o encara, confusa. Será que o segurou com muita força?

– Amor, precisamos ir.

Ela está falando alto demais. Percebe a raiva e o medo na própria voz. Os outros também. Estão de olho nela.

Keisha chama o nome de Jasmyn. Tem *algo* na voz dela. Algo confuso, mas ao mesmo tempo afetuoso. Algo perdido também.

Mas Jasmyn não tem tempo. Precisa se salvar. Salvar sua família. Finge não ouvir Keisha e pega Kamau no colo.

– Mãe, eu sei andar sozinho – diz ele.

Mas ela só o coloca no chão quando chegam ao carro. Pelo retrovisor, avista Catherine observando-a da calçada com o celular no ouvido. Passa direto por várias placas de PARE até se forçar a desacelerar. Não quer ser parada por um policial, mesmo que seja negro.

Chegou a hora. Hora de admitir para si mesma, enfim, que *tem* algo acontecendo com as pessoas em Liberdade. E que, seja o que for, ela e King não têm muito tempo.

PARTE
CINCO

1

Quando Jasmyn chega em casa, não encontra King. Liga para o celular dele e para o telefone do escritório, mas não o encontra. O que vai falar para ele? Que deseja que saiam de Liberdade? Naquela noite mesmo se possível? Que algo na comunidade está tirando a negritude das pessoas?

Ela sobe para seu quarto o mais rápido que a barriga permite. Quando chega ao closet, está com a respiração tão ofegante que consegue senti-la no peito. Puxa a maior mala e a coloca na cama. O que precisa levar? Roupas para alguns dias. Artigos de higiene pessoal, lógico. Todo o resto eles podem buscar depois. Não. Não vão voltar ali. Vão mandar alguém pegar o restante.

Abre as gavetas da cômoda, pega roupas íntimas, meias, um conjunto de pijama e joga tudo na mala. O que mais? Precisa da bolsa de maternidade e dos itens básicos para King e Kamau também.

– Kamau, amor, pode vir aqui? – grita ela.

Vai pedir que ele mesmo guarde seus bichinhos de pelúcia e o que mais quiser na mala.

Kamau não responde. Cadê esse menino?

Ela corre para a porta do quarto e grita de novo.

– Kamau, cadê você? Responda!

Ela se lembra do sonho que teve após a ida ao Centro de Bem-Estar, aquele no qual procurava King ou Kamau, mas não conseguia encontrá-los.

Jasmyn chega ao topo da escada, segura o corrimão e grita com tanta força que sua garganta dói.

223

– Kamau, amor, onde você se enfiou?!

É quando ela ouve a música-tema do programa favorito de Kamau no último volume.

Ela quase cai de alívio. *Meu Deus.* Segura firme no corrimão, desce e vai até a sala da família.

Kamau está lá, são, salvo e tão feliz quanto possível, sentado no tapete com uma tigela de batatas chips à sua frente.

– Amor, não me ouviu chamando você? – pergunta Jasmyn, se esforçando para evitar o tom de pânico.

Ele baixa o volume da TV.

– Desculpe, mãe – diz e volta a ver o programa.

Jasmyn fica ali, observando Kamau. Ele está bem. É *lógico* que está bem. Por que ficou tão preocupada?

Ela então se senta no sofá e espera os batimentos cardíacos voltarem ao normal.

– Venha se sentar perto de mim, meu bem – pede.

Kamau se joga ao lado dela.

– Mãe, tá tudo bem?

Ele inclina a cabeça e ergue as sobrancelhas do jeito que King faz quando está preocupado.

– Sim – responde ela e beija sua testa.

Kamau se aproxima de Jasmyn e enfia outro punhado de batatas chips na boca, sujando a bochecha e o queixo de migalhas.

Ela sorri e o beija de novo. Ele está bem. Abraça-o e pensa na notícia de Mercy Simpson e na reação de Keisha. Seria possível que estivessem arrancando a negritude das pessoas? Mas não é possível arrancar a identidade das pessoas, certo? E, afinal, o que significaria perder a negritude?

Ela pensa em Rachel Dolezal, uma mulher branca que fingiu ser negra por anos. Usou penteados negros, maquiagem para escurecer a pele, foi presidente de uma unidade da Associação Nacional para o Progresso de Pessoas de Cor e professora universitária de estudos africanos e alegava ter sido vítima de racismo. Após ser revelado que Rachel tinha pais brancos, ela declarou ser "transnegra", disse que sua "essência fundamental" era negra, que se sentia negra por dentro e que sempre se sentiu esquisita sendo branca. Resumindo, ela era negra porque *disse* ser.

Jasmyn se lembra de ficar fascinada e ao mesmo tempo repugnada com

224

a história. Por que Dolezal fez o que fez? Foi por esporte, diversão, relevância cultural ou algum outro motivo? Como ela ousava brincar com a identidade negra, ainda mais quando bastava mudar o cabelo e a maquiagem para voltar a ser privilegiada? Em termos práticos, como ela ousava tirar empregos – de presidente de uma unidade da associação e de professora – de mulheres negras de verdade?

No entanto, o que talvez mais tenha deixado Jasmyn confusa foi o fato de a mulher ter conseguido enganar tantas pessoas por anos, sobretudo as negras. Jasmyn se lembra de rir de toda essa história com Tricia.

– Acredite – disse ela a Tricia –, eu teria sacado na hora. Negro é negro, e ponto-final.

Horas mais tarde, Jasmyn ainda não recebeu notícias de King. Onde ele poderia estar?

Jasmyn esquenta sobras de arroz frito para ela e Kamau, mas não consegue comer. Kamau pergunta se ela está bem umas cinquenta vezes. Ela garante que está.

– Mamãe só está cansada.

– Você podia ir ao lugar que o papai vai – sugere Kamau. – Ele sempre volta melhor.

Jasmyn fita Kamau, surpresa. Até ele sabe do Centro de Bem-Estar.

Sente o couro cabeludo pinicar, como se agulhinhas estivessem sendo pressionadas bem devagar em sua pele delicada. Lembra-se do grito que ouviu no Centro de Bem-Estar. Parecia que alguém estava sendo estripado.

Será que a mudança acontece no Centro de Bem-Estar? Eles estão fazendo lavagem cerebral nas pessoas lá? Tornando-as mais apáticas? Quem são "eles"? E como fazem isso? Seja lá o que *for*, pode ser desfeito?

Em quanto tempo isso vai começar a acontecer com King?

Uma pergunta sem resposta leva a outra pergunta sem resposta. Jasmyn dá um tapa na mesa, frustrada.

Kamau para de mastigar e a encara de olhos arregalados.

– Desculpe, amor. Desculpe.

– Por que você não está comendo?

– Estou comendo – responde ela e força uma colherada de arroz goela abaixo.

Um pensamento horrível ocorre a Jasmyn. Ela se lembra de um daqueles

225

memes sobre viver o momento que a deixou abalada: *Viva o agora porque nunca se sabe quando você fará algo pela última vez.* O abraço que você está dando pode ser o último. O *eu te amo* que está dizendo pode ser o último. A refeição que está comendo. A pessoa só percebe que deveria ter dado um abraço mais longo, dito *eu te amo* mais alto, quando é tarde demais.

– Te amo, meu bem – diz Jasmyn a Kamau.

Ele definitivamente cresceu alguns centímetros nos últimos meses. Ela se aproxima e inala o perfume do filho. Ele cheira a escola, a sabonete para as mãos, a canetas marca-texto, a sol, a suor e a si mesmo. Jasmyn beija a testa dele uma, duas, três vezes. Ele é uma criança tão boa, tão apegado à mãe... Ela ama o modo como ele fica ali, sentado, imóvel, e a deixa amá-lo. Beija a testa dele de novo. Diz a si mesma que este exato momento não é a última vez que vai dizer isso na vida.

– Também te amo, mãe.

Uma hora depois, King finalmente liga de volta. Jasmyn não pode dizer tudo que precisa, não pelo celular. Diz que eles têm que conversar. Quando King insiste, ela admite querer conversar mais sobre Keisha, Charles e suas mudanças.

King não responde nada por tanto tempo que ela acha que a ligação caiu, mas não.

– Tudo bem, amor – diz ele. – Chego em casa assim que puder. Enquanto isso, relaxe. Te amo.

– Também te amo.

Só ao fim da ligação ela percebe que se esqueceu de mencionar a morte de Mercy Simpson, e ele também.

Kamau está mais cansado que de costume, então ela começa a rotina de dormir dele – banho, duas histórias – mais cedo do que o normal. Ele pega no sono em tempo recorde.

Jasmyn volta ao próprio quarto e fita a mala meio cheia. Talvez não precisem partir hoje à noite. Imagina como seria acordar Kamau e correr com ele para o carro. Ele ficaria confuso e assustado. Além disso, ainda precisa explicar tudo a King e convencê-lo a ir embora. Fecha a mala. Não vão embora esta noite. Vão amanhã. No máximo até o fim de semana.

Ela desce, faz chá e segue para o escritório. Enquanto espera King, vai fazer o que deveria ter feito há meses: descobrir quem são seus vizinhos.

Não demora muito para encontrar o perfil de Angela Sayles no Instagram. Nada do que vê a surpreende. Fotos exóticas de viagens exóticas com Benjamin. Imagens da mansão enorme, descrições detalhadas de sua rotina de cuidados com a pele, advertências sobre a importância de passar protetor solar, usar esfoliantes e ter uma rotina de autocuidado. Mais fotos: recortes de seu perfil publicado em jornais, prêmios profissionais, selfies pós-cirurgias, ainda de avental. Jasmyn não acha um único post sobre justiça social, nem da época em que todo mundo estava falando das vidas negras e por que importam.

Jasmyn vai rolando o perfil de Angela até chegar ao primeiro post. É do dia em que ela e Benjamin se mudaram para Liberdade. Estão na frente da mansão deles, de braços erguidos e com sorrisos triunfantes. A legenda diz: *Conseguimos.*

Jasmyn se apoia na cadeira e esfrega a testa. Esperava ver como era a vida de Angela antes da mudança para Liberdade. Onde morava? Quem eram seus amigos? Ela sempre foi a mulher que Jasmyn conhece agora?

O perfil de Benjamin Sayles é bem similar ao da esposa, embora o dele inclua mais fotos de antes e depois de cirurgias plásticas dos clientes. Invariavelmente, nesses posts há um comentário do cliente com elogios a Benjamin e ao resultado dos procedimentos. Alguns posts se limitam a exaltar os benefícios da cirurgia plástica para a saúde mental. Por que ter uma aparência quando se pode ter outra, melhor? Assim como no Instagram de Angela, ele não faz nenhuma postagem relacionada a justiça social. Assim como o Instagram de Angela, o primeiro post é do dia em que se mudaram para Liberdade.

Jasmyn larga o celular na mesa. Que tipo de evidência está esperando encontrar? Evidência do quê, exatamente?

Jasmyn sente a nuca latejar de tanto ficar olhando para o celular. Fecha os olhos e estica o pescoço de um lado para outro, tentando aliviar a dor. Arregala os olhos com um pensamento sombrio: uma massagem cairia bem. Ela se estica, abre o notebook e digita *Angela Sayles* na barra de pesquisa.

Após uma hora clicando em links de várias mulheres chamadas Angela Sayles, ela encontra uma foto. De início, acha que a mulher na foto mal iluminada não é quem busca, mas algo na mulher é familiar. Jasmyn abre a foto e segue o rastro até uma página extinta de funcionários de uma clínica médica em Nova York. *Angela Sayles, residente*, diz a legenda. Provavelmente a foto está errada. A mulher na imagem lembra Angela Sayles, mas não pode *ser* ela. É a cor da pele que faz Jasmyn se chocar. A mulher da foto tem uma pele bem mais escura do que a Angela que conhece. A Angela que conhece passa no teste do saco de papel pardo. A mulher da foto nunca passaria.

Jasmyn coloca essa foto ao lado da selfie mais recente de Angela. É como se alguém tivesse esculpido a nova Angela a partir da velha. O nariz e os lábios, até o maxilar, estão mais finos. É óbvio que ela fez cirurgia plástica. É óbvio que as mudanças foram para deixá-la com estereótipo mais eurocêntrico. Essas mudanças por si só já são péssimas, mas o tamanho do ódio que Angela Sayles deve ter por si mesma, a ponto de clarear a pele, é espantoso. É assustador.

Jasmyn faz uma busca similar por Benjamin Sayles, mas o resultado é bem diferente do de Angela. Os perfis do Instagram de Catherine Vail e de Carlton Way são privados, e ao que parece eles não têm outra rede social.

Ela se lembra do jantar em casa. Keisha não tinha dito que Darlene e Asha – esposa de Charles – tinham feito cirurgia plástica e que o cirurgião fora Benjamin Sayles? O que significa o fato de todas terem feito o mesmo tipo de procedimento, do tipo que dá a elas traços eurocêntricos? Darlene e Asha não estão nem perto de ter a pele tão clara quanto Angela. E, pelo que se lembra da foto de casamento de Keisha, a cor da pele de Darlene não mudou.

De volta ao celular, Jasmyn encontra os perfis de Darlene e Asha no Instagram. São muito parecidos com o de Angela. Nenhum post de justiça social. Assim como o feed de Angela, não há postagens anteriores à mudança para Liberdade. É como se suas vidas antes de se mudarem não tivessem importância. Ou isso, ou elas estavam tentando esconder o passado.

Jasmyn tem a ideia de checar o feed de Keisha. Elas vêm interagindo pela plataforma desde que se tornaram amigas. Jasmyn até olhou posts de Keisha de anos atrás para ter uma noção melhor de quem ela era. Misturadas com as fotos normais de amigos, famílias e comida, Keisha tinha várias postagens sobre justiça social.

Jasmyn digita o nome de Keisha, mas hesita antes de buscar. Uma teoria impossível se forma em sua cabeça. No momento anterior à busca, há uma ordem no mundo. Há coisas que são possíveis e outras coisas que não são.

Ela busca. Quer descobrir em que mundo vive.

A página de Keisha foi expurgada.

Sumiram os posts com hashtags ligadas ao movimento negro.

Sumiram os chamados à luta, as fotos de punhos erguidos e as citações de Malcolm X, James Baldwin e Toni Morrison.

Sumiram os infográficos salientando as disparidades raciais.

Sumiram as fotos das vítimas mais recentes da brutalidade policial.

Restam apenas sete fotos. Seis são selfies exibindo o novo cabelo e as novas roupas. A mais antiga é de duas semanas atrás, quando voltou da viagem. Ela e Darlene estão de pé ao lado da placa BEM-VINDO A LIBERDADE, com sorrisos largos e radiantes.

Não é que Jasmyn precise de mais confirmação de que *algo* está acontecendo em Liberdade. A reação de Keisha à morte de Mercy Simpson foi suficiente. Mas agora ela tem algo tangível para mostrar a King. Não é uma evidência conclusiva, mas é o suficiente para ele perceber que estão em perigo real ali.

Jasmyn tenta se levantar, mas de repente sente falta de ar. Pressiona as palmas na mesa. Sua respiração está muito acelerada. Um ataque de pânico não é bom para ela nem para o bebê. Pousa a testa na mesa gelada e se força a controlar a respiração: inspira devagar pelo nariz e expira longa e lentamente pela boca. Ao respirar desse jeito, porém, ela se lembra de ioga ou meditação, o que a lembra de autocuidado e da estranha malevolência do Centro de Bem-Estar. Seus batimentos aceleram de novo. Ela se força a pensar em outras coisas, mas só consegue visualizar Kamau há pouco perguntando se ela estava bem. Por fim, Jasmyn imagina King garantindo que tudo vai ficar bem.

Passam-se alguns minutos até Jasmyn se acalmar o bastante para conseguir se levantar e se aprontar para a cama. Arrasta a mala para o chão e se enfia nas cobertas. Por mais exausta que esteja, o sono não chega. Ela se sente esgotada e em alerta máximo ao mesmo tempo, como se tivesse acabado de acordar de um pesadelo. Liga o abajur com a iluminação no mínimo, se apoia nos travesseiros e espera King chegar em casa. Juntos, eles vão pensar no que fazer.

2

Jasmyn ainda está acordada quando King enfim chega em casa.

Ele beija a testa dela.

– Ainda está acordada – diz.

– Temos que sair de Liberdade – declara ela. – Amanhã de manhã, posso encontrar um imóvel para alugar e uma transportadora. Podemos ir embora daqui antes do fim do dia.

King se senta na beira da cama e apoia a cabeça nas mãos.

– Vamos voltar nisso de novo, amor? Foi por isso que me ligou hoje?

– Só me escute. Descobri umas coisas.

– Amor, estou cansado.

Jasmyn olha o relógio: 22h50. Mas não pode se preocupar com isso agora. Quem sabe quanto tempo restante eles têm?

Ela se aproxima e põe a mão no ombro de King.

Ele a afasta e mantém a cabeça entre as mãos.

– Por que está tão irritado? – pergunta Jasmyn.

Leva alguns segundos para ele responder:

– Por que estou irritado? Você quer me manter acordado porque o cabelo de Keisha não é negro o suficiente pra você. Acha que não vi a mala no canto? Você quer tirar nosso filho da escola que ele ama, quer tirar a gente desta casa e deste bairro pelos quais me matei de trabalhar. Tudo isso por quê?

– Me deixe mostrar o que descobri – pede Jasmyn, pegando o celular. – Estou dizendo que é mais do que cabelo...

King se levanta de repente e se vira para encará-la.

– Porra nenhuma – solta. – Você quer tirar a carteirinha de negra da coitada por causa de uma porra de alisamento.

Jasmyn fica boquiaberta. Pode contar em uma das mãos quantas vezes King falou palavrão com ela. Encara o marido. Nos olhos dele, vê algo severo e distante, algo que não se vê capaz de suavizar ou sequer de alcançar. Passou a noite toda pensando que eles precisavam sair de Liberdade *antes* que fosse tarde demais.

Mas e se *já* for tarde demais?

Ele não é um caso tão perdido quanto Charles e Keisha, mas e se essa reação desproporcional for um sinal de que está mudando?

King esfrega a mão no rosto e fecha os olhos.

– Desculpe, amor. Me perdoe – pede King. – Estou exausto, só isso. – Ele se senta de novo na cama. – O que queria me mostrar?

Jasmyn observa o rosto de King. A distância se foi, mas ele ainda parece esgotado.

– Pode esperar até de manhã – responde ela, mesmo que já esteja reconsiderando a decisão de passar a noite ali.

O que Jasmyn quer mesmo é que eles terminem de arrumar a mala juntos, peguem Kamau, saiam de fininho de Liberdade e não olhem para trás.

– Pode esperar – repete ela.

Quando Jasmyn toca o ombro de King de novo, ele não se retrai.

– Me perdoa mesmo?

– Lógico – responde ela. – Conversamos amanhã de manhã.

———

Mas não há tempo na manhã seguinte. Enquanto Jasmyn ainda está no banho, King avisa que tem uma emergência no trabalho e precisa ir correndo.

– Chego em casa cedo para a gente conversar – diz ele.

– Me promete? – pede Jasmyn, e ele promete.

Quando ela sai do banho, vê que ele escreveu *eu te amo* na condensação do espelho do armário.

– Também te amo.

A partir de então, o dia de Jasmyn vai ladeira abaixo. A caminho da escola, Kamau reclama de dor no estômago. Ela o leva mesmo assim, torcendo para que passe. Não passa. No meio da manhã, a escola liga e pede que ela vá pegá-lo. Kamau vomitou e está com uma febre baixa. Mas Jasmyn tem compromisso no tribunal, então King vai buscá-lo e cuida dele em casa pelo resto do dia. Para Jasmyn, uma vantagem dessa folga inesperada é que ela tem certeza de que ele estará em casa mais tarde para conversarem.

Ela almoça no escritório e lê as notícias. Depois de tudo que descobriu sobre Angela e Keisha e de brigar com King, quase se esqueceu de Mercy Simpson. Na noite anterior, o governador impôs toque de recolher e convocou a Guarda Nacional. Segundo ele, a guarda ficaria nas ruas, "para garantir a paz". Jasmyn olha as redes sociais para ver o que perdeu. Tem um vídeo de um grupo de manifestantes de preto, como em um funeral, carregando um caixão infantil até os degraus da entrada da prefeitura. Tem uma foto de um grupo de mulheres com cartazes implorando POR FAVOR, PAREM DE MATAR NOSSOS BEBÊS. Outros são mais desafiadores: OLHO POR OLHO, DENTE POR DENTE. Por mais de uma vez ela chora na mesa enquanto lê as matérias.

Uma hora antes do compromisso, Jasmyn decide olhar o Instagram de Keisha outra vez. Por algum milagre, talvez o perfil dela estivesse com alguma falha técnica. Jasmyn se dá conta de que esse pensamento não passa de uma fantasia. Ainda assim, ao ver apenas as sete fotos de Keisha, ela sente um calafrio lento e sombrio serpentear por sua coluna. Fica de pé, veste o blazer e tenta afastar a inquietação, mas ela a envolve como uma mortalha. Tem muitas perguntas sem respostas. Por que Keisha apagaria as fotos antigas, como se a vida antes de Liberdade não existisse? O que aconteceria se um dia Keisha saísse de Liberdade?

As pessoas *saem* de Liberdade?

Um pensamento lhe ocorre: quando visitaram a casa pela primeira vez, a corretora tinha mencionado que eles eram a segunda família a morar ali. Na época Jasmyn achou estranho a família anterior ter ficado em Liberdade por menos de um ano. E se eles saíram de lá pela mesma razão que está fazendo Jasmyn querer sair agora? E se eles notaram os mesmos tipos de mudanças? E se saíram para evitar que acontecesse com eles? Ela precisa encontrar essa família, falar com eles. Talvez confirmem que ela não está imaginando coisas, que tem motivo para sentir medo.

Jasmyn encontra o número da corretora e liga.

– Sra. Williams, como posso ajudar? Você e seu marido estão prontos para fazer uma oferta pela mansão em Beverly Hills?

Jasmyn fica confusa.

– Do que está falando? Que mansão?

A mulher não responde nada por dois segundos inteiros.

– Desculpe, Sra. Williams. Estou vendo aqui que peguei a ficha de outra família.

– Tem certeza? – pergunta Jasmyn, fitando o celular.

Ela percebe um tom de pânico na voz da mulher.

– Absoluta – responde a corretora. – Cometi um erro, só isso.

Jasmyn pressiona uma mão no peito e respira fundo antes de continuar:

– Escute, estou ligando porque quero entrar em contato com os donos anteriores da minha casa.

– Por que quer falar com eles?

Jasmyn acha a franqueza da pergunta estranha, até suspeita. Está sendo paranoica? Decide pressionar.

– Só estou curiosa para saber por que saíram daqui em menos de um ano.

A corretora faz uma pausa longa demais, então responde:

– Infelizmente, a mãe da esposa foi diagnosticada com câncer e eles quiseram se mudar para perto dela. Na verdade, encontrei uma bela casa nova de onde eles podiam visitá-la a pé.

Jasmyn sabe que está ouvindo uma mentira, mas *por que* está ouvindo uma mentira? O que a corretora está escondendo e por quê?

– Obrigada – agradece Jasmyn, evitando o tom de ceticismo. – Ainda assim, eu gostaria de falar com eles, se não tiver problema.

– Infelizmente, por questões de privacidade, não posso dar o nome e o número deles – declara a mulher. – Se me disser do que se trata, ficarei feliz em repassar suas perguntas.

Por que a corretora não se oferece para passar o telefone de Jasmyn e deixar a cargo da outra família escolher se quer entrar em contato?

– Deixe pra lá – diz Jasmyn, agradece e desliga antes que a mulher possa responder.

Há mais de um jeito de conseguir a informação de que precisa. Ela liga para um policial amigo – um dos poucos em quem confia –, que a encaminha para um detetive particular que a polícia costuma contratar para resolver casos. Ela teve um contato pessoal com ele: homem branco, de meia-idade e ainda mais desconfiado de gente do que a maioria dos policiais que Jasmyn tinha conhecido.

Um pouco antes de ela entrar no tribunal, ele retorna a ligação. Jasmyn passa todas as informações que tem. As pessoas que procura moravam em Liberdade e se mudaram de lá há menos de um ano. Ela menciona que a corretora disse que a mãe da mulher estava doente, por isso sua tarefa foi encontrar um novo imóvel para a família. Diz o nome da corretora e acrescenta que suspeita que ela estava mentindo.

– Todo mundo mente – responde o detetive. – Isso é assunto oficial do condado?

– Não, é particular – explica Jasmyn e pede que ele ligue assim que souber de algo.

No tribunal, seu cliente não aparece. O juiz adiciona *Ausência em juízo* à lista de acusações e emite um mandado de prisão. Nos degraus da entrada do fórum, ela se apoia numa coluna e para um minuto para engolir a decepção. O mais frustrante é que Jasmyn tem certeza de que teria conseguido livrar o rapaz. A evidência contra ele era no mínimo circunstancial. Mas agora é quase certo que cumpra pena e entre no sistema para sempre.

O detetive liga de volta às quatro da tarde.

– Tenho algumas informações preliminares pra você.

– Pode falar – responde Jasmyn.

Ele a coloca no viva-voz. Jasmyn ouve o eco da própria voz.

– Marido e mulher. Três filhos, todos meninos. Ele é advogado. Ela é dona de casa. Se chamam Clive e Tanya Johnson.

O detetive continua falando, mas Jasmyn não ouve mais nada depois de *Clive e Tanya Johnson*. Não é o casal que ajudou a fundar a unidade do VNI de Liberdade?

Ela percorre as mensagens com Keisha. Sim, ali está. Clive e Tanya Johnson. Fundaram a unidade juntos.

Jasmyn volta a prestar atenção e ouve o detetive perguntar se ela gostaria de ver fotos da família.

– Quero, por favor – responde. – Sabe para onde se mudaram?

– Bem, agora que fica estranho. Não consigo achar nenhum deles.

– Não entendo.

– Somos dois, irmã – diz ele.

Jasmyn aperta o nariz e segura a vontade de dizer que não é sua irmã.

– É muito esquisito – comenta ele. – É como se tivessem desaparecido. E, antes que pergunte, não estão mortos. Ou, se estão, não morreram no estado da Califórnia.

– Imagino que eles possam ter saído do estado ou se mudado para outro continente – sugere Jasmyn, esfregando a testa.

Mas seriam muitas mudanças – mudanças até demais – para uma família em dois anos. Não faz sentido.

– Não encontrei evidências de mudança. Mas tem uma coisa que preciso mencionar. A corretora. Ela disse que encontrou uma casa nova para os Johnson depois que se mudaram de Liberdade, certo?

– Isso mesmo.

– Eu pesquisei todos os registros em que ela é listada como responsável por compras e por vendas. Acho que encontrei a casa que ela vendeu para eles. E é aqui que a história fica ainda mais estranha: os Johnson nunca se mudaram para lá.

– Como assim?

– Até onde consegui apurar, a casa ficou vazia por uns dois meses, então outra família, não os Johnson, se mudou. Marido, esposa e três filhos.

Ela está prestes a pedir os nomes das pessoas quando sente uma contração violenta. Grita, mais de surpresa do que de dor. Está com 37 semanas, mas ainda são duas semanas mais cedo do que Kamau. Em vez de respirar durante a contração, como deveria, ela se segura na beira da mesa e cerra a boca. Quando a contração passa, Jasmyn acaricia a barriga. *Olá, menininho*, pensa. *Está se preparando pra sair?* Se esse parto for parecido com o de Kamau, vai demorar bastante até ele ficar verdadeiramente pronto para chegar ao mundo. Ela acaricia a barriga em pequenos círculos. *A mamãe tem que cuidar de umas coisas. Dê só mais um tempinho para ela.*

– Você está bem? – pergunta o detetive.

Fica nítido que ele já perguntou algumas vezes.

– Estou bem – responde Jasmyn. – Pode me enviar os nomes e o endereço?

– Sem problemas.

Segundos depois, a notificação toca em seu celular.

– Então, quer que eu continue tentando encontrar os Johnson?

– Sim. Por favor.

– Não tem chance de eles estarem num programa de proteção a testemunhas ou algo assim, certo?

Jasmyn hesita. Seria possível?

– Acho que não.

– Desculpe perguntar, mas por que está procurando por eles?

Nenhuma resposta que ela possa dar fará sentido, então Jasmyn apenas pede a ele que ligue assim que descobrir algo.

Ela abre a primeira mensagem do detetive e olha a foto dos Johnson. Os cinco estão bem-vestidos e parecem posar para um retrato de família. Lembram uma típica família negra jovem. Tanya Johnson tem o rosto arredondado, tranças curtas e um sorriso bonito. Clive Johnson tem o rosto barbeado, é careca e magro. Seu sorriso é tão bonito quanto o da esposa. As crianças exibem um sorriso largo. Jasmyn sempre quis fazer um desses retratos com King e Kamau.

A segunda mensagem tem os nomes da família que se mudou para a casa que os Johnson supostamente compraram ao sair de Liberdade. Brandon e Jessica Wainwright. Eles têm três filhos. Não há foto de família.

O detetive perguntou se eles poderiam estar num programa de proteção a testemunhas. Será que os Johnson e os Wainwright são a mesma família? Não que os Johnson estejam mesmo num programa de proteção a testemunhas, mas e se eles mudaram de nome, se esconderam?

E se não querem ser encontrados?

Se for o caso, será que é pela razão que Jasmyn cogitou? Será que é porque eles descobriram algo de errado em Liberdade? Se é isso, do que estão com tanto medo? O que os faria chegar ao extremo de se esconder?

Jasmyn busca o endereço da casa no celular. É um trajeto de 45 minutos de carro. Se sair agora, talvez ela consiga encontrar alguém em casa. Talvez, se conseguir convencê-los de que está a seu lado, eles lhe contem a verdade.

Ela fecha o notebook e enfia o celular na bolsa. Antes de sair, pega a foto de King e Kamau que mantém na mesa. É uma de suas favoritas. Kamau tem 8 ou 9 meses e está só de fralda. King o ergue acima da cabeça e sopra a barriga do menino. Se Jasmyn se concentrar, ainda consegue ouvir as gargalhadas indefesas de Kamau. O amor tem um som, e é o som de seu filho rindo.

Jasmyn não gosta de mentir para King, mas avisa que precisa trabalhar até tarde. Se as coisas correrem do jeito que deseja, vai ter provas de tudo que vem dizendo, e ele a perdoará por essa mentirinha inocente.

3

Jasmyn levou o dobro do tempo que imaginava para chegar. Em antecipação a mais protestos, as ruas principais tinham sido bloqueadas, obrigando-a a pegar vários desvios. Ela nunca tinha visto tantas viaturas, escutado tantas sirenes na vida. Muitas pessoas negras seriam feridas e presas naquela noite.

No rádio, o prefeito e o governador deram uma coletiva juntos. O governador adiantou o toque de recolher em uma hora, para nove da noite, na maioria dos condados.

No momento, Jasmyn está no carro, batendo as mãos no volante, querendo que o sinal vermelho fique verde. Precisa encontrar os Johnson/ Wainwright, falar com eles, então voltar para casa e falar com King a fim de convencê-lo de que precisam ir embora de Liberdade. Tudo de que não precisa é ficar presa no trânsito no meio da violência policial que inevitavelmente vai irromper numa noite como esta. O sinal fica verde e, felizmente, ela não se depara com nenhum outro desvio.

Chega a uma área emergente ao sul de Wilshire Boulevard, no bairro de Miracle Mile. As ruas têm quebra-molas e placas em que se lê DIRIJA COMO SE SEUS FILHOS MORASSEM AQUI. As casas são mais antigas, porém bem conservadas e construídas no estilo espanhol, com telhados de tijolo vermelho e arcadas. Ela vê duas famílias brancas jovens e uma negra passeando.

Passa de carro pelo endereço. Em vez de estacionar na frente, para meio quarteirão depois, do outro lado da rua.

Sente uma contração, essa mais fraca que a anterior. Olha o relógio. Uma hora entre elas. Chegou mesmo o momento de se aprontar para dar entrada na maternidade, mas precisa falar com os Johnson/Wainwright. Uma hora entre as contrações ainda lhe dá tempo suficiente.

Na caminhada do carro até a casa, ela monta uma estratégia. Primeiro, vai explicar quem é e onde mora. Talvez a simples menção a Liberdade provoque uma reação na pessoa com quem estiver conversando. Dependendo da reação, ela vai decidir o que fazer.

Jasmyn toca a campainha.

A mulher que abre a porta é branca. Segura um bebê, também branco, junto ao quadril.

Jasmyn engole a decepção. Sabia que a teoria de os Johnson e os Wainwright serem as mesmas pessoas era improvável, mas torceu para estar certa. Torceu para que houvesse respostas a serem encontradas ali.

– Olá – diz a mulher. – Posso ajudar?

Jasmyn observa o interior da casa. Consegue ouvir meninos rindo. Acima da lareira, vê um retrato de família. Parecem uma família branca típica.

– Desculpe – responde Jasmyn. – Acho que estou na casa errada. Estava procurando Tanya Johnson.

A mulher sorri.

– Está no lugar certo. Eu sou Tanya Johnson.

De início, Jasmyn acha que cometeu um erro e disse o nome errado. Olha o celular. Falou certo. Tanya Johnson é o nome da mulher negra que morava na sua casa em Liberdade. Ela e o marido fundaram a unidade do VNI.

Jasmyn ergue o olhar do celular.

A mulher recua com uma expressão de pavor.

– Quer dizer, sou Jessica Wainwright. Você está na casa errada.

Dá outro passo para trás e fecha a porta na cara de Jasmyn.

Ela olha do celular para a porta agora fechada, tentando compreender o que aconteceu.

Outra contração. A bolsa se rompe.

Ela se curva e respira, ofegante, enquanto grunhe de dor. O fluido quente e pegajoso se acumula em sua calcinha, escorre pelas coxas. Ela quer tocar a campainha de novo, pedir para usar o banheiro da mulher e se limpar. Mas não é uma boa ideia. No fundo, sabe que não pode confiar na mulher. A mulher que pode ou não ser Tanya Johnson.

Precisa ir para casa, para King e Kamau. Precisa salvar os dois e o bebê.

Ela dá meia-volta e se afasta o mais rápido que consegue da porta de Tanya Johnson/Jessica Wainwright. A cada passo que dá, mais líquido escorre por suas coxas, mas ela não se deixa desacelerar.

Quando chega à porta do carro, o líquido já está nos calcanhares. Assim que se sentar, vai lambuzar o banco. Torce para não manchar. Mas, mesmo que manche, provavelmente dá para limpar. Jasmyn tira o blazer e forra o banco do motorista.

Em algum lugar de sua cabeça, Jasmyn sabe que seus pensamentos não estão fazendo sentido, só que é mais fácil pensar em questões práticas – como se limpar, como limpar o carro – do que naquilo que acabou de acontecer.

O que aconteceu?

A mente de Jasmyn se afasta da verdade como se ela fosse a ponta de uma espada.

Certas coisas são cruéis demais para serem sequer contempladas.

Mas ela não tem o direito de desviar o olhar, não disso.

Quando Tanya e Clive Johnson e seus três meninos moravam na casa de Jasmyn em Liberdade, eram negros.

Agora são brancos.

Essa é a verdade impossível.

E *é* impossível. Uma pessoa negra não pode ficar branca. Não existe cirurgia plástica para isso. E implicaria muito mais do que cirurgia plástica.

Não é possível. Exceto que, obviamente, é, sim.

Jasmyn pensa no retrato de família acima da lareira. Até as crianças são brancas. O bebê que a mulher segurava, com cabelo louro e olhos azul--claros, é branco.

Sente outra contração e apoia a cabeça no volante.

Como isso funciona? Seus instintos lhe dizem que todos do Centro de Bem-Estar estão envolvidos. Carlton Way, os Sayles, Catherine Vail e Nina Marks. Sua mente de advogada precisa juntar todas as peças desse esquema traiçoeiro.

Mas, por ora, ela precisa tirar King e Kamau de Liberdade.

Jasmyn liga o motor, mas não sai do lugar. Não é seguro dirigir em sua condição. Não a física, mas a mental. Fecha os olhos, inspira o máximo de ar que consegue e expira. Liga o rádio na sua estação de jazz favorita. Outra inspiração profunda e lenta. Outra expiração profunda e lenta. Mais uma vez, e ela conseguirá ir embora.

Abre os olhos e vê um homem branco irritado a encarando da janela do motorista.

O homem – será Clive Johnson/Brandon Wainwright? – soca a janela do carro com a lateral do punho.

– Quem é você? Por que atacou minha mulher?

Jasmyn grita e tenta arrancar. Em meio ao pânico, ela se esquece de desengatar o freio de mão.

Clive/Brandon soca a janela de novo.

– Chamei a polícia. – Outro soco na janela. – Você vai pra cadeia.

Jasmyn grita de novo. Coloca o carro em marcha a ré e pisa no acelerador. Por um breve instante, agradece a Deus por não ter outros automóveis estacionados atrás. Meio quarteirão depois, a rua dá num beco sem saída, forçando-a a dar meia-volta. Clive/Brandon corre em direção ao carro, fazendo Jasmyn subir a calçada para evitar atingi-lo.

Do outro lado da rua, Tanya/Jessica não está irritada ou gesticulando como o marido. Observa Jasmyn com uma calma firme. Todo o pavor sumiu de seu rosto. Ela está no celular. E a intuição de Jasmyn diz que, seja lá para quem a mulher está ligando, é alguém mais assustador que a polícia.

4

A noite é um caos de sons. Helicópteros da polícia, sirenes e gritos distantes de manifestantes. A maioria dos estabelecimentos está fechada com tábuas, que servem tanto de proteção quanto de lugar para os manifestantes se expressarem. Ao longo do trajeto Jasmyn vê várias pichações com os dizeres *Vidas negras importam, Descanse em paz, Mercy,* além de *#digaonomedela* e *#mercysimpson.* Em dado momento, passa por um mural muito mal pintado de Mercy com asas de anjo.

Devido ao fechamento das ruas, o GPS do carro já fez Jasmyn pegar quatro desvios. Por que justo esta noite?

Ela ligou para King três vezes. Está caindo na caixa postal. Todas as vezes, ela deixa uma mensagem do tipo: "Amor, sou eu. Onde você está? Escute, preciso te contar uma coisa que aconteceu. E minha bolsa estourou. Me ligue quando ouvir."

Ela liga para o telefone de casa e deixa a mesma mensagem. Cadê King? Ele devia estar em casa cuidando de Kamau.

Uma notificação de mensagem aparece na tela do carro. É de King. Jasmyn toca no ícone para escutar.

Oi, amor, Kamau está se sentindo melhor. Estamos no Centro de Bem-Estar. Por que não nos encontra aqui?

Não. Não. Não. Ele não deve ter ouvido as mensagens.

Ela liga de volta, só que, mais uma vez, o celular dele dá direto na caixa postal.

Sente outra contração enquanto estaciona na entrada da garagem de casa. São vinte minutos entre as contrações. Então se lembra de ter ouvido que às vezes os segundos filhos chegam mais rápido que os primeiros.

– Aguente só mais um pouquinho pela mamãe, meu bem – pede.

Exceto pela luz da varanda, a casa está completamente escura.

Jasmyn entra, se limpa e pega a bolsa de maternidade no armário do quarto.

Liga para King de novo. Nada.

Volta para o carro e usa as duas mãos para agarrar o volante com força, ciente de que não tem escolha quanto ao próximo destino.

Um caminhão passa na rua e, por um breve instante, lança um feixe de luz em Jasmyn. Ela é tomada pela mesma sensação apavorante que teve no ano passado ao ser parada pelo policial branco: de que a direção de sua vida não está nas próprias mãos. Talvez nunca tenha estado.

Jasmyn liga o carro e começa o longo trajeto colina acima em direção ao Centro de Bem-Estar.

5

Jasmyn os avista assim que o carro chega ao alto da colina. Estão lado a lado em fileira única entre as duas colunas brancas da entrada do Centro de Bem-Estar. Todos a aguardam.

Carlton Way, Nina Marks, Catherine Vail. Angela e Benjamin Sayles. A esposa de Keisha, Darlene, e a esposa de Charles, Asha.

E Kingston Williams.

King caminha até o carro com a mão estendida. Mesmo com as janelas fechadas, o barulho estridente dos sapatos esmagando o cascalho é muito alto.

– Abra, amor – pede King.

Parte dela está gritando, outra tem certeza de que existe uma explicação para King estar ali com aquelas pessoas.

Jasmyn abre a porta.

– Cadê o Kamau? – pergunta, com a voz tão baixa que mal se ouve.

– Não se preocupe, amor. Ele está seguro.

– Seguro – repete Jasmyn.

O que ele pode querer dizer com isso? Lógico que Kamau não está seguro. Nenhum deles está. Os outros estão ali. Os outros que...

Jasmyn sente mais uma contração, ainda mais forte que a anterior. Joga a cabeça para trás no apoio do banco.

King pega a mão dela.

– Lembre como fazemos. Respire, amor. Só respire.

Jasmyn percebe a movimentação lá fora. As portas do Centro de Bem-

–Estar se abrindo. Os outros entrando. Um homem que nunca viu empurrando uma cadeira de rodas até o carro.

Ela e King respiram juntos até a contração passar.

– Vamos levar você para dentro – diz ele no ouvido dela.

Jasmyn vira a cabeça para ele.

– Cadê o Kamau? Quero meu filho.

– Ele está lá dentro, meu bem – responde King. – Entre comigo.

Jasmyn observa o rosto de King e tenta discernir a verdade. King a ama. Ela sente isso profundamente. Ele ama a família que tem. Existe uma explicação para tudo isso. Algo diferente do que ela acha que está acontecendo. King nunca a machucaria.

Jasmyn permite que ele a ajude a sair do carro e se senta na cadeira de rodas. Estão a meio caminho da porta quando ela se vira e o encara. Ele está chorando. Ela o viu chorar duas vezes apenas: quando ele lhe contou o que aconteceu com o irmão e quando Kamau nasceu.

– Eu quero o Kamau – sussurra ela.

– Prometo que ele está bem – responde King, mas sua voz falha no *prometo*.

King empurra a cadeira através das portas brancas e douradas altas da entrada principal do spa, pelo labirinto de corredores e pelas salas que Jasmyn viu na visita ao lugar. O ar está impregnado com aromas de lavanda, ozônio e despreocupação. Eles chegam à porta de madeira clara onde ela ouviu o grito horrível da última vez que esteve ali. Da única vez que esteve ali.

Jasmyn tenta tirar os pés da cadeira e colocá-los no chão para se levantar, mas eles estão presos por abraçadeiras. Vira-se para King.

– Me deixe sair desta cadeira.

Ela tenta falar em tom de ordem, mas o medo paralisante faz a voz sair fraca e baixa.

King não responde. Digita um código no painel de segurança e a empurra pela porta.

É um quarto de hospital.

Jasmyn geme baixo quando seus olhos absorvem tudo. A maca. O suporte de intravenosa. Os tanques de oxigênio. Os equipamentos médicos cujos nomes não sabe. Os frascos azuis de conta-gotas de remédio. A água Despertar. Os difusores instalados na parede. O cheiro de lavanda no ar.

Jasmyn agarra os braços da cadeira e faz força para se erguer.

– Me deixe sair – fala de novo, num tom de voz tão inseguro quanto antes.

King para de empurrar a cadeira e caminha até a frente dela.

Jasmyn o encara com lágrimas nos olhos. King mantém uma expressão solene e tranquila.

– King, me fale o que está acontecendo – implora ela.

– Amor, você já sabe.

Jasmyn fecha os olhos.

– Estão fazendo as pessoas se tornarem brancas – diz ela.

King a espera reabrir os olhos antes de responder:

– Isso mesmo.

Jasmyn quase morreu afogada certa vez. Foi numa das poucas ocasiões em que sua mãe a levou à praia em Santa Monica. Ela ficou com muito medo; não conseguia colocar ar suficiente nos pulmões nem para gritar. Inexplicavelmente, tentou se agarrar à água para se levantar. É assim que se sente agora: como se não conseguisse se erguer, como se tentasse se agarrar à mesma coisa que está tentando matá-la.

King cai de joelhos na frente dela. Seus olhos estão cheios de amor.

– Não vai ser tão ruim – diz ele. – E você não vai se lembrar de nada de antes.

– Não – responde ela, engasgada, com a sensação de que levou um chute no peito, como se não tivesse mais ar. – Não, você nunca faria isso. Não comigo. Não com a gente.

Mas, ao encará-lo, Jasmyn enxerga a verdade. A dor apavorante em seu peito *sabe* a verdade.

– Você planejou isso – afirma. – Por isso nos mudamos para Liberdade para começo de conversa.

Dói falar. Cada palavra é uma ferida nova que se abre.

– Sim – confirma King.

– Você sabia o que estava acontecendo com a Keisha e o Charles.

– Chamamos de "apaziguamento". São necessários alguns meses bebendo água Despertar e usando difusores de lavanda até preparar o corpo para o processo final.

Keisha estava certa, no fim das contas. *Tinha* algo na água. No ar.

Jasmyn fica confusa.

245

– Mas você não queria que eu bebesse...

– Por causa do bebê – explica King. – Nunca demos a uma grávida antes. Decidimos esperar o bebê nascer, mas você descobriu antes. – Ele sorri. – Você sempre foi muito inteligente.

Isso não é real. Ela vai acordar em breve e contar a King do sonho terrível que teve, e ele vai beijar sua testa e confortá-la até ficar tudo bem.

Jasmyn baixa a cabeça, cerra os olhos. Sabe que King está falando, explicando algo. Está dizendo a ela que uma pessoa em cada família é a Responsável. Darlene é a Responsável por Keisha. Asha, por Charles. Tanya Johnson, por Clive Johnson.

– E eu sou o seu – diz ele. – O Responsável é como um guia, que ajuda o parceiro a dar os passos...

De repente ela ergue a cabeça e abre os olhos.

– Como pode se considerar um *guia* se o parceiro não sabe que está sendo guiado?

Ele recebe o argumento com um sorriso fraco.

– Sei que é um choque – responde com a voz gentil.

Lágrimas escorrem pelo rosto de Jasmyn.

– Não entendo. Você não faria isso.

– Amor, não consegue ver que estou fazendo isso por você?

Como é possível sentir tanta dor e ainda estar viva?

– Não quero – diz ela, se engasgando com as palavras.

Ele põe as mãos nos braços da cadeira de rodas.

– Só me deixe explicar. Me deixe ajudar a entender – pede ele. – Quando acaba o apaziguamento, partimos para o apagamento. Depois, a família toda passa pelas cirurgias até se transformar. Ao final, todos são realocados com novas identidades.

Jasmyn tem a sensação de que está tentando respirar água em vez de ar.

– Vai fazer isso com o Kamau? Com nosso lindo menino?

King também está chorando. Por incrível que pareça, Jasmyn consegue sentir o quanto ele a ama. O quanto *acha* que a ama.

Ele encosta as mãos no rosto dela. E a verdade terrível é que Jasmyn se apoia na palma dele – seu corpo ainda não compreende que não vai mais encontrar conforto ou segurança nos braços de King.

– A gente vem preparando o Kamau para isso. Ele ficou meio doente algumas vezes, mas nosso menino é forte. Superou.

Jasmyn afasta o rosto das mãos dele. A raiva ardente queima sua tristeza temerosa. Ela dá um tapa na cara de King. Com força. Sua mão fica molhada das lágrimas dele.

King se endireita e esfrega a bochecha. Não parece bravo. Só triste.

– Não queria que fosse assim – diz ele. – Estava torcendo para que você mudasse de ideia por conta própria.

Jasmyn balança a cabeça.

– Me diga que é mentira. Me diga que não fez experimentos com o nosso bebê – pede ela, a voz baixa e carregada.

Isso não é real. O que está acontecendo não pode ser real. King nunca a trairia, nunca trairia assim o casamento deles e todo o amor que compartilhavam. Nunca faria mal a ela, ou ao bebê, ou a Kamau. Nunca os colocaria em perigo. Ele os protege. É tudo que sempre fez.

Jasmyn revê a vida inteira deles juntos. A noite em que se conheceram no bar, quando King lhe deu uma cantada brega. A segunda vez que fizeram amor, e não a primeira. O casamento. Os votos que escreveram e pronunciaram no cartório, depois o choro copioso ao ver como foram sortudos por se encontrar. A noite em que Kamau nasceu e em que ela entendeu como o amor pode ser avassalador.

– Amor. A gente se ama. Você me ama. Não faça isso – implora Jasmyn.

A tristeza de King se transforma em determinação. Ele para de esfregar o rosto.

– Como falei, você não vai se lembrar. Ele também não vai.

– E você? – pergunta Jasmyn, com a voz embargada. – Vai se lembrar?

– Nós, Responsáveis, sofremos apenas as mudanças físicas. Mantemos as lembranças. É preciso, para o caso de algo dar errado. – Ele ergue os ombros de leve. – É um pequeno sacrifício por tudo que estamos ganhando em troca.

Atrás dela, uma porta se abre. King se ergue e vira a cadeira para que ela possa ver.

São os outros. Pelo menos alguns deles. Carlton Way é o primeiro, seguido por Angela e Benjamin Sayles, Catherine Vail e Nina Marks. Todos estão usando roupas cirúrgicas.

Jasmyn é tomada por puro terror. Tenta se levantar, mas King coloca as mãos com firmeza nos ombros dela. Não vai deixá-la sair.

Ela o encara. Precisa fazê-lo recobrar o juízo de alguma forma.

– Não dá para apagar a negritude. É mais do que a cor da pele. É quem sou. Está em meu sangue. Na minha cultura. Minha memória.

Mas ela sabe que está errada. De alguma forma, eles descobriram como apagar tudo. Clive e Tanya Johnson são evidências disso.

Nina Marks é quem responde:

– Parte de se tornar branco é cosmético, sem dúvida. Mas não se resume a isso. É fazer um corte cuidadoso para eliminar a história.

Jasmyn tapa a boca com uma das mãos e agarra a própria garganta com a outra.

Meu Deus! O que ela fez?

Ela se lembra das horas que passou usando o dispositivo de Nina Marks para registrar todos os traumas. Recorda que ela era neurocirurgiã. Conclui que lhe deu um mapa preciso do próprio cérebro, um guia que pode ser usado para invadir suas raízes, destruir suas bases.

O resto do esquema se completa na mente de Jasmyn. Angela Sayles é especialista em enxerto de pele em vítimas de queimaduras. Benjamin Sayles, em cirurgia plástica reconstrutiva. Catherine Vail, em dicção.

Carlton Way diz:

– Você conhece a sua história, então sabe que no passado as pessoas negras de pele mais clara se passavam por brancas. A primeira vez que ouvi falar disso, não consegui entender. Quer dizer, é óbvio que eu entendia *por que* uma pessoa faria isso se pudesse. O que eu não conseguia entender era o que *exatamente* fazia essas pessoas serem negras. Bem, se a pele dela era clara o bastante para ela parecer branca e ser considerada branca, o que a tornava negra? Passei minha vida toda pensando nisso. Eu tinha 15 anos quando...

Ele para de falar. Uma expressão de luto toma conta de seu rosto, mas logo desaparece.

– Eu tinha 15 anos quando mataram meu pai. Levei anos para descobrir exatamente o que fazer a respeito disso. Vocês, ativistas, vivem falando de "fazer o trabalho". – Ele leva a mão ao peito. – Este é o *meu* trabalho. Este é o *meu* caminho de fuga. É assim que eu levo meu povo à liberdade.

Em sua vida, Jasmyn nunca fechou os olhos para o terror. Afinal de contas, é importante testemunhar tudo. Mas algumas coisas são ofensivas demais, bárbaras demais de se encarar. Ela desvia o olhar de Carlton.

– Me diga por quê – pede a King.

Ele se ajoelha de novo na frente dela.

– Cada um de nós nesta sala tem uma história pra contar. Carlton perdeu o pai. Nina perdeu a mãe. Catherine e Angela perderam irmãos. Benjamin perdeu a irmã. Todos nós perdemos alguém. Eles matam a gente há quatrocentos anos. Chega. Meu amor, você não vê? Os brancos nunca vão mudar. *Nós* é que temos que mudar. É o único jeito de se libertar – explica ele. – Estou cansado de lutar. Estou cansado de temer que um dia um policial atire no Kamau. Como fizeram com a Mercy Simpson. Como fizeram com o Tommy.

Tommy.

Tudo isso sempre teve a ver com Tommy. Seu assassinato condenou todos eles, selou seus futuros.

Jasmyn pensa no lugar secreto dentro de King criado pela devastação e pelo luto. *Isso*, esse horror que está vivendo agora, cresceu descontroladamente e envenenou o que havia dentro dele, destruindo a pessoa que era.

Mas talvez ele ainda esteja ali dentro em algum lugar. Talvez ela ainda consiga tocá-lo.

Ela inspira fundo, o corpo trêmulo.

– Nada vai acontecer com nossos bebês. Prometo. Você e eu estamos nos esforçando tanto, não estamos? Podemos mudar as coisas. Podemos proteger nossa família. – Jasmyn toca a bochecha de King, que aninha o rosto na palma da mão dela. – Não faça isso. Por favor.

Mas ela percebe a determinação no rosto de King.

– Eu perdoo você – sussurra ela, mentindo, desesperada. – Eu prometo. Vamos sair daqui, você, eu, o bebê e o Kamau. Vamos achar outro jeito. Por favor, amor.

King faz que não com a cabeça.

– Eu esperava fazer você entender – diz ele, pesaroso. – Esse é o único jeito. Você não enxerga que ainda estamos acorrentados? Lutamos todo dia. Protestamos todo dia. E ainda sofremos todo dia. Chega. – Ele faz um gesto cortando o ar com a mão. – Chega de implorar para não ser morto. De brigar por migalhas. Não quero mais ouvir sobre reforma, equidade, justiça e história. – Ele inclina a cabeça. – Quero mais do que o básico para a gente. Quero que a gente seja livre, amor. Quando o Kamau entrar num lugar, não quero ninguém, seja branco ou negro, fazendo pressuposições sobre quem ele é com base na cor da pele. Não quero que a humanidade dele, que todas as possibilidades de quem ele pode se tornar se resumam à pigmentação da pele. Isso não é certo. Isso tem que acabar.

King solta a mão de Jasmyn. Fica de pé.

– É o único jeito – repete ele.

Jasmyn balança a cabeça.

– Você não acredita nisso. Temos que continuar sendo quem somos. Continuar lutando. Vamos alcançar o topo da montanha.

King sorri para ela.

– Eu amo o seu espírito – afirma. – Sempre amei isso em você.

Ele olha para Carlton Way e assente.

Carlton a encara.

– Isso não é desistir. É ceder.

Jasmyn se curva e tenta uma última vez se levantar e fugir, mas é tarde demais.

Os outros avançam na direção dela.

King se afasta e deixa que a levem.

– King! – grita Jasmyn, abraçando a barriga. – E o bebê? E nosso bebezinho?

– Tente não se preocupar – fala Nina Marks. – Vamos fazer o parto do seu bebê e depois começamos. Cuidaremos bem de você. Em alguns meses você vai ficar bem.

– Você não entende? – diz King. – Estou dando à nossa família uma chance real de lutar neste país. Vejo você do outro lado. Te amo.

Desde quando eles se mudaram para Liberdade, uma parte essencial de Jasmyn vem soando um alerta, tentando avisá-la de que acabaria bem ali, naquela sala branca, incapaz de escapar dessas pessoas. Por que não lhe deu ouvidos? Por que não escutou a voz que lhe disse que, embora negras, essas pessoas não eram seu povo?

Jasmyn Williams grita e grita até sua garganta ficar em carne viva. Até ficar sem voz.

Epílogo

A mulher branca que costumava ser Jasmyn Williams entra no consultório do pediatra com o filho de 6 meses e o de 7 anos. Fala com a recepcionista e se senta na área de espera.

– Você tem uma linda família – elogia a moça negra à frente dela.

A mulher que costumava ser Jasmyn Williams dá um sorriso exageradamente simpático para a moça negra.

– Sua bebê é adorável – comenta ela. – Qual é a idade dela?

– Cinco meses – responde a mulher.

– Ah, é? O meu tem quase sete.

A mulher branca que costumava ser Jasmyn Williams cutuca o outro filho.

– Viu como aquele bebê é fofo? Você já foi pequenininho assim.

Seu menino mais velho – que se chama Chase – não olha.

A mulher que costumava ser Jasmyn Williams o encara com uma expressão séria.

– Dê um oi – pede, em voz baixa, para não passar a impressão de que ela ou o filho são racistas.

Chase revira os olhos, mas obedece.

A TV instalada na parede mostra um alerta de notícia urgente. A polícia matou um homem negro ontem à noite. O jornal corta para imagens dos protestos que aconteceram em seguida. A mulher que costumava ser Jasmyn Williams vê cartazes que denunciam a supremacia branca, culpando o racismo sistêmico e pedindo a extinção da polícia. Ela não concorda com nada daquilo. Não que tenha permissão para falar desses assuntos, pelo menos não em público. O noticiário exibe a mãe do homem morto. Ela chora e mostra uma foto do filho. A mulher que costumava ser Jasmyn Williams estala a língua. *Que pena,* pensa.

Ela desvia o olhar da TV e arrisca um olhar para a mãe negra, que está com os olhos marejados e as mãos no peito. Tem algo muito familiar no gesto da mulher, mas a mulher branca que costumava ser Jasmyn Williams não consegue descobrir o que é. Talvez um dia se lembre.

Do outro lado, a porta para o consultório do médico se abre.

– Sra. Gates? – chama a enfermeira. – Tricia Gates?

A moça negra, Tricia, seca as lágrimas e se levanta.

– Prazer em conhecê-la – diz antes de seguir a enfermeira.

– O prazer foi meu – responde a mulher que costumava ser Jasmyn Williams.

O bebê da mulher que costumava ser Jasmyn Williams faz um barulhinho junto a seu peito. Ela olha nos olhos azuis grandes e inocentes do bebê e faz um som suave para acalmá-lo.

– Está tudo bem, amor – diz ela.

De repente, lembra que queria marcar uma massagem no spa chique que acabou de abrir perto de sua nova casa, em Beverly Hills. Pega o celular e entra no site. Não volta a olhar para a TV nem uma única vez.

Agradecimentos

Esta é uma história de tragédia. Escrevi este livro movida por desespero, raiva e, também, esperança. As pessoas costumam perguntar aos autores o que desejam que os leitores extraiam de suas obras. Meu maior desejo para este livro é que o destino trágico de Jasmyn inspire você a ter conversas reflexivas em seu círculo e fora dele também. Muito obrigada por ter feito esta jornada comigo. Espero que tenha significado algo para você.

Como sempre, preciso agradecer a muitas pessoas por trazer este livro ao mundo. Primeiro, à minha brilhante editora, Caitlin Landuyt, que tornou o livro mais profundo, rico e afiado de todas as formas. A Sareeta Domingo, pelos comentários editoriais perspicazes. À minha agente, Jodi Reamer, que tanto me apoia e que apoiou este livro quando ele ainda mal era um livro.

Livros são escritos em isolamento, mas com certeza precisam de muita gente para serem publicados. Agradeço demais à brilhante equipe da Knopf pelo zelo incansável, em especial à minha publisher, a lendária Reagan Arthur; a Julie Ertl, da comunicação; a Lauren Weber, do marketing; a Melissa Yoon, editora de produção; a Marisa Melendez, gerente de produção; a Debbie Glasserman, diagramadora; a John Gall e Kelly Balir, capistas; a Shasta Clinch, preparadora; e a Nicholas Lo Vecchio, revisor.

Obrigada à minha família direta e à estendida, e à minha família escolhida, David Jung e Sabaa Tahir, por todas as risadas e por todo o amor.

Obrigada à minha filhota, Penny, por me mostrar exatamente quem sou.

E, por fim, obrigada ao meu marido, David Yoon. David lê cada rascunho de cada livro, e nenhum deles existiria sem as observações e o encorajamento dele.

David e Penny me proporcionam um tipo de alegria que eu nem sabia ser possível e pelo qual nunca conseguirei agradecer o suficiente.

CONHEÇA OS LIVROS DE NICOLA YOON

O sol também é uma estrela

Tudo e todas as coisas

Instruções para dançar

Alguém como nós

Para saber mais sobre os títulos e autores da Editora Arqueiro,
visite o nosso site e siga as nossas redes sociais.
Além de informações sobre os próximos lançamentos,
você terá acesso a conteúdos exclusivos
e poderá participar de promoções e sorteios.

editoraarqueiro.com.br

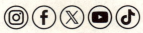